소명召命과 보속補贖

이병곡 장편소설

소명召命과 보속補贖

두엄

차 례

제1부

소명

01
깨어있는 도시

　막차를 타고 역에 내린 그는 수변을 한눈에 훑어보면서 총총걸음으로 시가지를 벗어났다. 그러고는 전국에서 힘깨나 쓰는 바람은 다 모인다는 신고산의 매섭고 두꺼운 밤바람을 안고 철령 고개를 넘어가는 신작로로 접어들었다. 등 뒤에는 추가령고개를 넘기 위해 경성행 막차가 허기진 배를 채우는 소리가 무슨 타령처럼 우르르르 우르르르 밤공기를 두들기고 있었다. 무심한 별빛에 의지하며 한 시간쯤 걸어 도착한 동네 입구에서 오른쪽 샛길을 더듬어 올라 낡은 대문이 비스듬히 열려있는 기와집에 들어섰다. 얼마 만인가? 서둘러 심호흡을 했다. 숨결이 달랐다. 캄캄한 사랑채를 지나 안채로 들어서니 낡은 문창지 너머로 호롱불이 어른거리고 있었다. 낮은 헛기침을 하며 토방에 올라서자, 스삭거리는 소리가 나더니 이윽고 방문이 살짝 열리며, 그 틈새로 "누구요?" 하는 낯익은 소리가 들렸다.

"준몹니다."

"이 한밤중에 어인 일이야? 어서 들어와."

"아직 안 주무셨네요?"

방안에 들어서는 그의 눈에는 옷가지들과 바느질 용구가 널려져 있는 것이 보였다.

"그래. 소식도 없이 이리 훌쩍 온 게…… 무슨 일이라도 생겼나?"

"아닙니다. 절부터 받으세요."

"절은 무슨……."

엄마의 대답이 끝나기 전에 준모는 절을 올리고 있었다. 그런 다음 무릎을 꿇으면서 불빛에 비치는 엄마의 모습을 찬찬히 훑어보았다. 엷게 드리워진 음영이 엄마의 주름살을 더욱 깊게 패고 있었다. 44살인가? 46살인가? 짧은 순간에 엄마의 나이를 정확하게 집어낼 수가 없었다.

"참, 내가 정신줄을 어디에 놓고 있나. 얼른 밥 차려 올게."

"아니, 괜찮습니다."

"내 이럴 줄 알고 밥 한 그릇은 꼭 솥 안에 챙겨놓고 있다."

5년 만에 뵙는 엄마는 허리가 왼쪽으로 뒤틀리고 문지방을 넘는 다리가 제법 실룩거렸다. 그때 엄마를 모시고 외외가로 소리 없이 올 때만 해도 단아하고 흐트러짐이 없었는데, 삯바느질과 농사철 품팔이로 60대 노인처럼 쇠약해져 있었다. 아랫목에는 귀호가 검은 홑이불을 덮고 곤히 자고 있었다. 갸름한 얼굴 윤곽과 짙은 눈썹이 제 엄마를 빼닮아 있었다. 이마에 손바닥을 얹어 보았다. 그러자 귀호가 잠결에도 움칠거리며 손을 준모 쪽으로 내밀었다. 손을 살짝 잡아주자 다시 조용해졌다. 밥상을 들고 온 엄마가 "한잠 들어있어도 손이 허전한지 자꾸 내민다. 꼭 니 어릴 적 같이."

"제가 그랬다고요?"

"그래. 북청에서 한밤중에 너를 들쳐업고 나올 때 네가 얼마나 놀랐는지 악을 쓰고 우는데, 발각될까 입을 수건으로 틀어막고……, 그 후로 불안한 맘이 가시질 않는지 잠잘 때는 꼭 내 손을 잡고 잤지."

"아니 그게 무슨 말씀인지?"

"네가 3살 때 일이라 기억이 나지 않겠지."

"저는 원산에 살던 5살부터 생각이 좀 납니다만, 이제…… 아버지에 대해 말씀을 해주시지요."

그동안 준모는 기억하지 못하는 아버지에 대해 궁금했지만, 어머니는 한사코 나중에 말해 주겠다면서 말문을 열지 않았다.

"그래, 이젠 말해 줄 때가 된 것 같구나. 천천히 밥 먹으며 듣거라. 음…… 그러니까, 할아버지 얘기부터 해야 하겠네. 나도 네 아버지께 들은 얘긴데, 할아버지는 춘천의 양반가 유생이었단다. 구한말 왜놈들이 친일 인사를 대거 요직에 앉히고 마음대로 부리면서……, 을미년에는 자기들 말 안 듣는 명성 황후를 살해했다. 그러자 전국 각지에서 유생들이 총칼을 들고 일어났는데, 춘천에서도 할아버지가 의병에 가담해 춘천부를 쳐들어가 친일 관리를 죽였다는구나. 그러자 경성에서 왜놈 군인들이 내려와 의병을 추격했고, 할아버지는 가족을 데리고 쫓기다 쫓기다 북청 산골 화전마을까지 가게 됐지. 그때 아버지 나이가 13살이었다고 하셨다. 할아버지는 거기서 돌아가시고……. 내가 아버지를 만나기 전이지."

준모는 할아버지에 대해 전혀 생각지도 못했던 엄청난 말을 듣자, 숟가락을 놓고는 엄마를 똑바로 바라보았다.

"월(月)자 소(沼)자 할아버지가 참 대단한 일을 하셨네요. 아버지는 어떻게 만났습니까?"

"아버지는 18살 때 북청에 있는 대한제국 군대에 들어갔는데. 거기서 근무하던 네 외숙부를 만났고, 외숙부가 아버지와 인연을 맺어 준 거지."

"그래서 아버지는?"

"왜놈들은 대한제국 군대가 자기들한테 위험하니까 강제로 해산을 시켰지. 그러자 분개한 군인들이 여기저기서 의병을 일으켰고……, 아버지는 혜산, 북청, 삼수, 갑산에서 차도선 의병장과 홍범도 장군과 함께 의병을 모집하여 왜국 군경과 싸웠지. 북청에서는 왜국에 붙어 동족의 피를 빠는 일진회 소속 구씨 성을 가진 우리면 면장과 이웃 면에서 그 짓거리를 한 오씨 성을 가진 면장을 처단하기도 하고……, 그러다가 왜국 군인들에게 잡혀 그만……."

"그래서요?" 준모는 자기도 모르게 큰 소리를 냈다.

"그래, 처형, 처형…… 당하신…… 거지." 엄마는 한숨과 울음이 섞인 목소리로 말을 더듬거리며 겨우 매듭지었다.

"예!"하며 준모는 움츠렸던 어깨를 올려 세웠다. 그러고는 밥상을 옆으로 물리고 엄마에게 다가가 두 손을 붙잡았다. 엄마는 곧바로 감정을 바로 잡고 아들을 쳐다보았다. 잠깐의 침묵이 흐른 후 엄마는 아들이 알고 싶은 것을 먼저 말했다.

"날짜도 잊지 않고 있다. 1908년 3월 17일이다. 의병 중대장이신 아버지의 부대 동지 한 분이 집으로 급하게 오더니, 아버지가 왜놈 군경 회유를 끝내 물리치고 처형당했으니 빨리 피하라고 했다. 의병에 대한 정보를 캐내기 위해 곧 순사가 집에 들이닥칠 것인데, 내가 잡히면 고문당할 것이라고. 아까도 말했지만, 그 밤에 너를 업고 안평을 빠져나와 며칠을 걸어 원산까지 내려왔지. 네 아버지 시신은 어느 낯선 곳에 묻혀있는지 어쩐지……. 그래 이참에 외숙부 얘기도 해야겠다. 외숙부는 창의대 부장을 맡아 경성으로 쳐들어가다가 싸움 중에 돌아가셨다고 하는데, 네 아버지처럼 시신이 어디에 있는지 알 수가 없다네."

준모는 눈을 감았다. 한참 후에 심호흡하며 나지막이 말했다.

"엄마, 외갓집 일은…… 어떻게?"

"그래. 네 외할아버지 웅자 수자께서도 구한말 을미년에 황후시해사건과 단발령에 분기하여 경기 의병에 참가했다가 돌아가셨다. 다음 해에 외할머니는 외숙부와 나를 데리고 여기 친정으로 내려오셨다. 그때 나는 소학교를 마쳤고 공부를 더 할 생각이었는데, 할 수 없었지."

"그러고 보니 두 분 할아버지 때부터 묘한 인연이 내림했네요."

"세상을 바라보는 눈이 같았던 게지."

엄마는 억장이 무너져 있으면서도 그런 표정을 짓지 않았다. 그러면서 아들을 쳐다보며 단호하게 말했다.

"이 땅을 저 원수 놈들한테서 뺏어 올 때까지는 눈물을 보여서는 안 된다. 나라는 왜국보다 허술했지만 백성은 그렇지 않았다."

"예. 명심하겠습니다."

"시장할 텐데 밥마저 먹어라."

엄마는 보리밥에 무김치와 시래깃국을 얹은 상을 준모 앞으로 내밀었다. 그리고는 숟가락을 밥 위에 올려주었다. 순간 준모는 가슴 아래쪽에서 뭉쳤던 핏덩이 한 줌이 목으로 울컥 솟아오르는 것 같았다. '내가 이 나이에 엄마의 밥상을 받다니.' 그러나 그는 이내 눈앞에 닥쳐온 거사를 떠올리며 개인적인 감성에 젖는 것은 금물이라며 마음을 다잡았다. 그러면서 친가와 외가의 피가 자신에게 수혈되고 있음을 느낀 그의 얼굴이 상기되었다. 아들의 표정을 살피던 엄마가 조심스레 말했다.

"무슨 일인지 묻지 않을 테니, 에미가 주는 밥 한 숟갈 뜨고 어서 가

거라.”

“아, 아닙니다. 자고 갈 겁니다.”

“네가 하는 일이 조선을 위한 일이면 된다. 거기에 성공과 실패는 아무 관계가 없다. 다만 명분 없는 일은 피해야 한다.”

비록 외가의 누추한 빈집에 와서 손자 하나를 키우고 살고 있지만, 엄마는 소학교를 졸업한 여자답게 조용히 말하면서도 지금까지 살아온 삶의 무게를 담아 아들을 향해 단호하게 가치 판단기준을 정리해 주었다. 원산보광학교에 다닐 때, 3.1만세운동에 나눠 줄 독립선언서를 제작하던 담임선생님을 도와드리다 발각되어 함흥에 잠시 피신했을 적에도, 경성에서 학생동맹 휴학을 이끌다 휘문고보에서 퇴학당했을 적에도 엄마는 그저 담담하게 받아들이셨다.

불을 끄고 엄마와 같이 자리에 누운 준모는 ‘엄마를 다시 뵐 수 있을까?’ 하는 불안한 생각이 불쑥 머리를 스치며 지나갔다. 자기를 둘러싼 사람들의 삶이 어쩌면 하나 같이 고달프고 비참한지 주체할 수 없는 눈물이 주르르 흘러내렸다. 그때 “일본 학교는?” 하고 엄마가 나직이 한마디 했다.

“그만두고 왔습니다.”

“그래……, 학비를 못 대줘서 미안하구나. 이해를 하렴.”

“특별히 더 배우고 싶은 것도 없었습니다.”

준모는 엄마의 무거운 마음을 조금이라도 덜고 싶었다. 사실 미안한 것은 엄마가 아니라 자신이었다. 보통학교를 다닐 때부터 머리 좋다고 소문이 난 그가 휘문고보를 졸업하면 은행이나 관공서에 얼른 취직하여 홀로 사시는 엄마를 모시겠다고 다짐했는데, 삶은 자신이 어찌할 수 없는 엉뚱한 방향으로 흘러오고 있었다.

“얘야, 그때는 안 물어봤는데…… 에미는 어떻게…… 하고?”

"예. 지금…… 아직."

"알았다. 천륜도 어긋날 때가 있는 법인데 인륜이야……. 말 안 해도 된다."

"하나 부탁드릴 게…… 있습니다."

"뭔지 말해 보거라."

"귀호를 엄 씨 성을 써서 엄귀호로 불러 주세요."

"아니, 아무래도 그렇지, 성을 바꾸다니?"

"엄마, 저도 이름을 바꿔 쓰고 있습니다. 어차피 좋은 날이 올 때까지 강 씨를 쓰든 엄 씨를 쓰든. 아들이 저 때문에 고초를 겪으니 차라리……."

최순례는 4대째 계속되는 불행을 받아들일 수밖에 없었다. 다만 아들이 하는 일이 이 불행을 조금이라도 빨리 끝내는 데 도움이 되길 바랄 뿐이었다.

"새벽 기차를 타려면 일찍 자야지."

그녀는 언제 다시 볼 줄 모를 아들의 손을 꼬옥 잡았다. 그러자 준모는 손을 슬그머니 빼서 관절이 옹이처럼 변한 어머니의 손등을 만지작거렸다. 또 다른 손으로는 부모의 얼굴도 모르고, 할머니의 젖동냥으로 자란 귀호의 손을 잡았다. 그리고는 5년 전 아버지의 반대 때문에 자신의 피붙이를 외면하고 훌쩍 미국으로 떠나버린 옥희를 이제 그만 놓아주기로 했다.

새벽에 집을 나서 신고산역으로 발길을 재촉하는 동안, 준모는 오늘 있을 집행위원회 회의를 자기 뜻대로 관철시켜 원산에서 조선의 단결된 힘을 만천하에 보여주리라 다짐했다.

그는 휘문고보 퇴학 후 일본에 건너가 일본대학에 다니면서 지바공산청년동맹에 열성적으로 활동하면서 몇 년 전에 일어난 러시아 혁명처럼 조선에도 무산계급이 잘 사는 세상을 만들어야겠다고 다짐했다. 대학을 중퇴하고 귀국해서는 노동자와 농민을 연대한 조직을 결성하는 데 많은 시간을 보냈다. 그는 혁명의 출발점을 음모와 방종이 난무하고 왜색이 뒤덮은 경성보다는 순수하고 가난한 사람들이 땀 흘리는 곳, 이제 막 외세의 비바람이 거세게 몰아치고 있는 역동의 도시인 원산에서 시작하는 것이 더 효과가 있다고 판단했다. 그는 3년 전부터 원산노동회를 확대하여 모든 노동자를 7개의 직종별 노동조합에 편입시켜 이를 연합한 원산노동연합회를 만들었다.

또 하나 그가 믿고 있는 것은 원산 일대의 뿌리 깊은 항일정신이었다. 일본은 러시아의 남하를 막고 북방을 침략하기 위한 전략적 장소로 원산을 택하고, 1880년 개항을 하자마자 대대적으로 기업을 유치하고 본국인을 이주시켰다. 원산인들은 이에 대항하여 조선 최초의 근대적 사립학교인 원산학사를 설립하여 조선인 인재를 양성하고 있는 데다, 기미독립항쟁 때는 경성 다음으로 많은 사람이 옥고를 치른 도시였다.

1928년 12월 24일 덕원수도원은 낮부터 크리스마스 분위기에 흠뻑 젖어 있었다. 거룩한 미사전례를 준비하는 사람, 연극 준비를 하는 사람, 전야 미사가 끝난 후 신자들을 먹일 음식을 장만하는 사람들이 분주한 가운데, 부모를 따라와서 뛰놀고 있는 아이들까지 섞여 와자지껄했다. 하지만 겉으로 들떠있는 분위기와는 달리 그들의 마음속에는 우울한 그림자가 잔뜩 드리워져 있었다.

지난 9월에 인근 문평지역에 있는 외국인 소유의 라이징선 석유회사의 악질적인 일본인 감독 고다마가 사소한 일로 조선인 박준업을 심하게 구타하자, 그동안 고된 노동과 저임금에 착취당하고 있던 조선 노동자들이 노동조건 개선을 요구하며 파업을 했다. 회사에서는 임금인상과 노동시간 단축을 약속해 놓고 시간을 끌다가 오히려 노동자를 해고하는 등 탄압하기 시작했다. 해고된 120여 명의 노동자 중에는 신자가 30여 명이 있었기 때문에 그들의 불행이 남의 일 같지 않았다.

저녁 어스름이 찾아드는 5시경부터 신자들은 가족이나 친구들끼리 짝을 지어 미사를 드리려 수도원으로 모여들기 시작했다. 덕원과 원산뿐만 아니라 함경도에서도 자랑거리가 된 수도원에는 독일식 아름다운 성당을 건립 중이어서 올해는 수도원 회의실을 임시성당으로 쓰고 있었다. 일천사백 년 역사를 가진 베네딕도수도원의 성탄절 미사전례는 특히 아름답고 장엄하여 모두 이날을 손꼽아 기다려 왔다.

이런 분주함 속에 수도원 뒤편, 산에 접해있는 인쇄소의 물품 보관 창고에는 낯선 사람 몇이 찾아 들었다. 원산노동연합회 위원장 이준기와 총무서기 김인욱, 노동연합회에 속한 24개의 노조 중에서 핵심 노조인 해륙운송노조 주광모 조합장을 비롯하여 제화노조 천일평, 양복노조 설근식, 인쇄노조 원강혁 조합장과 엄영호가 있었다. 7명은 모두 비장한 마음으로 상견례를 한 뒤 말없이 앉아 있었다. 최근에 조합장이 된 양복노조 설근식을 제외하고는 엄영호가 모르는 사람은 없었다. 조금 있으니까 중후한 신체에 까만 양복을 입은 사람이 문을 열고 들어왔다. 모두 일어나 목례를 했다. 그가 한 사람씩 인사를 하다가 엄영호 앞에 서며 "권상웅올시다." 하고 손을 내밀자, 엄영호는 깜짝 놀라 손을 내밀며 "엄영홉니다."하고 악수했다.

"김인욱입니다. 노련의 집행위원 다섯 분께서 빠짐없이 참석해 주셔서 감사드립니다. 다시 한번 확인하는 뜻에서 위원 소개를 간략히 하겠습니다." 노련 총무인 김인욱이 위원 소개를 마치고 배석자를 소개했다. "다음은 노련을 지도해 줄 참석자 소개를 올리겠습니다. 먼저 3.1 독립만세운동 때 민족지도자 48인 중의 한 사람이자, 덕원과 원산뿐만 아니라 함경도에서 항일운동을 주도하고 계신 권상웅 선생님이십니다. 선생님 한 말씀 부탁드립니다."

"무슨 과찬의 말씀이오. 저는 그저 여러분과 함께 나라의 독립을 위해 협조하고 후원하는 사람올시다."

권 선생은 자신을 드러내는 것을 싫어하는 성격대로 간결하게 말했다.

"다음은 경성이나 평양에서 전국적인 노동조합을 조직하고 리드하는, 학식과 투쟁 정신을 겸비한 강…… 아, 아니…… 엄영호 선생이십니다."

김인욱은 엄영호가 미리 그에게 다짐한 것을 순간적으로 잊고 친구의 정체를 하마터면 발설할 뻔했다.

"엄영홉니다. 오늘 행동 방향이 결정되면 조선의 전 노동조직이 물심양면으로 도울 것입니다. 이번 총파업이 범조선 노동투쟁의 전초전이기에 어떤 희생이 따르더라도 성공해야 합니다. 여기 모인 동지들께서 반드시 결론을 내려주시길 바랍니다."

엄영호의 말이 끝나자 위원들이 짧은 박수로 화답했다.

"노련위원장 이준깁니다. 그러면 신속히 진행하도록 하겠습니다. 아시다시피 이곳 수도원에서, 그것도 크리스마스이브에 회의하는 것은 일제의 감시를 피하기 위해섭니다. 우리의 계획을 일경이 냄새를 맡은 것 같습니다. 노조 간부들에게 끄나풀을 붙여 감시하고 있으니, 모두 입조심 행동조심하시기 바랍니다. 그럼 안건을 상정합니다. 첫 번째 파업 시기에 대한 것을 상정합니다. 지금까지는 양력 1월 초에 하느냐, 아니면 2월 10일 설을 쇠고 하느냐 두 의견이 나와 있습니다만."

"설까지 기다리기에는 달포나 남았습니다. 그동안 무슨 일이 일어날지 모르거니와 동력이 사라질지 모릅니다. 또 설을 쇠고 나면 분위기가 흐트러질 수 있으니 1월 초가 좋겠습니다."

인쇄노조 대표 원강혁이 발언하자, 모두 "좋습니다." 하고 동의했다. "그럼, 날짜는 이십 일 후인 1월 13일 일요일 오전 8시가 어떻습니까?" 하는 이준기의 의견에 약간의 의견이 나왔지만 모두 찬성했다.

"회사에 제시할 노동조건은 이미 의논해 온, 하루 8시간 노동, 최저임금 보장, 노동자 대우개선, 단체행동권 확립, 조선인에게 폭력을 행사한 라이징선 감독 파면 등 다섯 가집니다. 여기 수정이나 추가할 내용이 있습니까?"

"없습니다."

"전원 찬성하였습니다. 다음은 파업의 참가에 대한 안건을 상정합니다. 지금까지 나온 안은, 첫 번째는 처음부터 노련 전체가 한꺼번에 파업하는 안이고, 두 번째는 라이징선 회사를 상대로 라이징선 노조와 라이징선과 관련된 모든 노동자가 일단 파업하여 그들의 대응을 지켜보고, 조건을 받아들이지 않으면 노련 전체가 파업하는 안입니다. 중요한 안이니까 충분히 토론해 주시기 바랍니다."

"말할 것도 없지요. 한꺼번에 해야 합니다."

제화노조 천일평 조합장이 말했다.

"우리 노조도 동의합니다."

가장 많은 조합원을 가진 주광모 해륙운송노조 조합장이 찬동했다. 인쇄노조 원강혁도 찬동 의사를 표명했다. 그러자 최근에 조합장이 된 양복노조 설근식이 나서서 발언했다.

"섣불리 노조원 전체를 움직이는 건 위험합니다. 라이징선 사태가 아직 진행 중에 있으므로, 이 일에 먼저 대응하면서 정해진 기간 안에 합의 사항이 해결되지 않으면 노련 전체가 파업하겠다고 공개 선언을 하면 어떨까요? 타결이 되면 다른 회사에도 손쉽게 파급되는 결과를 얻을 수 있습니다."

그러자 노련 전체 동시 파업을 주장한 사람들의 안색이 변했다. 가장 실망스런 표정을 지은 사람은 엄영호였다. 그는 새로 조합장이 된 설근식에 대해 미리 성향을 파악하여 대처하지 못한 것이 아쉽게 느껴졌다. 원산이 고향인 설근식은 이 지방에서 특이하게도 평양고보를 졸업하고 북경대학 문예과를 다니면서 사회주의 사상에 심취하여 그룹 활동을 하다가, 부친의 갑작스런 사망으로 학업을 중단하고 고향으로 돌아온 사람이었다. 그렇지만 노조원이 100여 명밖에 안 되는 소수 조합이어서 엄영호는 별문제가 될 것으로 생각지 않았다. 약간의 차가운 침묵이 흘렀다.

"여러분, 우리는 중차대한 일을 앞두고 있습니다. 토론 시에는 의견이 다르더라도 서로를 존중하여 최대한 합일된 의견을 내도록 해야 합니다."

노련위원장 이준기가 나서서 과열될 수 있는 분위기를 진정시켰다. 이때 침묵을 지키고 있던 권상웅이 나섰다.

"참여할 노조원 숫자는 얼마나 됩니까?"

"노련 산하에 24개 조합이 있습니다. 그중 해륙운송노조가 1,800여 명, 나머지 합해서 약 400명 해서 총 2,200여 명이 됩니다. 그리고 라이징선 관련 조합원은 400여 명이 됩니다."

총무서기 김인욱이 대답했다.

"제 생각도 한날한시에 노련 조합원 모두가 파업에 참여하는 것은 신중해야 된다고 봅니다. 우선 라이징선에 대해 자신들이 약속한 합의 사항을 지키라고 압박하고, 그렇지 않을 경우 모두가 나서야 하지 않을까요?"

권 선생이 설근식의 주장을 거들고 나서자, 자기가 준비해 온 대로 회의가 진행되지 않는 것을 느낀 엄영호가 나섰다.

"그러면 힘이 분산되어 초기에 제압당할 것입니다. 그렇게 되면 안 한 것보다 못할 겁니다."

"꼭 어떤 방법이 나을지 그 결과는 아무도 예측하지 못합니다. 일면 노련 전체가 나서서 투쟁하는 것이 낫겠다는 생각이 들겠지만, 그렇게 되면 원산이나 덕원의 모든 회사가 휴업 상태가 되는데, 일제는 이 파업을 모든 회사에 대한 노동쟁의로 받아들이고 관과 경찰은 물론 군인까지 합세해 공동 대응할 것입니다. 그들이 연합하여 힘으로 제압하면 노동자들은 더 과격해지고, 그러면 저들에게 무력으로 나서는 명분을 주게 될 수도 있고……, 잘못하면 아무것도 성취 못 할 수 있습니다. 물론 파업이 어떤 방향으로 흘러갈지 저도 확신이 없지만요, 우려되는 것은 파업 기간이 길어지면 큰일이라는 겁니다. 라이징선을 상대로 하면 남아있는 회원들이 뒷받침해 줄 수가 있지만, 전체가 나서면 하루 벌어 하루 먹고 사는 노동자들이 보름만 지나면 생계가 바닥날 겁니다. 굶주리고서 어떻게 싸움하겠습니까."

"권 선생님 말씀에 유감입니다. 우리는 단기간에 민중들이 봉기하여 제국을 무너뜨린 소비에트 혁명을 거울삼아야 합니다. 또 권 선생님도 알고 있듯이 원산 일대는 기미 3.1만세운동 때 경성 다음으로 많은, 2,500여 명이 독립 만세운동을 일으켜 90여 명이 검거되었던 항일의 성지입니다. 노동자들이 앞에 나서면 원산 덕원의 조선인도 반드시 합류할 것입니다. 사실 제가 대규모 파업 투쟁을 주장하는 것은, 외형적 명분은 노동탄압 중지와 노동자 권리확보지만, 이 투쟁으로 얻은 힘을 일제 타도와 민족해방으로 연결시켜야 하기 때문입니다. 이를 위해서는 처음부터 죽든 살든 목숨을 걸어야 하고, 또 중차대한 목적 달성을 위해서 소수의 희생은 불가피합니다. 전 조합원이 한꺼번에 나서 원산 일대 모든 산업을 마비시켜야 일본이 초반에 두 손을 들 것이 아니겠습니까!"

중간 정도의 키에 조금 마른 체구를 가지고 회색 잠바를 입은 엄영호는, 톤을 약간 높여가면서 말했다. 그의 주장이 참석자 누구도 상상조차 할 수 없는 앞선 계획이어서 모두 놀랐다. 그렇다고 파업 실행의 큰 틀을 거의 혼자서 도맡아 기획하고 준비해 온 엄영호에게 이의를 걸거나 토론할 사람은 없었다. 파업이 성공하면 곧바로 그 힘을 민족해방을 위한 동력으로 몰아가자는 엄영호의 주장에 참석자들은 갑자기 잠재되어 있던 용기가 분출되는 것을 느꼈다. 물론 권상웅과 설근식은 엄영호의 갑작스런 주장에 당황스러움이 역력했다. 어색한 시간이 조금 흐른 뒤, 양복노조 설근식이 얼굴을 붉히며 일어나 말했다.

"민족해방이나 일제타도, 이런 구호를 내세우면 더 어려워집니다. 그렇게 되면 일제가 노동쟁의로 보지 않고 정치적인 파업으로 간주하여 총독부가 직접 개입할 명분을 줍니다. 이번 파업은 힘으로 맞서는 항쟁이 아니라, 저들의 잔혹한 노조탄압과 부당한 노동행위를 만천하에 알려 굴복하도록 해야 합니다. 우리 스스로 무덤을 파는 행위는 자제하는 것이 옳다고 봅니다."

"지금까지 신사적인 방법으로 해결된 노동쟁의가 있었습니까? 어떻게 보면 총 독부의 개입이 우리에게 유리한 국면이 될 수 있습니다."

"아니, 노동자들 권리와 노동조건 개선을 주장하면서 정치적 구호를 앞세우면 협상 자체가 안 될 것은 뻔한데, 총독부 개입이 어떻게 유리한 국면이 된다는 말씀입니까?"

엄영호의 주장에 설근식은 이번 파업이 정치적으로 변질되는 것에 반대 입장을 분명히 했다. 그는 조합장이 된 후, 노동조합은 노동자의 권익과 노동조건 개선을 위해 존재해야 한다는 실질적이고 합리적인 입장을 견지해 왔다.

"설 조합장의 주장에 저는 무척 유감입니다. 2,200여 명의 노동자와 민중들이 합세해서 일제가 겁낼 정도로 대들지 않으면 우리의 요구조건을 들어주겠습니까! 저는 2년 동안 몰래 부두 노동을 하면서 원산항을 이용하는 회사의 약점이 수송과 하역에 있다는 것을 알았습니다. 이 아킬레스건만 단숨에 끊어 버리면 적어도 한 달, 빠르면 보름 안에 모든 회사가 손을 들 것으로 봅니다."

그가 전체 파업에 대한 나름대로 자신감을 가지는 것은 원산노련 회원의 약 8할을 차지하는 해륙운송노조를 장악하고 있는 것도 큰 이유였다. 약간의 뜸을 들인 엄영호는

"총독부가 개입하여 무력을 쓰면 사상자와 검거자가 나오겠지만, 달리 보면 일제의 탄압을 조선과 전 세계에 알릴 절호의 기회가 됩니다. 여러분은 잘 모르시겠지만, 지금 전국의 노동단체들이 원산노련을 주목하고 있습니다. 비폭력의 3.1만세운동에 총독부가 폭력으로 개입하면서 만세운동이 전국으로 확산되었고, 국외에 일제의 만행이 알려졌지 않았습니까! 그뿐입니까. 잠자는 조선 사람들을 깨워 항일투쟁에 나서게 했고, 결과적으로 일제가 유화정책으로 바꾸게 된 것을 우리는 다 알고 있습니다. 그러니 우리는 저들의 무자비한 폭력을 역으로 이용해야 한다고 봅니다."

그러자 권상웅이 다시 나섰다.

"엄 선생의 주장이 일리가 있는 것도 있지만, 저는 설 조합장의 의견이 옳다고 보는 입장입니다. 노동쟁의 절차의 정당성을 어느 정도 확보하면서 합리적인 조건, 즉 국제적인 노동조건이나 일제의 자국 내 노동

조건을 비교하여 누가 들어도 수긍할 수 있는 쟁의 조건과 구호를 내걸어야 국내외 노동자 단체와 언론의 호응을 얻을 수 있고……, 회사나 관청도 압력을 받을 것입니다. 그래도 전번과 같이 합의사항을 이행하지 않고 파괴 공작을 하면, 그때는 방향 전환을 해야 되겠지요."

권상웅은 지식인다운 풍모 속에서 합리적이고 객관적인 내용을 짚으며, 노련이 성급하게 쟁의를 했다가 역풍을 맞을 수 있다는 것을 말하고 있었다.

"제가 다시 한번 말씀드리지만, 원산노련을 조선 제일의 노동조합으로 키워 놓고 그 힘을 활용하지 못하면 나중에 큰 비판을 면치 못할 것입니다!"

엄영호도 물러서지 않았다.

순조롭게 끝날 것 같은 회의는 파업 참여의 범위를 놓고 충돌하고 있었다. 이것은 사실 이번 파업의 핵심이기도 하고, 엄영호와 권상웅의 노선 차이이기도 했다.

엄영호는 권상웅이 최근 민족주의와 사회주의 세력이 연합한 민족 최대의 항일운동단체인 신간회의 주장대로, 조선이 자치권을 가지고 일제와 공존하자는 유약한 민족 개량주의자라고 확신하면서 권상웅에 대한 긴장감을 늦추지 않고 있었다. 보성전문학교를 졸업한 지식인으로서 3.1운동 주도자로 2년의 옥고를 치른 후 고향에 내려와 거리낌 없이 항일운동을 앞장서서 하고 있는 권상웅은, 오늘 회의를 보면서 원산노련이 돌아가는 상황을 금방 파악했다. 그는 신간회에서 간부로 활동하면서 전국의 독립운동가들은 물론 함경도 지역 모든 계층의 사람들과 교류하고 있었고, 그들의 정신적 지주 역할을 마다하지 않고 있었다. 사람들은 그에게 많은 정보를 갖다주어 엄영호가 누구인지 진작 알고 있었고, 그의 이념적인 노선과 투쟁 방향을 충분히 짐작하고 있었다. 그는 수천수만의 삶이 관련된 행동이 엄영호 한 사람의 전략에 의해 좌지우지되는 것은 극히 위험하다는 생각이 들었다.

"한 분을 제외하고 엄 선생 의견에 찬동하니 저로서는 할 말이 없습니다만, 이 투쟁을 민족해방이나 독립운동 차원으로 높이 쳐들면, 외형적으로는 아주 숭고한 듯 보이지만 자칫 모든 것을 잃을 수 있습니다. 실제적으로 노동자들이 쟁취해야 할 인간 존엄성에 대한 기본 권리와 정당한 처우가 큰 구호 속에 빨려 들어갈 수 있습니다. 잘못하면 계급투쟁으로 오인되어 사회 전체의 통합적인 지지를 받을 수 없을 것입니다. 아까도 말씀드렸습니다만, 쟁의가 오래가면 노동자와 가족들은 물론이고 노동자들의 소비로 먹고사는 상공인과 농민의 생계도 큰 문제가 됩니다. 제가 우려하는 것은 일제의 공갈협박과 총칼에 의해 이탈자가 생기는 것보다, 가족들의 굶주림을 참지 못해 이탈하는 것이 더 큰 문제가 될 수 있습니다. 배가 고파 일제에 항복하는 사람들이 받게 될 후유증은 상상 이상으로 클 것입니다. 배고픔 때문에 민족 자존심을 팔았다는 죄책감과 무력감 말입니다."

그러자 엄영호를 대신하여 가장 강성인 인쇄노조 원강혁이 흥분하여 목소리를 높였다.

"그건 다음에 생각할 문젭니다. 지금 라이징선 사태 이후에 부글부글 끓고 있는 덕원과 원산의 노동자 동지들의 한을 모아 저놈들에게 본때를 보여줘야 합니다. 그래야 원산부든 총독부든 나서서 해결할 것이 아닙니까!"

그러자 권 선생은 직접 대응을 비켜 가면서 차분하게 말했다.

"이준기 위원장님, 저들이 파업 조건을 받아들이지 않고 사태가 장기간 이어지면 노조원들이 얼마나 버틸 수 있다고 보십니까? 2,000명이 넘는 노조원과 그 가족들 숫자만 해도 1만 명은 훨씬 넘을 것인데요."

"비축된 노조 기금 사용과 소비조합 운전자금 약 4만 원을 지원한다 해도 두 달을 넘기기가 쉽지 않을 것 같습니다."

"제가 몇몇 쟁의를 보면서 사회가 마비될 것을 예상하여 노련 협동소비조합의 자본 확충을 배가하여 자체적으로 양곡과 생필품을 조달하는 방법을 마련하고, 의료인 확충이 시급하다고 노련에 의견을 낸 적이 있는데요."

이준기는 수원에서 고보를 졸업하고 원산의 무역회사에 다니다 원산항 객주조합의 조합장이 되었다. 그러다 노련위원장이 된 후에 실제적으로 노동자 복지를 위해 노력을 해 온 사람으로서 노동운동에 대한 지식과 책임감을 가진 사람이었다. 그는 이 지역의 지도자인 권상응과도 소통하고 있었다.

"예, 선생님 말씀대로 움직이고 있습니다. 함경도뿐만 아니라 평안도와 경기도의 산지를 찾아가 곡물을 싼값으로 조달하고 있습니다. 예를 들면, 쌀 1섬에 시중에서는 32원 정도 하는데, 조합에서는 3할 정도를 할인하여 22원에 팔고 있습니다. 그리고 정말 눈물겨운 일은, 조합원들이 파업이 끝날 때까지 금주를 하여 매일 5전씩 소비조합에 출자하기로 결의한 것입니다. 이 자금으로 생필품을 비축했다가 어려울 때 돈 대신 생필품으로 환산하여 각자에게 돌려주게 됩니다. 일종의 보험과 같은 것이지요. 그리고 노련이 운영하는 노동병원에 의사 1명과 간호사 2명, 약제사 2명을 추가 확보했습니다."

"잘 준비하셨습니다. 금주를 하면서 매일 5전을 적립하겠다는 말을 들으니 정말 가슴이 시릴 지경입니다. 또한 중노동에 시달리면서 건강을 잃은 회원을 치료하기 위해 자체 의료시설과 의료 인력을 갖춘 노련(勞聯)에 경의를 표하는 바입니다. 열악한 노동 환경을 바꾸는 것을 기업에만 매달리지 말고, 스스로 할 수 있는 것은 협동하여 해결해 나가야 합니다. 이것이야말로 근대화된 노동조직으로 나아가는 지름길이고, 나라가 없는 조선인이 자강과 자력을 통해서 패배주의를 극복하는 길입니다. 말이 나왔으니 한 말씀만 더 드리겠습니다. 일제는 지금 머지않아 중국을 손아귀에 넣을 준비를 착착 진행하고 있습니다. 곧 만주를 공격한다는 소문이 떠돌고 있고, 원산은 대륙 침략의 전진기지가 되었습니다. 우리가 다 알다시피, 이미 일본인이 원산 인구의 10퍼센트를 훨씬 웃돌아 집단화, 세력화되었습니다. 원산항을 계속 확장 중이고, 만주와 연해주를 연결하는 도로와 함경선 철도도 완료되었고……, 이 모든 게 군인과 군용물자를 수송하기 위한 것이지요. 본토에 있는 군부대를 계속 조선으로 이동시키고 있는 것을 보면 명백합니다. 나아가서 일제는 동아시아 해방을 기치로 내걸고 사실상 군국주의로 다가서고 있습니다. 또 중요한 한 가지, 지금 세계에서 가장 부유한 미국에서 경제공황이 시작되고 있습니다. 생산은 과잉되고 노동자는 저임금으로 소비를 할 수 없으니까 어지간한 회사가 문 닫을 정도로 심각합니다. 곧 일본기업도 영향을 받을 것이기 때문에, 저들도 쉽사리 물러서지 않을 것입니다. 군인이 개입하는 것은 어쩔 수 없다 하더라도 무력을 쓰는 명분을 줘서는 안 된다고 봅니다."

권 선생이 일본의 야심 찬 아시아 침략 계획과 해박한 국제정세를 설파하면서 대규모 파업이 불러올 파장을 논리정연하게 진단하자, 모두가 한동안 침묵을 지키고 있었다. 사실 노조 운동을 하는 사람들이 이 정도의 세계 정세 판단을 하기는 어려운 것이어서 모두 입을 다물고 있었다. 분위기가 차츰 어색하게 흘러갈 때쯤 "흠" 하고 짧은 한숨을 쉰 권 선생이

"모든 결정은 지도부에서 알아서 하실 일이고……, 마지막으로 한마디만 남기겠습니다. 많은 민중이 움직이면 생각지도 않은 방향으로

흘러갈 수 있습니다. 무엇보다 우리 편끼리 분열되어 다투는 일이 없도록 끝까지 노련의 통제 아래 일사불란한 행동과 교섭이 되도록 노력해 주시기 바랍니다. 제가 아무런 힘이 되어드리지 못해 정말 죄송합니다. 그러나 어떤 방법으로 하시든 저는 노동자들을 위해 힘 자라는 대로 돕겠습니다."

권 선생은 자신이 노동자의 편이라는 것을 힘주어 말하고 먼저 자리를 떴다. 권 선생이 자리를 뜬 후 임원들은 토론 내용을 두고 절충안을 만들었다. 합의서를 총무서기가 낭독한 후 참석자 전원이 서명했다.

원산노동조합연합회 집행위원회 결의사항

- 1928년 9월 28일 라이징선 회사는 노동조합에 약속한 사항을 지금까지 이행하지 않을 뿐만 아니라 노동자를 탄압하고 노조 임원을 검거하여 고문하는 등 불법적이고 야만적인 행위를 하였다. 이에 원산노동조합연합회는 1929년 1월 13일부로 라이징선 회사와 관련된 일체의 노동을 제공하지 않기로 한다.

- 조선인에 대한 차별과 폭력행위를 일삼은 고타마를 즉시 파면하라.

- 노동자에 대한 최저임금제 확립, 8시간 노동제 실시, 노동자 대우 개선, 단체계약권 확립 등 노동조건을 1929년 1월 22일까지 이행하지 않으면, 1월 23일부터 해결될 때까지 노련 전체가 무기한 파업을 실시한다.

- 원산부는 노동자 탄압을 일삼는 악덕 기업인 라이징선 회사뿐만 아니라, 원산부에 등록된 모든 회사를 감찰하여 노동조건 개선을 이행하도록 조치하라.

동해 쪽의 겨울 날씨는 반도의 반대편인 서해 쪽보다 훨씬 따뜻했다. 서해 쪽은 얕은 수심으로 온도가 빨리 낮아지는 데다, 시베리아에서 잔뜩 얼린 찬바람을 싣고 내려오는 북서 계절풍이 한반도의 등뼈인 백두대간에 걸려 넘어서지 못하기 때문이다. 하지만 자연의 질서도 예외가 있는 법, 힘을 모아 토해낼 날을 사흘 앞두고 시베리아의 찬바람이 동쪽으로 넘어오더니 전례 없는 폭설을 쏟았다. 그런 조건에도 아랑곳없이 노련 산하 각 노조는 비밀리에 조합원들을 모아, 노련의 결정을 전달함과 동시에 행동강령을 교육하고 반드시 투쟁에서 이길 것을 다짐했다.

1월 13일 라이징선 회사와 관련된 400여 명의 노동자가 파업에 돌입했다. 밤새 원산시가와 부두에는 파업을 알리는 벽보가 붙고 전단이 뿌려졌다. 파업노동자들은 회사와 부청사 앞에 모여 구호를 외쳤다. 사람들이 여기저기서 술렁이기 시작했고, 일경과 공무원들은 전단과 벽보를 수거하느라 분주했다.

엄영호는 천영노가 마련해준 안가에 이준기와 김인옥, 그리고 해륙운송노조 주광모를 불러 모았다.

"지금까지는 우리 계획대로 돌아가고 있는 것 같습니다만."

준모는 집행부가 마음이 들뜨지 않도록 차분하게 운을 뗐다.

"저도 그렇게 생각하고 있습니다. 라이징선 회사는 물론 회사와 관련된 일체의 작업에 대한 파업에 동참했습니다. 그리고 어제 11시쯤 부청에 가서 서무과장에게 우리의 요구사항을 전달했는데, 부윤께 보고하겠다고 했습니다.”

김인욱 총무서기가 보고한 후 주광모도 맡은 일에 대해 상황 설명을 했다.

“우리 노조도 라이징 선과 관련된 파업에 동참한 것을 확인했습니다.”

“투쟁에는 항상 변수가 발생합니다. 긴장을 풀지 말고 상황을 예의 주시하십시오.”

원산이 떠들썩하는 동안 위기를 느낀 원산부는 총독부에 긴급 보고를 했고, 총독부는 치안 관리들을 파견하여 관청과 경찰, 군대가 합동으로 긴급대책을 수립했다. 그들은 흥분한 조선 민중과 정면으로 맞서면 큰 불상사가 발생함은 물론, 자칫 3.1만세운동처럼 전국으로 확산될 빌미가 될 수 있으므로, 강경한 발톱을 안으로 숨기고 대신 자본가 단체인 원산상업회의소를 전면에 내세워 파업에 대처하도록 했다.

원산부는 1월 17일부로 모든 쟁의를 원산상업회의소에 위임한다고 발표했다. 이틀 후에 엄영호는 이준기와 김인욱, 주광모와 천영노를 다시 안가에서 만났다.

“상업회의소와 협상 진행은 어떻게 되어가고 있습니까?”

“오늘까지 미끼 회장과 임원진을 두 번 만났습니다. 그들은 우리가 내건 조건을 긍정적으로 보고 관계기관과 회의소 회원들과 조율하고 있다고 합니다. 이 부분은 우리 집행부 3인도 긍정적으로 느끼고 있습니다. 그러면서 이들이 내세운 조건은 두 가지입니다. 첫째 노조원 이외 사람은 이 사태에 개입시키지 말 것, 두 번째는 사흘 안에 거리의 시위를 중지해 줄 것인데, 즉 빠른 시일 내 타결을 위해서 관이나 군경을 설득하는 분위기 조성을 해 달라는 것입니다.”

이준기 위원장의 말을 들은 엄영호는 "아무것도 쟁취하지 못한 이 시점에서 데모를 중지할 수는 없습니다. 많은 파업 현장을 가 보았는데, 유연하게 대처해서 성공을 거둔 것을 보지 못했습니다. 힘을 가진 자의 전술은, 시간을 끌어 약자의 의욕을 약화시켜 스스로 손들게 하는 데 있습니다. 오랜 굶주린 사냥개에게 죽 한 그릇 주면 물지 않는 이치와 같은 거지요. 2, 3일 회의소 행동을 보고 정하도록 합시다."

노련의 기대와는 다르게 상업회의소는 겉으로 협상하는 척하면서 시간을 끌다가 며칠이 지나자, 숨긴 발톱을 하나씩 밖으로 내놓기 시작했다. 1월 21일 전격적으로 파업자를 해고 처리하고, 노련 소속 노동자는 채용하지 않겠다고 발표하면서, 사태는 엉뚱한 방향으로 흘러갔다. 당황한 엄영호와 이준기는 긴급 집행위원회를 개최하고 당초 결정한 대로 총파업에 들어가기로 결의했다.

밤잠을 설친 엄영호는 자리에서 일어났다. 근래 보기 드문 해풍으로 창문이 흔들리고 문풍지가 펄럭거렸다. 그는 담배를 한 대 피워 물고 파업의 진행을 직접 보기 위해 안가를 나섰다. 시내 주요도로는 아침 해가 떠오르기 전에 벌써 노동자들로 가득 찼다. 각 노조에게 미리 배정한 지역에서 소단위 책임자들이 노조원을 지휘하며 거리 행진을 시작하자, 농민들과 소규모 자영업을 하는 사람들도 문을 닫고 합세했다. 거리마다 만세 소리와 함성이 3.1만세운동의 기세를 넘어서서 전쟁을 방불케 했다. 엄영호는 전날 밤에 자신의 세포조직을 가동해 큰 건물과 요지마다 '노동자혁명 민족해방완수' '일본제국주의 타도'라고 쓴 벽보와 플래카드를 걸게 했다. 곳곳에서 노조의 깃발을 흔들면서 함성을 질렀다. "노동자 해방, 일본제국주의 타도"를 외치는 소리도 함성 속에 섞여 있었다. 사람들은 이번에야말로 무언가를 해낼 것 같은 용기가 솟아올라 구부려 있던 허리를 펴며 고함을 질렀다.

　일요일인 데다 예상치 못한 집단행동에 당황한 일경은 우선 가용할 수 있는 인력을 긴급 동원하였고, 이들이 행진대를 해산하기 위해 불어 대는 호각 소리는 함성에 휩싸여 오히려 소란을 더 부추길 뿐이었다. 원산항에 정박 중인 화물선에서도 이 파업에 호응하는 뱃고동을 수시로 울려 주며 격려했다. 원산역에서 부청사로 가는 2킬로미터 폭 8미터의 간선도로에는 농민과 일반인까지 합세하여 도로를 가득 메웠다. 본정에 있는 부청에는 정문을 굳게 걸어 잠그고 앞선에는 경찰들이 총을 메고 섰고, 그 뒤에는 일인과 조선인 직원들이 몇 겹으로 열을 서서 방어막을 치고 있었다. 그들은 이 사태를 심상치 않게 느끼고 있는지 얼굴이 경직되어 있었다. 정문 밖에는 엄영호가 특별히 선발하여 배치한 조장 김건호가 미리 준비한 구호를 외치자, 시위대는 주먹으로 하늘을 찌르며 목이 터지라 복창하고 있었다. 둘째 날에는 부청사 앞에 라이선징 사태 때 쫓겨난 노동자들이 집단으로 가세하여 한풀이라도 하는 듯 어디서 돌을 주워 와서 80미터쯤 떨어진 2층짜리 본청 건물로 돌팔매질을 하는 일이 벌어졌고, 이런 사람을 말리는 소리도 들렸다. 그런데도 일경은 침착함을 유지하고 있었고, 때때로 일본인 부윤이 나와서 요구조건을 검토하고 있으니, 며칠만 시간을 달라고 군중을 달래고 있었다.

　총파업 소식이 동아일보, 조선일보를 비롯한 언론을 통하여 보도되자 국내외에서 수많은 노동자 농민단체와 지인들이 지원 금품과 격려문을 보내왔다. 시간이 갈수록 파업 참가자가 늘어나고 더욱 격렬해졌다. 엄영호는 거리를 돌면서 냉정히 분석해 봐도 이번 파업은 적어도 실패하지는 않겠다는 확신이 섰다.

하지만 사태는 또 다른 방향으로 흘러갔다. 상업회의소는 인천항의 노동자들과 만주의 중국인, 다른 지역의 일본 노동자를 데려와 생산 현장에 투입하기 시작했다. 거기에다 경찰과 소방대, 군인들이 합세하여 새벽에 기습적으로 노련의 소비조합과 산하 노동조합, 노조 간부의 집을 압수 수색을 하여 비축한 자금과 식량을 몰수하고, 노련위원장 이준기와 총무서기 김인욱, 집행위원, 간부 등 8명을 구속했다. 그러고는 노동자들이 보이기만 하면 올해 한층 강화된 치안유지법을 적용하여 연행해 갔다. 그들은 합법적인 공포분위기는 조성하되 무력을 쓰지 않고도 파업의 예봉을 꺾기 위해, 시간을 끌면서 치밀하게 대처하고 있었다.

　그들은 원산노련의 아킬레스건이 무엇인지 알고 있었다. 노임을 받지 못한 사람들이 견딜 수 있는 기간이 아무리 길어도 한 달을 넘기지 못할 것으로 판단했고, 제일 먼저 원산노련을 분열시키는 계획을 세웠다. 우선 불법적인 파업을 한 원산노련을 인정하지 않는다는 공시를 하고는 함남노동회라는 단체를 만들어, 노련을 탈퇴하여 이 단체에 가입하는 노동자에게만 생필품을 지원하고 회사에 고용하기 시작했다. 거기다가 원산으로 유입되는 곡물과 생필품을 철저히 통제했다. 그들의 판단대로 파업 한 달이 지나면서 가정마다 생필품이 남아있는 것이 없었다. 이미 비축된 물품은 일제가 강제로 몰수해 버린 데다 노련의 소비조합 재정도 바닥이 났고, 자영업자들도 팔 물건을 조달하지 못해 대부분 상점 문을 닫았다. 노동자들은 이를 악물면서 대오가 흐트러지지 않게 서로를 격려하며 버텼다. 하지만 보름이 더 지나면서부터 굶주림을 참지 못해 노련을 이탈하는 사람들이 나타나기 시작했다.

　엄영호는 노련위원장에 경성에서 사회주의 운동을 하는 강성태 변호사를, 총무서기 자리에는 자신의 세포조직 책임자인 천영노를 앉혀 반전을 꾀하고자 했지만, 자금이 바닥나서 투쟁 지원을 할 수 없었다. 권상웅이 3천 원의 자금을 마련해 왔지만, 그것도 며칠 가지 못했다. 파업 두 달을 넘긴 3월 중순이 되자, 희망이 보이지 않는 투쟁은 아사 직전의 노동자들에게는 더 이상 호소력을 잃어가고 있었다. 그러자 설근식은 엄영호를 만나 상업회의소와 타협할 것을 요구했으나 거절당하자, "소수의 정치적 목적 달성을 위해 노동자를 죽음으로 내모는 노련을 탈퇴한다."라고 선언하고, 자신을 따르는 조합원을 데리고 함남노동회에 가입했다. 이에 격분한 엄영호의 세포조직인 조선공산당원들이 설근식과 간부들을 구타한 사건이 발생했고, 이 분열은 타다 남은 불꽃마저 사그라들게 했다.

파업사태의 주동자 엄영호가 사실은 원산에 살았던 강준모라는 말이 퍼지기 시작하자, 그는 동물 같은 감각으로 원산을 빠져나왔다. 엄영호는 이 사건이 승리를 위한 투쟁의 과정일 뿐, 결코 실패했다고 인정하지 않았다.

02

분연히 일어선 사람들

1928년 10월 1일, 순님이 수도원 성당에서 주일미사를 드리고 마당을 걸어 나올 때였다. 초췌한 모습으로 심하게 한쪽 다리를 저는 아저씨가, 역시 다리를 저는 서너 살 된 여자애를 데리고 앞으로 다가오더니 나지막한 목소리로,

"혹시 장옥자, 아 아니 이순님으로 이름을 바꿨다고 하던데…… 맞지요?"

"예, 그런데…… 누구십니까?"

"함흥 이영복 씨 기억나십니까? 김성구라 합니다. 참 그때는 이현수라고 했지요. 기억나시는지?"

"아, 예……. 밀양에서 함흥으로 데려다준 아저씨."

순님은 그날을 아직도 똑똑히 기억하고 있었다. 밀양에 산 지 2년 정도 되었을 때였다. 아침을 먹고 얼마 지나지 않아 어젯밤에 나간 장철

암 양아버지가 집에 들어오더니, 갑자기 옷 보따리를 싸라고 했다. 뭔지도 모르고 아버지를 따라 동네 뒤쪽 고개를 넘어 신작로로 나가자, 어떤 젊은 아저씨가 서 있었다. 아버지는 "옥자야, 당분간 이 아저씨를 따라가서 살아라."라는 말을 했다. 이유를 설명해 주지 않았지만, 형편이 어려워서 그랬다는 것만 기억 속에 남아있었다.

"아저씨, 감옥에서 얼마나 고생하셨으면, 이렇게나 수척해지시고……."

순님은 아저씨를 알아본 순간 왈칵 눈물이 쏟아져 나왔다. 서른 정도 나이지만 머리숱이 듬성듬성한 데다, 얼굴이 핼쑥하여 50대 어른 같았다.

"죄송합니다. 한 번도 찾아뵙지 못해서."

순님은 덕원으로 시집올 때 비로소 함흥의 양아버지로부터 자기를 데려다준 아저씨가, 경성으로 가다가 일경에게 붙잡혀 징역 8년 형을 받고 청진 감옥에 갇혀 있다는 소식을 전해 들었다. 그리고 본 이름이 윤상호나 이현수가 아니라, 김성구인 것도, 독립운동을 하는 의열단원으로서 자신과 조직을 위해 가명을 썼다는 것도 그때 알았다.

"괜찮아요. 어디 나, 나만 그런가요. 모든 동지가 다 고생하는걸요."

순님은 아저씨를 수도원 한쪽에 있는 성모상 옆의 의자로 모셔갔다. 아저씨가 데리고 온 애는 수도원 건물과 사람들이 많이 있는 것이 신기한 듯 혼자서 이리저리 구경하고 있었다.

"언제 나오셨나요?"

"지난 3…… 월."

"몸이 빨리 회복되어야 할 텐데요."

"그러면 좋겠지만."

"너무 상심하지 마세요. 휴식을 취하면 좋아질 겁니다."

"예."

아저씨는 말을 더듬거리면서 손발을 떨었고, 목은 그렁그렁했고, 숨 쉬는 것도 정상이 아니었다. 검은 점퍼에 회색 바지를 입은 수수한 옷 차림에 얼굴이 해맑고 눈이 초롱초롱한 20대 초반의 청년이 피폐한 몸 으로 앉아 있는 모습을 보니 가슴이 미어질 것 같았다.

"아저씨 잠깐."

순님은 미사 가방에서 흰 손수건을 꺼내 아저씨 입술에 묻어있는 가 래를 닦아드렸다. 말하는 것조차 무리인 것 같았다.

"어떤 일이 있어도 아저씨께서 독립을 꼭 보셔야 할 텐데요."

"그러면 얼마나 좋겠습니까. 조급하면…… 음, 오히려 지쳐 포기할 수도 있지요. 일본제국은 쉽사리 무너질 나라가…… 아니거든요. 하지 만 민족이 단합하여 나가면 언젠가는 독립이 꼭 올 겁니다. 아무래도 옥자 씨에게 꼭 전해 줄 말이 있어 왔습니다."

"무슨 말씀을?"

"예. 옥자 씨의 아버지, 그러니까 친부이신 성석강 선생님과 밀양 아 버지 장철암 동지에 대한 관계를 말씀드리려고요."

"예! 그럼 혹시 세 분이 다 아는 사이였습니까?"

"그렇습니다. 1916년 봄에 서간도에서 세 사람이 만났지요. 그때 서 간도에서 가장 독립운동을 활발히 한 분이 성석강 선생님이었는데."

"아버지가요?"

"예. 국내에서 활발히 의병 활동을 하다 그곳으로 가서, 청산구 은 광자촌을 중심으로 의병을 모집하고…… 훈련시켜서, 조선 내의 일본 군경을 습격하는 무장투쟁을 하셨지요. 그때는 조선의 많은 젊은이가 독립운동하기 위해 만주로 모여들고 있었고……, 저도 선생님을 몇 번 만나 저의 앞날을 의논하고 있었지요. 평양 숭실학교를 중퇴하고 온 장철암 동지도 그런 맘을 먹고 왔는데, 제가 장 동지에게 성 선생님을 소개해 주었지요. 그런데 놀라운 일은 음……, 선생님이 태어난 곳은 평산이지만, 밀양에서 밀양공립보통학교와 동화중학교에 다녔다는 것이지요. 성 선생님의 부친께서…… 구한말 밀양에서 관리를 할 때 부모님과 그곳에서 사셨답니다. 그 말씀을 듣자, 장 동지가 두 학교의 한참 선배 되시는 선생님께 그 자리서 무릎 꿇고 큰절을 올렸지요. 참, 가슴 뭉클한 장면이었는데, 아마…… 장 동지가 큰일을 한 것은 의열단의 기개도 있었지만, 선배님의 영향도 많이 받았던 거지요."

"두 분이 그런 인연이 있었다니요."

"그때는 만주와 연해주에 독립운동을 하기 위해 사람들이 몰려들었지만, 자금이 부족하여 애를 먹고 있었는데……, 이 말을 들은 장 동지가 자금을 만들어 보내겠다고 압록강변 창성에 있는 대유동 광산으로 갔지요."

"제가 밀양 아버지를 만난 것이 우연이 아니었네요?"

"그렇지요. 사실 선생님은 평산에 있는 부인과 딸 걱정을 자주 하셨고, 자신이 잘못되면 찾아서 보살펴 달라는 말을 우리에게 하셨지요. 장 동지와 저는 그 부탁을 마음에 두고 있었고……. 그래서 그날 장 동지가 큰일을 위해 옥자 씨를 제게 맡기면서 딸을 꼭 지켜달라고 당부했지요."

"밀양 아버지가 무슨 큰일을?"

순님은 아버지에게 뭔가 일이 일어난 것 같아 아저씨를 쳐다보며 말했다.

"어려서 몰랐겠구나. 음……, 우리가 떠나온 다음 날 밀양경찰서에 폭탄을 터뜨린 사건이 있었지요. 비록 큰 성공을 하진 못했지만……."

"그런 큰일을 하셨다니. 그럼 아버지는 어떻게 되셨어요?"

"자살하려다 실패하고 체포되어, 다음 해 음, 1921년 7월에 대구형무소에서 순국하셨지요. 장 동지는 민족과 의열단 단원들에게 큰 용기를 주고 그만."

"흐 흑 흑……, 아버지가 그 큰일을 하신다고 저를 아저씨께 부탁하신 거네요."

"그렇지요. 가족에게도 위험한 일이 생길 수 있으니까."

"아저씨는 저를 데려가려고 밀양에 오셨던 겁니까?"

"그건 아닙니다. 나는 1919년 길림에서 처음 의열단을 만들 때 밀양청년 김원봉 의백과 윤세주, 김상윤, 한봉근 동지와 함께했고, 뒤이어 장 동지도 의열단에 합류했지요. 사실 밀양에 갈 때 저는 일경에게 폭탄 제조자로 지목되어 쫓기는 몸이었거든요. 그해 6월에 의열단이 계획한 밀양폭탄사건이 누군가의 밀고로 발각되어 단원 몇 사람은 경성에서 체포되었고……. 나는 대구에 숨어있었는데, 장 동지가 나를 급히와 달라고 연락했지요. 그래서 밀양에 내려가 장 동지 집 근처 움막에서 거사 날짜와 폭탄 사용법을 의논하고, 나라 걱정, 집 걱정을 하며 사흘을 보냈지요."

"저는 전혀 몰랐네요. 밀양 아버지가 농사짓는 줄만 알았습니다."

"사실 장 동지는 대유동 금광에서 자금을 모아 성석강 대장이 이끄는 서간도의 독립군에게 보내주고 있었는데, 동지의 밀고로 성석강 선생이 체포되자 급하게 정주로 피신했지요. 거기서 시골 우체국 집배원으로 일하며 독립군에 자금을 보내주고 있다가 더 큰 일을 하기 위해 밀양에 내려왔던 거지요. 그 일이 밀양경찰서 폭탄투척이었습니다.

"정주에서 밀양 아버지와 살았던 기억이 납니다. 정이 많고 말이 없는 아버지가 어떻게 그런 일을 감당할 수 있었을까요?"

"사람들이 장 동지를…… 나라를 위해 불같은 삶을 살고 갔다고 칭

송하는 것만으론 모자라지요. 사람이라면 자기 목숨이 중한 줄 왜 모르 겠습니까. 폭력이나 죽음 앞에서 당당한 모습, 그 이면에는 인간의 나 약함이 왜 없겠습니까. 사람을 죽인다는 것……, 인간이 인간을 응징한 다는 것이 얼마나 고통스런 용기인지요. 밀양에서 마지막 밤을 같이 보 낼 때 '김 동지, 우리는 강령에 의해 일제의 주요 기관을 파괴해야 하지 만, 먹고 살기 위해 그곳에서 일하는 하수인의 생명을 앗는 행위가 과 연 옳은 일이라고 할 수 있을까요?' 하고 내게 말할 때, 동지의 눈이 심 하게 떨리고 있는 것을…… 보았습니다. 인간 생명의 존엄성에 대한 깊 은 고뇌를 말이지요."

말씀하시는 아저씨의 숨이 더 거칠어졌고, 푹 들어간 눈에는 눈물까 지 고였다. 순님은 이러다가 기력이 더 떨어지면 안 되겠다고 생각했 다.

"아저씨, 안 되겠습니다. 여기서 이러지 마시고 우리 집으로 가십시 다."

"아, 안 됩니다. 내가 아직 감시당하고 있어 옥자 씨 가족이 위험해 질 수도 있습니다. 저는 다음 열차로 떠나야 합니다."

"말씀도 힘드시고, 이런 상태로는 도저히 가실 수 없습니다."

"괜찮습니다. 오늘 아니면 기회가 없을 것 같아서……, 전해야 할 말 을 꼭 해주고 싶어 왔지요."

아직 할 말이 많이 남은 성구는 시간에 쫓겨 무리하게 많은 말을 하 다 보니 숨이 더 차올랐다. 하던 말을 잠시 멈추고, 추수가 끝난 어운리 의 빈 들판을 멍하니 내려다보았다. 그의 쇠약한 몸은 미풍에 떨리는 풀잎대와 같았다.

수도원에서 공사를 하는 인부들과 목공소와 인쇄소에서 근무하는 수사들이 점심을 먹으러 나오다 순님과 김성구를 쳐다보며 지나갔다.

낯선 사람의 출현이 반가울 리 없는 독일인 수도원장 제니 파르 신부도 눈여겨보고 있었다. 이 수도원과 신학교를 짓고 운영하는 독일인 수도자들은, 노동운동과 독립운동을 하는 사람들이 수도원에 드나드는 것이 발각되면, 건물이나 신학교 설립 허가권을 가진 일본에 탄압의 빌미를 주기 때문에 당연히 신경을 쓸 수밖에 없었다.

"우리가 떠나온 그날 아침에 장 동지는 내 손을 붙잡고 다시 한번 딸을 부탁한다고 했지요."

"예. 그때 아버지는 이미 죽음을 각오하고 있었던 것이네요?"

"그렇지요. 우리 의열단원은 죽기를 두려워하지 않았습니다. 그래서 남아있는 사람이 가족을 돌봐주는 것은 우리에겐 당연한 일이지요. 음…… 옥자 씨를 경원에 있는 우리 집으로 데려가야 하는데, 그곳은 이미 나를 잡기 위해 형사들이 그물망을 펴고 있어 함흥의 이영복 동지 집에 맡긴 거지요. 그분에게는 옥자가 누구인지 말하지 않았고 그분도 묻지 않았지요. 신상에 대해 일절 묻지 않는 우리 사이의 불문율이니까요. 장철암 동지도 최한수와 장일오라는 세 개의 이름을 썼지만, 신상에 대해서는 제대로 아는 사람이 없을 정도였지요. 혹시나 검거되어도…… 말할 거리를 없애기 위해서지요. 아무리 강직한 사람이라도 고등계 형사들 혹독한 고문을 당해내기는 힘드니까요."

"아저씨 몸을 보니까 정말 혹독한 고문을 당하셨네요."

"나뿐 아니라, 다…… 그렇지요."

김성구는 잠시 고개를 들어 지그시 눈을 감고 지난 8년간의 기억을 떠올렸다.

"밀양 아버지는 갈 곳 없는 저를 구해주셨는데, 딸이 되어 아버지가 돌아가신 것도 모르고 있었다니. 산소라도 한 번 찾아가 봐야 하는데 지금 그럴 형편도 안 되고, 정말 아버지에게 죄송하고 또 죄송하네요."

"나도 마찬가집니다. 꼭 한 번 밀양에 갔다 와야 하는데……, 이제 몸이 말을 듣지 않네요. 참, 이야기 앞뒤가 바뀌었네요. 성 선생님에 관한 것을 전해야 하는데."

"예?"

순님은 갑자기 가슴이 짓눌려 왔다. 아버지와 어머니를 생각할 때마다 찾아오는 통증이었다. 11년 전 부모님이 삿갓봉 집에서 일본 경찰에게 끌려가시던 모습이 눈앞에 생생하게 그려졌다. 순님은 두 손에 깍지를 끼고 아저씨를 조용히 쳐다보았다.

"밀양에서 밤을 새울 때 장 동지가 음……, 옥자 씨의 부모님에 대해 말해 주었지요. 그때 성 선생님의 따님인 줄 처음 알았습니다. 아까 말했지만, 장 동지가 독립운동 자금을 마련하기 위해 프랑스인이 운영하는 창성 대유산 금광에서 최한수로 이름을 쓰며 동지들을 규합해 만든 자금을 간도의 독립군 단체로 보내고 있었는데……, 평안도 영변에서 운산으로 가는 은행 송금 마차 습격 사건이 터졌지요. 일경은 이 사건이 광복회 회원 7명이 일으켰고, 대장이 성석강 선생님이라는 것을 알아냈지요."

"예! 아버지가 그런 사건을 일으켰습니까?"

"맞습니다. 그런데 일본이 사전에 눈치를 채서 마차의 순서를 바꾸는 바람에 돈을 탈취하지 못했지만, 다행히 독립군들은 간도로 피신했지요. 일경은 성 대장님을 잡기 위해 3년 전부터 조선 밀정을 보내서 행방을 추적했지요. 일경이 결정적으로 성 선생님의 행방을 알게 된 것은……, 금광에서 장 동지를 도와 독립군 자금을 전달해 주던 사람의 배신 때문입니다. 그 사람이 독립군 자금을 가지고 선생님께 전달해 주는 일을 하는 것을 일경이 알고, 그를 협박하여 간도로 피신한 선생님 행방을 알아낸 거지요. 광산에 있던 동지들이 그 사람의 수상한 행동을 눈치채고 있던 어느 날 그가 돌연 사라졌고, 곧 성 대장님이 잡혔다는 소식을 듣게 되었지요. 소식을 들은 그날 동지들이 모두 피신하는데, 장 동지도 급히 집에 짐을 꾸리러 가던 중에…… 김한규 집 앞에서 울고 있는 옥자 씨를 발견하게 되었다고 하더군요."

"예. 기억이 납니다."

"그때 성 선생님이 있는 곳을 밀고한 사람이 바로 김한규라는 사람이지요."

"예! 어떻게 이럴 수가요. 그 사람은 창성에서 압록강 삿갓봉 빈집으로 엄마와 저를 데려다준 사람입니다."

순님은 이 말을 듣고 놀라지 않을 수 없었다.

옥자가 8살이던 1915년 5월, 평산에서 엄마를 따라 중국이 빤히 건너다보이는 압록강변 삿갓봉 산비탈에 있는 초가집에 이사를 갔었다. 평산 집에 살 때는 어려서 이유는 잘 몰랐지만, 매일 순경들이 집 주위를 돌아다니거나 대문을 열고 들어와 이 방 저 방의 문을 열어보고 갔다. 그러던 어느 날, 엄마는 보따리 한 개를 들고 옥자의 손을 잡고 어둑할 때 동네를 빠져나왔다. 평산역에서 기차를 타고 밤새도록 와서 압록강이 보이는 역에 내렸고, 다시 버스를 타고 창성면 소재지에 내렸을 때는 점심때였다. 대합실에서 기다리던 어떤 아저씨를 따라 압록강변 산길을 오후 내 걸어 삿갓봉 밑 외딴곳에 방 한 칸에 부엌이 딸린 허름한 초가집에 도착했다. 그리고 이틀이 지난 밤에 지금까지 한 번도 소식이 없던 아버지가 불쑥 나타났다. "잘 자라주었구나, 우리 딸!" 하면서 옥자의 머리를 쓰다듬어 주었다. 아버지는 엄마와 알 수 없는 말을 밤새워 소곤소곤했다. 다음날 옥자가 일어났을 때 아버지는 배를 타고 압록강을 건너가고 없었다. 엄마는 화전을 일구며 살았고, 드문드문 아버지가 다녀가셨다. 엄마는 옥자에게 아버지가 무슨 일을 하시는지 알려주지 않으셨지만, 혹시나 무슨 일이 벌어지면 아버지의 친구를 찾아가라면서, 주소와 이름이 적힌 쪽지를 숨겨둔 곳을 가르쳐 주셨다. 그렇게 2년째 살고 있던 어느 봄날 밤에, 아버지가 와서 저녁을 먹으며 엄마와 말씀을 나누는 것을 보고 옥자는 피곤해서 스르르 잠이 들었는데, 부산한 소리에 잠이 깼다. 눈을 떠보니 총을 든 일본 순사 다섯 명이 부모님을 포승줄에 묶어 끌고 가고 있었다. 보름이 지나도 돌아오지 않자, 옥자는 쪽지를 찾아 그 길로 물어물어 대유동 광산을 찾아갔다. 어둠이 내릴 때쯤 김한규 아저씨가 묵는 집을 찾았으나 대문이 잠겨 있어 무서워 울고 있는데, 지나가던 어떤 아저씨가 "왜 여기 있나?" 하고 물어 "김한규 아저씨를 찾아왔다고 하니 "네 이름은?" 하고 물어 "성옥자"라고 말씀드렸더니, 다시 아버지 이름을 물으셔서 "성석강"이라 말씀드렸다. 그러자 아저씨가 황급히 내 손을 잡고 자기가 사는 집으로 데려가더니, "너는 지금부터 나를 아버지라 부르고 누가 이름을 물으면 장옥자라 해라"고 하셨다. 다음 날 새벽에 광산을 떠나 정주로 가서 살았는데, 거기서 아저씨는 장일오란 이름을 쓰면서 시골 우체국 집배원으로 근무하시다가 나를 데리고 밀양 본가로 내려왔다.

"인연이 이렇게 될 수도 있는 거네요. 그런데 참, 사람은 강하기도 하지만, 어떤 땐 한없이 나약하답니다. 장 동지도 그 사람이 그럴 줄 꿈에도 생각하지 못했다고 하더군요."

"아, 정말…… 아버지가 이 일을 알고 얼마나 실망했겠습니까."

"예. 성석강 선생님은 1918년 5월 1일에 평양감옥소에서 순국하셨습니다."

"아저씨, 제가 어떻게 해야 할지 모르겠네요. 흐 흑 흐흑……."

어느새 두 사람의 떨리는 손이 서로를 맞잡고 있었다. 성구는 자신의 죽음이 가까워졌음을 느끼고 옥자를 찾아온 것이다.

"너무 슬퍼하지 마십시오. 그분들은 대의를 위해서 자기 몸을 던진 열사입니다."

"저에게 이런 분들이 계셨다는 것이 정말 자랑스럽습니다."

"선생님의 무덤은 평산 고향 마을 뒷산에 있다고 합니다. 그리고 또 하나 전해 줄 것은, 어머니도 감옥에 갇혔다가 풀려나시어…… 딸을 찾기 위해 창성 주변을 찾아다니다가 결국 성 선생님이 활동하던 중국 관전현 청산구까지 갔지요. 그곳은 옥자 씨가 살던 삿갓봉 집에서 마주 보이는 강 건너편에 있지요."

"예! 그러면 아버지가 거기서 배를 타고 집에 들르셨네요."

"맞습니다. 음…… 어머니는 거기서 남편의 순국 소식을 듣고 자결했지요. 그 지역 주민들이 어머니 무덤 옆에 의열비를 세워 맑은 정신을 기리고 있습니다. 제가 한 번 다녀온 적이 있습니다. 또 하나, 옥자 씨 외할아버지 정한홍 열사도 평산의 명문 집안 출신인데, 1905년 을사조약이 체결되자 사위인 성 대장님과 같이 맨 먼저 나서서 의병대를 만들었지요. 평안도와 함경도와 만주에서 무장투쟁을 하다 돌아가셨고요."

"저는 지금 무슨 꿈을 꾸고 있는 것 같네요. 이분들의 피를 이어받은 저는 어떻게 해야 할까요?"

"나라가 없으니 우리는…… 노예나 다름없지요. 모든 백성이 다 독립운동할 수는 없어도 자기가 할 수 있는 방법으로, 그것이 기도든 물질이든 말입니다."

"안중근 의사가 순국했지만, 교회에서는 말조차 못 꺼내고 있습니다. 부모님과 밀양 아버지도 마찬가지겠네요."

"나라를 빼앗긴 설움이지요. 참, 중요한 사실 하나를 빼먹을 뻔했습니다. 안중근 의사와 성 선생님께서는 큰 인연을 가지고 있습니다. 두 분은 지리적으로 가까운 해주와 평산 출신에다 1879년 같은 해 태어났지요. 또, 두 분 다 국내외에서 무장 항일운동을 하시다 감옥에서 순국하셨고, 놀라운 일은 이토 히로부미를 저격한 총을 성 선생님이 건네주었다는 겁니다, 사건 한 달 전 연해주에서."

"예? 믿어지지 않습니다, 두 분의 인연이."

"개인이 하는 작은 일이…… 역사의 중심에 설 수도 있습니다. 독립운동 하신 분을 위해 마음으로 기도해 주십시오."

"알겠습니다. 아저씨도 힘든 생활을 겪으셨는데 후회되지 않으세요?"

"악랄한 고문을 받을 때마다 언뜻언뜻 그런 생각이 들 때가 있었지요. 사람의 인내라는 것은…… 음, 그렇게 단단한 것이 아니지요. 배신하는 것은 단 한 마디만 족합니다. 그러면 조국과 동지에게는 배신자가 되지만 개인은 영달하지요. 하지만 어차피 한 번 죽을 거, 민족과 가족을 위해 죽어야지 하며 고비를 넘기지요. 성 선생님이나 장 동지가 그렇게 한 것처럼요."

"우리에게 정말 독립이 올까요?"

"언젠가는 올 것입니다. 아니, 어쩌면…… 영원히 오지 않을지도 모르지요, 우리가 지쳐 포기한다면 말입니다. 내가 가장 두려운 것은 그것입니다, 동포들이 독립을 기다리다 지치는 것 말입니다. 이젠 민족을 위해 해야 할 저의 몫은…… 끝난 것 같습니다."

혼신의 힘을 다해 말씀하시는 아저씨를 보며 순님은 더 이상 대화를 할 수 없었다.

"예, 아저씨. 그런데 저 애는?"

순님은 아저씨가 데려온 애를 가리키며 물었다. 뭔가 사연이 있을 것 같았다.

"사실 내가 여기 온 것은 저 애 때문이기도……. 제 질녀입니다."

"질녀요?"

"감옥에서 8년을 살고 경원 집으로 갔더니…… 저 애밖에 없었지요. 형님 내외는 나 때문에 항상 일제의 감시에 시달리고 살기기 변변찮으니까, 온 식구를 데리고 연해주로 가려고 했는데, 엄마는 가지 않겠다고 한사코 반대했답니다."

"왜, 그렇게?"

"내년이면 둘째가 감옥에서 나올 것인데 기다리고 있어야 한다고. 거기다가 4살짜리 저 애는 남겨두라고 했답니다. 소아마비가 있는 데다 연해주는 경원보다 날씨가 추워 어린애가 지내기엔 좋지 않아서. 자리가 잡히면 데리러 오라고……. 그래서 8살, 6살 난 아들 둘만 데리고 갔다고 합니다."

"어머니는 어떻게……."

"내가 감옥에서 나가기 2달 전에 심장병으로 돌아가셨습니다. 나 때문에 그 병이 와서 그렇게."

김성구는 말을 잇지 못하고 먼 하늘을 쳐다보았다. 순님도 가족 간의 슬픈 사연이 남의 일 같지 않아 손수건으로 눈물을 훔쳤다. 아저씨가 애를 데리고 자기를 찾아온 이유를 어렴풋이 짐작했다.

"옆집에 사는 집안 아주머니가 저 애를 돌보고 있었지요. 둘째가 찾아오면, 형이 돌아올 때까지 질녀를 맡아 키우길 어머니가 당부하셨다고. 그런데……, 이제 내 몸이 감당할 수 없는 처지라."

성구는 감옥에서 얻은 폐병과 고문으로 죽음이 눈앞에 다가온 것을 느끼고 있었다. 8년 만에 본 바깥세상은 모든 것이 낯설었고, 그의 주위에는 말 붙일 사람도 없어 마치 이방인 같았다. 어렵게 생각해 낸 사람이 옥자였고, 수소문하여 여기까지 올 수밖에 없었다.

"아저씨, 저의 집에서 병이 나을 때까지 요양하며 계십시오. 제 남편도 아저씨에 대해 다 알고 있으니까 흔쾌히 맞아 줄 겁니다. 질녀도 제가 보살펴 드릴게요."

"아 아니, 아닙니다. 사실 입이 떨어지지 않습니다만, 저 애만 좀 보살펴 주십사고 염치없이 찾아왔습니다. 내 한 몸은 알아서 하겠습니다."

"아저씨 제 말대로."

"아닙니다. 저 애만 좀 키워주시면 됩니다. 정말 간곡히 부탁드립니다."

순님은 아저씨가 자기의 제안을 받아들이지 않을 것임을 알았다. 아저씨의 삶을 보더라도 결코 어디에 기대 살 분이 아니었다.

"예. 아저씨가 제게 해주신 것을 생각하며 질녀를 성심껏 키우겠습니다."

"고맙습니다. 저 애는 보다시피 소아마비를 앓아…… 한쪽 다리가 불편합니다. 제가 부모님 성함과 생일과 본적을 적어왔습니다. 나중 적당한 때에 이것을 보여주시기 바랍니다. 그러면 부모와 고향을 찾을지도."

성구는 종이쪽지를 순님에게 건넸다. 그의 머리와 손이 더 심하게 떨렸다.

"알겠습니다, 아저씨."

성구는 혼자서 놀고 있는 질녀를 한동안 쳐다보다가 "선옥아, 이리 오너라." 하고 불렀다. 그러자 애가 한쪽 다리를 절뚝거리며 왔다.

"아줌마에게 인사드려라."

그러자 선옥은 뭔가 불안한 듯 쭈뼛쭈뼛하더니 고개를 약간 숙였다.

겨울에 들어선 함경도 최 북쪽의 날씨에 맞지 않게 얇은 홑저고리와 치마를 입고 있는 모습을 본 순님은, 울컥하는 마음을 진정시키며 애의 손을 잡았다. 손등이 군데군데 터져 있었고 얼굴도 버섯처럼 핀 몇 개의 마른버짐을 빼고는 흑갈색으로 변해 있었다.

"네가 선옥이구나. 이제 이 아줌마하고 같이 살자. 내가 엄마처럼 보살펴 줄게. 알겠지?"

선옥은 낯선 아주머니의 갑작스런 말에 고개를 돌려 두려움과 실망이 가득찬 눈으로 작은아버지를 말없이 쳐다보았다. 그 까무잡잡하고 야윈 얼굴에 아침 이슬 같은 눈물이 굴러내렸다. 그러자 김성구도 고개를 숙이고 말았다.

"선옥아 울지 마. 이 아줌마는 좋은 사람이란다. 네가 엄마 아버지를 만날 때까지 우리 집에 같이 있자. 우리 집에는 네 또래 친구도 있거든."

순님이 손수건을 꺼내 얼굴을 닦아 주려 하자 선옥은 얼른 작은아버지의 품에 안겨 얼굴을 파묻고 소리 내 울기 시작했다. 성구는 질녀의 손을 잡고, 잎이 수북이 깔린 은행나무 밑으로 절뚝거리며 갔다. 두 사람은 묘하게도 왼쪽 다리를 절고 있었다. 한참을 있다가 다시 돌아왔을 때도 선옥의 눈물은 마르지 않고 있었다.

"선옥아, 아까 약속한 대로 작은아버지 몸이 나으면 데리러 올게. 그 동안만 아줌마 집에서 지내고 있어. 알았지?"

선옥은 작은아버지를 빤히 바라보며 연신 낡고 때 묻은 소매로 눈물을 훔치고 있었다. 순님은 일어서서 엄마를 잃어버린 애처로운 병아리처럼 서 있는 선옥을 품에 꼭 껴안았다.

"그만…… 가 보겠습니다."

김성구는 멀리 희미하게 보이는 덕원역을 향해 수도원 언덕을 내려가기 시작했다. 자신의 짧은 삶은 이렇게 정리가 됨을 느꼈다. 감옥에서도, 고문을 당할 때도, 어머니의 산소를 찾았을 때도 보인 적이 없는 지독한 외로움의 눈물 몇 방울이 그가 사랑했던 대지에 뚝 뚝 떨어졌다. 그는 중얼거렸다. '누구를 위해 희생하겠다는 사람이 있는 한, 이 땅은 결코 어둡지만은 않다.'

순님은 한쪽 어깨가 축 처지고 다리를 절뚝이며 내리막길로 사라져 가는 아저씨의 뒷모습이, 지금의 조선 상황과 흡사하다는 생각이 들었다. 순님이 가진 세 개의 이름과 세 명의 아버지를 다 알고 있는 유일한 사람이었고, 본인도 세 개의 이름을 가진 소중한 분이었다. 아버지와 어머니와 외할아버지와 안중근, 장철암과 이영복 양아버지, 그리고 김성구 아저씨와 많은 분의 분투와 희생은 결코 헛되지 않으리라 생각했다. 순님은 선옥을 업고 성당 안으로 들어가 벽에 걸린 십자가를 향해 무릎을 꿇었다.

"자비로우신 주님, 이 가족을 위해, 그리고 조선의 백성을 위해 자비를 베풀어 주십시오."

덕원역을 출발한 마지막 열차가 기적을 울리며 어운리 들판을 가로질러 북쪽으로 올라가고 있었다. 등에서 곤히 자는 선옥을 추스르며 멀어져 가는 열차를 바라보았다. 주일미사를 드리러 오전에 성당에 가서 날이 어둑해서야 낯선 어린애를 업고 집에 온 순님을 보고 식구들이 눈이 휘둥그레졌다. 시부모와 남편 김중한에게, 한 교우가 고아를 키워 줄 것을 부탁했다고 말했다. 의도적으로 김성구의 질녀라는 것을 숨겼다. 독립투사의 가족인 것이 알려지면 식구들이 부담을 느낄 수 있고, 또 일제가 감시할 수 있기 때문이었다. 그러자 사람을 좋아하는 성품을 가진 시아버지 김영석이 "하느님이 우리에게 죄를 보속하라는 의미로 이 애를 보내준 것일 거다. 다 같이 식구로 받아들이면 좋겠다." 하자, "딸이 없는 우리 부부에게 하느님이 선물을 보내주신 것 같습니다." 하고 남편이 동의하면서 "그런데 이름이나 나이는 어떻게 되지?" 하고 순님에게 물었다. 순님은 미사 가방에 넣어뒀던 쪽지를 꺼내 식구들 앞에서 펼쳤다.

이름 김선옥 생년월일 1925년 10월 22일
본적 함경북도 경원군 경원면 송하리
부 김성용, 모 장두이

03

시련

총독부의 보안과 치안을 담당하는 부서에서는 원산총파업 주동자 강준모를 검거하는 데는 실패했지만, 조선 최고 요주의 인물로 지정하여 계속 추적하고 있었다. 이번 기회에 공산주의를 신봉하는 과격한 노동조직과 강준모를 비롯한 지도부를 완전히 와해시키기로 방침을 정했다. 조선 통치 기간 내내 자신들을 괴롭힌 공산주의자들의 활동이 지금은 불법화되어 지하에 숨어서 활동하고 있지만, 조직의 견고함이나 전술을 봤을 때 쉽게 척결된다고 장담할 수 없다는 것도 이 분야 전문가들은 알고 있었다. 이재유나 김삼룡, 박헌영 등 몇몇 거물이 있으나, 그들은 공산당의 투쟁 동력인 노동자나 소작농 등 하층계급에서 강준모만큼 조직력과 투쟁력이 못 미치고 있었다. 그것은 강준모처럼 생존의 현장에서 하층계급과 함께하지 않고, 정치적인 이상의 세계에 몸담고 있었기 때문이었다.

일경은 파업 때 거리에 내 건 불온 벽보와 플래카드에 사용한 천과 종이의 재질, 잉크와 페인트 성분, 글씨체를 정밀 분석했다. 그중 다른 것은 시중에 쓰는 재질과 다를 바 없으나, 글씨체와 잉크는 원산대목구의 가톨릭 성당과 수도원에서 사용한 재질과 같다는 것을 알아냈다. 자연히 수도원 인쇄소에서 한글을 쓸 수 있는 사람은 장일구밖에 없었다.

그러다 강준모가 다시 함경도에 잠입하여 조직을 재건하고 있다는 정보가 들어왔고, 분명 강준모가 장일구와 접촉할 것으로 판단했다. 경무국에서 강준모를 검거하기 위해 장일구를 감시하라는 지시를 받은 가노 형사계장과 공희구 형사는, 자신들의 진급과도 관련된 이 건을 해결하기 위해 자주 경찰서에 찾아와서 술과 밥을 사주던 구영길 면장에게 협조를 구하기로 했다. 구영길의 아버지 구찬우가 북청에서 강상국이란 의병에게 억울하게 살해당했고, 그로 인해 신변에 위험을 느낀 어머니가 자식들을 데리고 덕원으로 피신해 왔고, 그가 언젠가는 아버지의 복수를 계획하고 자신들에게 접근하고 있는 사실도 눈치채고 있었다. 그렇지만 강준모가 강상국의 아들이라는 것은 만일의 일에 대비해 구영길에게 알려 주지 않았다.

구영길은 동생 영준을 불렀다. "경찰서에서 공산주의자의 두목인 강준모를 검거하는데 나서달라고 하는데, 나도 그렇고 동생도 사업하는 처지라 거절할 수가 없었다. 공직자인 내가 나서기가 껄끄럽고 하니 동생이 도와주면 좋겠다."

그의 동생 영준은 형의 도움으로 관공서와 회사에 납품하는 사업과 곡물상을 하며 재산을 많이 모았기 때문에 형의 당부를 거절할 입장은 못 되지만, 사업하는 사람이 제일 꺼리는 사상과 관련한 일에 나서기는 꺼림칙하여 계속 머뭇거리고 있었다. 며칠이 지나도 동생이 허락하지 않자, 영길은 다시 동생을 불렀다.

"언젠가 우리도 아버지 원수를 갚아야 할 날을 기다리고 있었는데, 그러려면 일경의 도움이 필수적이다."

"예? 아버지 원수 갚는다는 것이 무슨 말이요?"

그러자 동생이 눈을 동그랗게 뜨면서 반문했다. 영길은 동생에게 사실을 말해 주기로 했다.

"내가 6살 때 겪은 일이라 생생하게 기억이 나지만, 동생은 2살 때라 알 수가 없지. 나 혼자 해결하려 했던 일인데, 일이 이렇게 급박하게 돌아가고 있어 말해야겠다. 사실은 우리 아버지가 1907년에 북청에서 강상국이라는 의병, 그래 의병이라 하자. 그 사람의 총에 억울하게 살해되셨다. 그땐 국권피탈 전이라 의병들이 앞뒤 따지지도 않고 마음에 안 들면 친일로 몰아세우고 처형했다. 아버지는 북청에서 사립학교 교장을 하시다 지역 유지들이 추천해서 면장을 하고 계셨는데, 조선인이 다 맡아 하던 면장이 뭔 친일이라고……. 그땐 관원 대부분이 조선 사람인데 말이지. 어머니 말씀으로는, 강상국은 아버지의 친구였다는데, 어느 날 아침에 포수들을 동원해서 집에 계시던 아버지를 끌고 나가 일가친척과 면민이 보고 있는 가운데 총살했다. 내 눈으로 똑똑히 봤다."

영길은 손을 부들부들 떨면서 담뱃갑에서 한 개비를 꺼냈다. 영준은 재빨리 성냥불을 붙여 주었다. 세 모금을 연거푸 피운 영길이,

"엄마는 그것을 보고 까무러쳤지만, 곧 정신을 차리시고는 아버지 장례를 친척한테 부탁하고 그날로 우리 두 형제를 데리고 덕원으로 피신했다. 엄마 말로는 가족들에게도 무슨 일을 저지를지 모르는 험악한 상황이어서, 재산이고 뭐고 다 팽개칠 수밖에 없었다고 하셨다. 엄마는 행상을 하며 자식을 먹여 살리고 공부시킨 것 동생도 알고 있지 않나. 그동안 내색은 안 했지만, 너무 원한이 사무치니까 화병이 들었고……, 이러다가 자신까지 죽으면 아들을 어떻게 하느냐며 마음을 다스리기

위해 성당에 나가셨다. 물론 엄마는 강상국을 용서하고 저세상으로 가셨지만……, 나는 그렇게 할 수가 없다!"

영준에게는 정말 충격적인 사실이었다. 엄마가 애들을 눕혀놓고 매일 돌아앉아 가슴을 치는 것을 이제야 알았다. 형이 기를 쓰고 도청에 있는 아버지 친구에게 부탁해 면장이 되려고 했던 것도, 엄마가 형의 손을 잡고 성당에 가자고 하자 형은 기어코 가지 않겠다고 도망 다닌 것도 비로소 이해가 되었다. 형은 면장이 되자 가난한 집을 일으키기 위해 관공서와 경찰, 함흥 주둔 일본군 부대, 원산 일대의 회사에 동생의 납품사업을 적극 도와주었고, 사업에 천부적인 기질이 있는 영준은 3년 만에 원산 일대에서 잘 나가는 신흥 사업가가 되었다. 특히 원산총파업 때는 많은 곡물을 확보하여 거금을 벌었다. 물론 이익의 30, 40퍼센트는 편리를 봐준 사람들에게 주는 것이 그의 경영방식이어서 사업을 밀어주는 사람들과의 관계는 언제나 원만했다.

영준은 사람을 잘 활용하는 사업가답게 수도원 인쇄소 장일구의 친구를 포섭하여, 인쇄소 옆방에 있는 목공소에 취직시켜 장일구를 자연스럽게 감시하자는 생각을 했다. 수소문하여 문천성당에 다니는 장일구의 동창 권형수라는 사람을 찾아내어 본당 신부님께 부탁해서 취직시켰다. 권형수도 자신의 경우처럼 설득하는 일이 쉽지 않았지만, 신앙과 교회를 부정하는 공산주의자를 사회에서 격리시켜야 한다는 끈질긴 설득 끝에 승낙을 받았다. 그에게는 제법 많은 보수를 지급하고 비밀을 끝까지 보장할 것과 강준모 검거 즉시 다른 도시에 비밀 은신처를 제공하는 조건을 내걸었다.

원산노련 파업을 한 달 정도 앞둔 어느 날 강준모가 불쑥 장일구의 집으로 찾아왔다. 강준모는 보광학교 두 해 선배로서 같은 동네에 살았기 때문에 안면이 있었다. 그가 휘문고보 동맹휴학을 주도한 데다 일본에서 대학에 다니다 중퇴했다는 소문은 듣고 있어서 반갑게 맞이했다.

준모는 조선 독립운동의 하나로 대대적인 노동자 파업을 준비하고 있다는 말과 함께 가장 중하고 시급한 일이 교육자료와 선전물을 만드는 일인데, 시중 인쇄소에서는 보안을 지킬 수가 없으므로 수도원이 가장 안전하다는 생각에 찾아왔다는 것이었다. 일구는 자신도 독립운동에 조금이나마 힘을 보태기 위해 수도원 아무도 모르게 유인물을 만들어 주는 것은 물론, 그가 오면 인쇄소 창고에 몇 시간 쉴 수 있도록 비밀방까지 만들어 주었다.

원산노련 파업이 장기간으로 가고 있을 때, 인쇄소 담당 욘 체르마 수사가 선전지 몇 장을 들고 와서는, 혼자서 "이건 아닌데, 여기 노련에도 공산주의자들이 침투해 있군." 하는 소리를 했다. 장일구는 가슴이 뜨끔했다.

"수사님, 무슨 말씀을 하시는지?"

"예. 이 구호는 공산주의자들이 쓰는 선전 구호입니다."

"어떤 구호 말씀인지?"

"형제님 여기 보세요. '제국주의 타도'라든지, '노동자혁명' 이런 구호는 공산주의자들이 러시아 프롤레타리아 혁명 시 사용한 것과 같습니다."

수사가 내민 선전지를 본 장일구는 가슴이 뜨끔했다.

"공산주의가 뭐가 나쁜데요, 수사님?"

"나는 공산주의 잘 압니다. 우리나라 출생인 칼 마르크스라는 사람이 주장한 사상인데……, 말씀드리자면 우리가 믿는 하느님의 존재와 인간의 영혼을 부정하지요. 심지어 하느님 믿는 사람을 그들의 최고 적으로 간주하여 테러를 가하거나 강제노동수용소에 보내 버리는, 정말 위험한 사상입니다."

"러시아에서 1917년 공산주의 혁명으로 인류 역사상 가장 좋은 제도인 노동자들이 지배하는 세상을 만들었다는 것……도."

장일구는 강준모에게 들은 말을 무심코 하다가 깜짝 놀라며 말을 흐렸다. 강준모가 인쇄소에 와서 교육자료를 만들 때 그에게 자주 강조하는 말이 은연중 나와 버린 것이다.

"형제님, 잘 알고 있네요. 하지만 그것이 얼마나 허구인지 조선 사람은 잘 모르고 있어요. 러시아 공산주의 혁명이야말로 인류 역사에서 가장 위험하고 불행한 일입니다. 자본과 재산을 국가가 몰수하여 공평하게 배분한다는 말에 가난한 노동자, 농민은 귀가 솔깃했지요. 그런데 혁명에 성공한 러시아를 보세요. 극소수가 권력을 마음대로 누리고, 노동자와 농민들 삶은 여전히 개선되지 않고 있으니까요."

강준모가 말하는 공산주의 사상이라는 것에 무언가 잘못이 있다는 의심이 들기 시작한 장일구는, 강준모가 다시 더 큰 규모의 노동조합 결성을 추진하며 간부들 회합에서 교육할 자료에 전보다 더한 노골적인 공산주의 사상을 넣고 있다는 것을 알았다. 그는 그것이 하느님의 가르침에 위배되는지 확인하고 싶었다. 수도원 내 조선인으로 유일하게 사제품을 받은 정 안토니오 신부에게, 지금까지 자신이 한 일을 설명하면서 노동조합의 교육자료를 보여드렸다. 자료를 읽어본 정 신부는 깜짝 놀랐다.

"장 베드로 형제님, 정말 위험한 일에 끼어들었네요. 공산주의 사상은 겉으로는 그럴싸하지만 실제로는 실현 불가능합니다. 공산당은 하느님을 부정하는 무신론과 인간에게 영혼이 없다는 유물론을 신봉하는 혁명적인 정치단쳅니다."

"그래도 가난하고 핍박받는 사람들이 잘사는 사회나 국가를 만든다고 하지 않습니까?"

"물론 그것은 인류가 추구하는 최고의 가치 중의 하나이지요. 어쩌면 지금 핍박받는 조선인에게 딱 들어맞는 가치이지요. 하지만 러시아 노동자혁명 이후를 보면 얼마나 허구적인 것인지 알 수 있습니다. 지금 독재자 스탈린과 그를 추종하는 공산당원만 권력과 부를 누리고, 노동자들은 더 열악한 노동을 하고 있습니다. 그들은 사유재산과 능력에 따른 성과를 인정하지 않지요. 모든 게 국가 통제 아래서 이루어집니다. 무엇보다도 개인에게는 자유가 주어지지 않는다는 것입니다. 즉 종교와 사상의 자유, 출판의 자유, 집회의 자유는 물론이고 직업을 선택할 자유, 이주의 자유 등등 말입니다. 저도 전번 원산총파업 때 처음에는 노동자들이 단결하여 당당하게 쟁의하는 것을 보고 박수를 쳤지요. 그런데 원산 시내 여러 군데에 나붙은 구호와 벽보를 보고 깜짝 놀랐습니다, 공산주의자들이 사용하는 선전선동 구호를 보고 나뿐만 아니라 각 종교계에서도 우려를 많이 했지요."

"예, 사실 저는 파업에 쓸 인쇄물을 해주면서도 그 내용이 어떤 뜻을 내포하는지 생각하지 않았습니다. 그럴만한 지식도 없었고요. 고용주나 자본가는 노동자들을 착취하고 이 세상의 정의와 평등을 위협하는 기생충이라는 것만 전해 들었지요. 지금 생각해 보면 하느님과 교회에 많은 죄를 지었습니다. 신부님 제가 어떡하면 될까요?"

"불의가 있는 곳에 그것을 바로잡으려고 행동에 나서는 것이 잘못된 것이 아닙니다. 고용주나 자본가도 문제지만 그것을 감독하고 시정하는 권한을 가진 자들이 오히려 그들 편을 드는 것이 더 문젭니다. 조선을 무단 통치하는 일제가 불의의 최고 원흉이지요. 그러나 어떠한 경우에도 교회는 폭력을 용인하지 않습니다만, 불의의 크기가 전체 인간의 존엄성을 해칠 때는 교회도 어쩔 수 없을 때가 있지요. 예를 들면, 조선을 구하고자 이등박문을 죽인 안중근 도마처럼 말입니다."

"예. 이제 조금 알 것 같습니다. 그렇지만 안 의사는 교회에서 살인자로 보고 있다면서요?"

"참 신앙적으로 난감한 일입니다. 어떻게 보면 조선교회의 특수성에 기인한다고 보아야겠지요. 교회가 약 100년의 박해에서 겨우 벗어나자마자 나라가 없어지고 일제의 강압적인 통치를 받고 있는데, 박해로 황폐해진 교회를 일으키기 위해 일본과 우호 관계가 필요한 부분이 분명히 있을 것입니다. 이런 것이 조선인에게는 좋게 비치지 않는 것이 사실입니다만 우리가 이해해야 할 것은, 사목의 중심에 있는 파리 외방전교회나 독일에서 온 베네딕도수도회는 조선의 안위를 지키기 위해 조선에 온 것이 아니거든요. 또한 그들은 조선의 사정과 조선인의 감정을 세세하게 알지 못합니다. 아무튼 형제님은 지나간 일에 대해 자책하지 말기를 바랍니다. 이제 공산주의 사상에 대해 알았으니, 교회의 가르침을 따라 주시면 좋겠고요."

"저는 노동운동에 협력하는 것을 그만두겠습니다."

"아, 아니, 제가 한 말은, 노동운동은 노동자들의 권리입니다. 누구도 그것을 방해해서는 안 됩니다. 다만 사람들에게 무신론 사상을 주입하고 폭력적인 방법을 강요한다든지, 또 자본가들을 무조건 사회의 적으로 규정하는 것은 잘못된 일입니다. 더구나 사람들에게 영혼의 구원을 방해하는 행위를 하거나 그것을 알면서 따르는 것은 죄가 됩니다."

"예, 알겠습니다, 신부님."

장 베드로는 지금까지 자기가 한 행동에 대해 명쾌히 정리가 되는 것 같았다. 그렇지만 신앙에 반대되는 공산주의 사상을 주입하는 데 협력한 것에 대한 후회가 들었다. 인쇄물 만드는 작업을 도맡아 한 자신이 얼마나 많은 사람을 잘못된 길로 내몰았을까 생각하니 후회가 막심

했다.

　구영준이 일경이 준 강준모 사진을 갖다줬지만, 권형수는 비슷한 사람도 보지 못했다. 그런 사이에 장일구와 권형수는 보통학교 친구로서 서로 사무실을 오가며 금방 친해졌다. 그러다 보니 형수는 친구를 감시하는 것이 우정을 배신하는 것뿐만 아니라, 신앙적으로도 큰 죄를 짓는 것 같아 그에게 자신의 역할을 털어놓아야 하겠다는 생각이 점점 들었다. 그렇게 두 달이 지날 때쯤 아침 출근길에 목공소에 들른 장일구가 인쇄소로 와서 차 한잔하자며 친구를 불렀다. 장일구가 귀한 독일 차한 잔을 권하면서 평소와 다르게 말을 밑으로 깔면서 "성탄 행사 준비로 많이 바쁘지?" 하며 말했다. 권형수는 친구의 심기를 살피며 "뭐, 여기도 바쁘잖아."했다.
　"그래. 행사에 들어가는 플래카드와 팸플릿 제작 마무리하느라 일이 좀 많아야지." 하며 일구가 커피잔을 내려놓으며 "사실 인쇄소 근무도 오늘로 그만둘지 몰라."라고 했다.
　"아니 왜, 무슨 일이 있나?" 형수가 말하자
　"사실 친구도 성당에 다니니까, 털어놓고 싶어. 하느님께 더 이상 양심을 속일 수 없으니까."
　장일구는 강준모라고 이름을 말하지는 않으면서, 원산총파업 때 비밀리에 노련을 조종한 사람과 함께 일한 것부터 양심의 가책을 느껴 신부님과 면담한 일 등 그동안 사정을 다 털어놓았다. 그러면서 오늘 밤 늦게 노련을 조종하고 있는 그 사람이 인쇄물을 만들기 위해 찾아올 것이라며, 자기는 경찰에 이 사실을 알려 스스로 벌을 받겠다고 했다.
　"그래, 잘 생각했다. 친구야, 나도 널 위해 기도해 줄게."
　일구의 말을 들은 형수는 그가 강준모라고 확신했다. 그는 바로 구영준에게 알리면서 자수하는 친구의 선처를 간곡히 부탁했다.

크리스마스를 나흘 앞둔, 1930년 12월 21일 주일 새벽이었다. 지난 밤부터 눈이 많이 내려 언덕 위에 자리 잡은 수도원은 눈에 파묻혀 포근히 잠들어 있었다. 3시쯤 수도원 앞을 지나가는 도로에 자동차와 오토바이 소리가 요란하게 나면서, 일본 경찰이 들이닥치더니 일부는 수도원을 포위하고 일부는 마당을 가로질러 뒷산에 접해있는 인쇄소의 문을 박차고 들어갔다. 개들이 갑자기 짖어 대는 소리를 듣고 수도원 퀸테 사감과 사택에 살고 있는 총무 김인덕 바오로가 동시에 뛰쳐나왔다. 마당에 발자국들이 어지럽게 찍혀 있었고, 경찰이 수도원을 포위하고 있었다. 조금 후에 인쇄소 쪽에서 경찰 다섯 명이 조선 사람 두 명을 수갑 채운 채 나왔고, 한 명은 상자에 인쇄물을 가득 담아 따라 나왔다. 그러자 두 사람의 눈길이 수갑을 찬 사람에게 쏠렸다. 김인덕이 "앞 사람은 누군지 모르겠고, 뒤에 저 사람은 장일구 베드론데." 하자 사감 수사도 "맞아. 저 얌전한 사람이 무슨 죄 때문에 저렇게 끌려가는 거지?" 했다.

김인덕이 조선인 순사에게 다가가 "무슨 이유로 수도원에 그것도 새벽에 난입하여 직원을 연행하는 겁니까?" 하자 "수도원이 일본제국의 안전을 위협하는 공산주의 불법단체를 지원한 것이 발각되었기 때문이오. 수도회가 곤경에 처할 수 있으니, 대처를 잘하시오." 하고 말했다. "우리는 모르는 일이오. 대체 이분들은 어디로 연행해 갑니까?" 하자, "덕원서로 갔다가 경성으로 압송할 것이오!" 했다. 경찰은 두 사람을 경찰차에 태워 가버렸다. 사감 수사는 갑작스런 사태에 어쩔 줄 몰라 하다가 종탑으로 가 종을 울리기 시작했다.

땡땡땡땡 땡땡땡땡 땡땡땡땡 …… …… ……

일반 사람들은 종소리를 듣고 무슨 일인지 알 수가 없지만, 수도원 가족들은 이 소리가 무엇을 의미하는지 알 수 있었다. 평소 미사 시작 30분 전이나 하루 3번 삼종기도 시간에 치는 종은 땡 땡 땡 땡 하며 부드럽고 또박또박하게, 긴급할 때는 쉬지 않고 연달아 4번씩 치도록 약속이 되어 있었다. 수도원에 있던 사람들이 모두 뛰어나와 성당으로 모이기 시작했다. 모두 잠이 덜 깬 상태였지만, 큰 사건이 터진 것으로 짐작하고 눈을 비비면서 웅성거렸다.

모두 모인 가운데 총무 김인덕이 본 대로 사건의 내용을 설명하고, 사감 퀸테 수사가 보충 설명을 했다. 수도원의 책임자인 제니 파르 원장은 사건을 파악한 뒤, 자리에서 조용히 일어나 원산 주교관에 있는 힐데리오 아빠스(대수도원장)에게 전화를 걸어 사건을 보고했다. 그리고는 한참 동안 눈을 감고 있었다. 모두 침묵을 지키며 이 사건이 어떻게 진행될 것인지 생각하고 있었다. 그러잖아도 일제는 신사참배를 등한시하고 일본 역사와 일본어 교육을 소홀히 하는 천주교를 곱게 보지 않고 있었다. 그들에게 무슨 흠이라도 잡히면 큰일이어서 수도회는 조심을 하고 있었다.

한참의 침묵 후에 수도원장은 사태의 수습을 위해 알아야 할 내용을 인쇄소 담당 욘 체르마 수사에게 질문을 했다.

"체르마 수사님, 혹시 이 일을 알고 있었습니까?"

"원장 신부님, 저도 방금 들은 것 말고는 아는 것이 없습니다."

"아니, 장 베드로는 수사님께서 추천하여 고용한 사람이 아닙니까?"

"그건 맞습니다만 근무 시간 외에 사적으로 어떤 일을 하는지는 잘 알 수가 없어서."

"장 베드로와 함께 체포된 사람은 누군지 아십니까?"

"모르겠습니다."

"일경이 인쇄물을 압수해 갔다고 하는데 그것도?"

"예. 제가 인쇄소에 가 보니 수색하느라 어질러져 있어, 무엇을 가져 갔는지 알 수가 없습니다."

수도원장은 체르마 수사에게 무슨 실마리라도 잡을 수 있을까 했지만, 아무것도 알 수 없어 답답했다. 3년 전에 겨우 신학교를 완공하고 작년부터 수도원 성당을 건립하는 중인데, 만일 수도원이 반일에 개입하거나 협조한 것이 드러나면 앞으로 인허가를 받는 것은 물론이고 자칫 수도원 폐쇄까지 될 수 있는 위험한 상황이 된 것이다. 그는 수도원 가족들을 둘러보며,

"그럼 이 사건에 대해 짐작이라도 하는 분이 있습니까?"

"저의 짐작으로는 원산 노동자 파업과 연관이 있지 않을까 짐작이 듭니다만."

총무 김인덕이 말을 했다.

"어째서요?"

"공산주의 불온 단체를 지원한 사람을 체포해 간다는 말을 한 것은, 아마 장 베드로가 인쇄물 제작을 해준 것이 아닐까, 하고."

"아니, 수도원 인쇄소에서 허락 없이 불법적인 선전물을 제작했다는 말씀인가요?"

언성이 약간 높아진 수도원장의 말에 조선인 신부 정희성 안토니오가 나섰다.

"그건 무리한 추측입니다. 장 베드로는 원산 총파업 기간 사무실에 하루도 빠짐없이 있었습니다. 그건 체르마 수사님께서도 알고 있는 사실입니다."

"아니, 안토니오 신부님이 베드로 씨의 근무 상태를 어떻게 알고 있었습니까?"

"그 기간에 저는 독일어 교재를 조선어로 번역한 것을, 베드로 씨와 함께 교정과 편집을 하고 있었습니다."

당황한 정 신부는 얼른 적당한 이유를 갖다 댔다.

"안토니오 신부님 말씀이 맞습니다. 제가 출근기록부를 항상 체크하거든요."

체르마 수사가 정 안토니오 신부의 말을 확인해 주었다. 정 신부는 장 베드로의 수사 결과가 나올 때까지는 그를 보호해 주고 싶었다. 그는 속으로 '하느님, 장 베드로가 한 일이 당신을 위하여 십자가를 진 것이오니, 그를 용서하시고 위험에서 구해주소서.' 하고 기도를 올렸다.

이미 창문으로 새벽이 밝아 오기 시작했다. 그때 성당에 딸린 사무실에서 전화가 요란스럽게 울렸다. 모두 가슴을 움찔거리며 고개를 돌려 그리로 쳐다보았다. 계속 이어지는 전화 소리는 축 가라앉은 성당에 전율을 일으키고 있었다. 총무가 달려가서 수화기를 들었다. "예 예." 두 번 대답하더니 수화기를 내려놓았다.

"덕원경찰서 형사계에서 온 전환데요, 책임자가 아침 8시까지 거기에 오라는 출두 명령입니다." 하며 심각한 표정을 짓자,

"알겠습니다. 가족 모두 아빠스님이 도착할 때까지 조용히 기도합시다. 우리들의 보호자이신 성모님께 간절히 도움을 요청하십시오." 수도원장이 당부하고는 자신도 장궤틀에 무릎을 꿇고 기도를 했다.

원산만 먼 수평선에서 해가 올라올 시간이지만, 회색 구름이 잔뜩 내려앉아 있었다. 밤새 바다 위에 떠 있던 선박의 조명도 다 꺼지고 세상은 밤의 몫에서 사람의 몫으로 돌아오는 중이었다. 무거운 얼굴을 하고 말에서 내린 아빠스가 성당 문을 열고 들어서자, 수도원장이 지금까

지 알아낸 사실을 설명해 드렸다. 주교아빠스는 잠시 침묵을 지키다가 훈시를 했다.

"우리에게는 끊임없이 시련이 닥쳐왔고, 그것을 주님의 지혜로 잘 해결했습니다. 어떤 어려움이 닥쳐오더라도 한 마리의 양을 잃지 않도록 해야 합니다. 우리는 조선인의 처지를 이해해야 하고 함부로 단죄하면 안 됩니다. 우리의 가족인 장 베드로를 위해, 또 누군지 모르지만, 함께 잡혀간 사람을 위해 기도드립시다."

다 같이 주모경을 합송하고 주교아빠스는 사무실에서 잠시 휴식을 취한 후, 수도원장과 총무와 함께 경찰서로 갔다. 형사 한 사람이 이들을 대뜸 경찰서 본관 건물 뒤의 별관에 있는 취조실로 데려갔다. 오전 내 앉아 있었지만, 취조관은 나타나지 않고, 점심때 사환이 약간의 빵과 음료수를 갖다주었다. 오후 3시경 형사 2명이 취조실에 들어섰다. 기다란 나무 의자의 오른쪽에 아빠스가 앉고, 중앙엔 제니 파르 수도원장, 왼쪽엔 총무가 앉았다. 책상 너머 벽 쪽에 40대 초반으로 보이는 일본인 형사가 앉고, 왼쪽에 30대 중반으로 보이는 조선인 형사가 앉았다. 이들은 서장에게서 눈엣가시 같은 존재인 외국인 수도자들이, 다시는 일본제국이 하는 일에 방해가 되지 않도록 엄하게 다룰 것을 지시받고 있었다. 일본인 형사가 입을 열었다.

"나는 가노 형사계장이고, 이쪽은 공희구 형사요. 누가 최고 책임잡니까?"

"맨 오른쪽에 계시는 힐데리오 주교아빠스님입니다."

김 바오로 총무가 손짓을 하며 말했다.

"책임자는 본명과 나이, 주소, 소속, 직책을 대시오."

"제 이름은 독일말로 요한 힐데리오이고, 조선 이름은 윤한리, 나이는 조선 나이로 55살입니다. 덕원군 부내면 어운리의 성베네딕도회 덕원수도원의 대표인 아빠스이면서, 가톨릭교회의 주교로서 원산대목구장을 맡고 있습니다."

"아빠스, 주교, 대목구장이라, 뭐가 이리 복잡합니까!"

"……."

"옆에 있는 두 사람도 이름과 직책을 말하시오."

"중앙에 계시는 분은 수도원장 제니 파르 신부이시고, 저는 수도원 총무 김인덕입니다."

총무가 대답하자 가노는 슬쩍 수도원장과 총무를 살펴보았다.

"독일인들이 왜 여기까지 와서 문제를 일으키는지 참, 총독부에서 엄중하게 주시하고 있는데도. 그건 그렇고 주교라고 부를지 아빠스라 부를지 대목구장이라 부를지 참 헷갈리네."

형사계장은 제법 유창한 한국말로 약간의 신경질적인 말을 내뱉고는, 거만하게 턱을 올려 아빠스를 뚫어지게 쳐다보았다.

"뭔지 도통 모르겠고, 내가 뭐라고 부르면 좋겠소?"

"어떤 거라도 다 좋습니다."

아빠스는 독일과 서울 억양이 섞인 말투로 찬찬히 말했다.

"다 좋다. 당신들 관할구역이 어디까지요?"

"함경도와 간도 목단강 이남까집니다."

"꽤 넓구먼. 수도원은 언제 여기로 왜 왔소?"

"3년 정도 되었습니다. 여기가 우리가 할 일이 많은 지역이라."

"경성 물 좋은데 있지 귀찮게스리. 그건 그렇고 자 이것 한번 보시오!"

그는 압수한 물건이라며, 팸플릿과 얇은 책자 몇 개를 들어 보이며

"어제 수도원에서 공산주의 불순분자를 선동하는 책자와 대일본제국을 비방하는 물건이 한 상자나 나왔는데, 주교 아니 아빠스가 이것을

발간하게 시킨 거지?"

그는 일본식 억양을 섞어 반말투로 질문을 시작했다.

"아닙니다. 우리는 어떤 정치사상을 주입하고, 누구를 음해하는 비그리스도적인 종교 활동을 하지 않습니다. 그런 것이 수도원에서 발간되었다는 것에 진심으로 유감을 표명하는 바입니다."

"아니, 명백한 증거가 눈앞에 있는데도 전혀 시킨 적이 없다. 아니, 자기 집안에서 일어났는데도 사실을 부정한다 이거지!"

"예, 그런 적이 없습니다. 하지만 어떻든 수도원 내에서 일어난 일이니까, 제가 책임을 지겠습니다. 필요하면 서장님이나 총독님을 만나서라도 해명을 하겠습니다."

"뭐야!" 자리에서 벌떡 일어난 가노는 가지고 있던 지휘봉으로 아빠스 앞쪽 책상을 몇 번이나 두드리며

"그런 일을 지시 안 했다고! 이 양반을 경성에 보내 콩밥을 좀 먹여야 실토를 할까! 자기 나라로 추방해야 실토할까! 이봐, 공 형사, 이 사람들 구류실에 집어넣고, 내일 경성 감옥에 이송할 서류를 만들어 놓아! 알았어?"

그러고는 문을 박차고 나가버렸다.

"아빠스 님, 이것은 단순한 사건이 아닙니다. 수도원 관계자의 참고조서를 받아 경무국에 올려야 합니다. 만일 조서에 수도원의 개입이 있었다고 들어가면, 수도원 관계자는 경성으로 압송되어 취조와 재판을 받아야 합니다. 무조건 여기서 잘 해결해야 합니다."

공 형사는 사건의 처리 흐름을 말해 주면서, 나름대로 걱정을 해 주고 있었다. 공 형사는 자신도 어쩔 수 없다는 듯 세 사람을 옆에 있는 구류실에 넣고 철문을 닫았다. 저녁과 다음 날 아침은 빵과 음료수를 갖다주었다. 오전 10시에 가노 형사계장은 다시 취조를 하며, 범행 지

시를 시인하라고 윽박질렀다. 아빠스가 그런 일이 없다고 점잖게 말하자, 가노는 어제처럼 벌떡 일어나더니 지휘봉으로 책상을 탕 탕 때리면서, 목소리를 끌어올리며

"이것들이 대일본제국을 무엇으로 알고 그래!"

고함을 지르자, 김 총무가 벌떡 일어나서 그를 쳐다보며 맞고함을 질렀다.

"아니 가노 계장님, 이 무슨 망발을 하는 거요. 아빠스가 어떤 분인지 모릅니까? 고위성직자에게 가당치도 않은 협박을 하다니요!"

그러자 수도원장이 얼른 흥분한 총무의 소매를 끌어 자리에 앉히며

"선생님 죄송합니다. 대신 사과드립니다. 저는 아빠스님을 대신하여 수도원을 책임지고 있습니다. 우리 교회는 하느님을 믿지 않는 공산주의자를 멀리합니다. 물론 사람을 싫어하는 것이 아니라, 무신론 사상과 과격한 행동을 배척합니다. 아마 일본에서도 가톨릭이 있으니까 잘 아시리라 믿습니다. 이 건은 공산주의를 잘 모르는 직원이 인쇄를 도와주다 그렇게 된 것 같습니다. 정말 유감입니다. 다시는 이런 일이 없도록 하겠습니다. 선처해 주시기를 정중히 요청합니다."

그러자 김 총무가 독일 담배 한 보루를 슬며시 책상 위에 올려놓았다. 수도원장이 호주머니에서 담배 가치를 빼서, 형사계장과 아빠스에게 주면서 불을 붙여 주고는 자신도 한 대를 물었다. 공 형사는 얼른 담배 보루를 계장의 책상 서랍에 넣었다.

"아니, 조선은 대일본제국이 다스리는 나라인 것을 모르십니까! 총독부에서는 이런 일이 일어날까 싶어, 외국인의 활동을 엄격히 제한하고 있는 것입니다. 모든 종교 활동이 제국의 통제 아래, 천황 폐하의 영광을 위해서 존재해야 한다는 것을 모르고 있지는 않겠지요? 다시 말하면, 수도원의 교육도 활동도 제국의 수족처럼 해야 합니다. 사실 작

년 초 원산 노동자 불법파업 때도 수도원의 자금이 노련으로 얼마가 흘러 들어갔다는 것을 알고 있습니다. 이것은 본국으로 추방당할 수 있는 중죄에 해당합니다. 그땐 공 형사가 사정해서 덮었는데 또 이런 일이 터지니, 우리 입장도 난처합니다. 한 사람이라도 책임을 져 줘야 합니다."

그는 담배 연기를 뿜어내고는, 공 형사를 들먹이며 약간의 공손함을 섞여 자신의 자비를 드러내고 있었다.

"계장님, 오해가 있으신 거 같은데, 저희는 노련의 자금지원 요청을 단호히 거절했습니다."

"아빠스님, 형사계장님 말씀이 맞습니다. 압수한 노조 장부에 그런 흔적이, 물론 수도원에서 직접적인 지원이 있었다는 것이 아니라 관련자가 있을 수도 있고, 아무튼 수도원의 입장도 있어 계장님께 덮자고 했습니다. 그러니 앞으로 수도원에서도 대일본제국의 정책에 물적 협조를 포함하여 적극적인 호응이 필요합니다. 아빠스님께서는 총독부를 자주 방문하시는 것으로 알고 있는데, 고위 관리를 만나면 서장님이나 계장님을 좋게 말씀드려 주시면 고맙겠습니다."

공 형사가 얼른 눈치 주는 말을 했다.

"잘 알겠습니다. 존경하는 가노 계장님, 저희가 한 말은 거짓이 없습니다. 저희 직원이 실수한 것을 너그럽게 봐주시면 고맙겠습니다. 제가 총독부에 가면 꼭 서장님이나 계장님의 노고를 전달하겠습니다."

"허 참, 높으신 분이라 맘대로 할 수도 없고. 공 형사가 알아서 처리하고 내일 결재 올리시오." 하고 가노 계장은 문을 열고 나갔다. 공 형사는 얼른 조서를 꾸미고는 다시 그런 일이 생기면 어떤 처벌도 받겠다는 각서와 함께 아빠스의 서명을 요구했다. 수도원장과 총무가 조서를 읽고는 아빠스께서 서명해도 좋다는 말을 건넸다.

앞에 수갑을 찬 사람은 강준모였다. 강준모는 종로경찰서로 호송되어 가면서 무엇이 문제였는지를 냉정히 짚어보고 있었다. 사실 재작년 12월 인쇄소에서 총파업을 위한 원산노련 집행위원회가 비밀리에 개최되어 파업 결의를 했던 곳이었기 때문에, 장소가 탄로 나 일경이 몰래 감시했을 수도 있었다. 하지만 어제 밤늦게 수도원 뒷산을 넘어와서 산에 바로 접해있는 인쇄소에 잠입했기 때문에, 수도원 내부에서 감시하고 있지 않으면 새벽에 기습 체포가 불가능한 일이었다. 준모는 용의주도한 성격대로 장일구 외에는 누구에게도 그의 동선을 알리지 않았다. 그가 인쇄소를 찾을 때는 반드시 날짜와 시간만을 적은 쪽지를 미리 장일구의 집 토담 위의 이엉 속에 넣어 두는 방법을 썼다. 그런데 제일 먼저 용의자가 될 수 있는 장일구는 자신과 함께 검거되었기 때문에 추호도 의심하지 않았다. 그렇다면 자신이 만든 조직과 성당의 누군가가 연결된 소행일 것이라는 판단을 했다. 조속히 밀고자를 찾아내지 못하면 조직이 무너지는 것은 뻔한 일인데, 3일 후에는 프로핀테른 조선지부 함경도 총책 나상태와 간부 3명이 검거되어 경찰서로 이송되었다. 강준모는 원산총파업 이후 심혈을 기울여 평안도와 함경도 일대를 하나로 엮는 태평양노동조합 결성을 추진하고 있었는데, 나상태의 검거로 물거품이 되지 않을까 노심초사했다. 취조를 받으면서도 유치장 간수 중에서 지하 공산주의 세포 조직원인 염인호를 통해 조직을 추스를 것과 밀고자를 조속히 찾아내라는 지령을 내렸다.

강준모와 장일구는 별도의 방에 수감되었다. 같이 있으면 서로 말을 맞출 수 있어서 취해진 조치였다. 장일구가 있는 방에 3명의 간부가 합류했다. 이 중 누가 강준모의 지시를 받고 있는지 알 수 없어, 장일구는 긴장을 늦추지 않았다. 만일 강준모가 자신이 밀고자인 것을 안다면 이 방에서 살아 나갈 수 없기 때문이었다.

강준모가 경찰서에 들어온 지 보름이 지났을 무렵, 밖에서 조직을 통해 소식이 들어왔다. 최근에 적천면장 구영길이 북청에서 처형당한 아버지 구찬우의 원수를 갚기 위해 일경을 통해 강준모를 찾고 있었다는 것이다.

　　일경에서 본격적인 취조를 시작했다. 공산당의 조직과 자금 조달, 공산당과 관련된 노동조합 현황, 국제공산주의 혁명 지원단체인 코민테른과 프로핀테른에 대한 관련자 등에 대한 정보를 강준모에게 얼마나 많은 자백을 받아 내느냐가 이번 사건 조사의 승패를 가름하는 것이었다. 나상태에게는 함경도 일대의 노동 세포조직에 대한 정보를 캐내 노동조직을 와해시키는 것이었다.

　　경무국에서는 워낙 중요한 사건이라 조선 최고의 취조 전문 형사를 선발했다. 주범인 강준모에게는 1급 치안 사범 검거의 공으로 승진해서 지방경찰서에 나가 있던 김종술 경부를, 나상태에게는 종로경찰서 오성훈 경부보가 맡았다. 이들은 조선인 경찰 중에서 주요 인물 검거와 취조 능력이 가장 뛰어나서, 몇 번의 훈장과 표창을 받은 인물이었다. 김종술은 머리는 약하나 고문 기술이 뛰어나 피를 흘리는 방법을 즐겨 하는 반면, 오성훈은 물리적인 기술보다는 지적인 설득과 감성적인 회유를 통해 피 안 흘리고 성과를 내는 방법을 선호했다. 하지만 온갖 회유와 고문 도구를 들이대어도 강준모는 공산주의로 무장한 전사답게 입을 열지 않았다. 나상태 또한 마찬가지였고, 나머지 사람들은 단순 지시를 받는 세포 조직원이어서 내용을 몰랐다.

　　경무국의 독촉에 의외로 성과를 낸 사람은 김종술이 아니라, 나상태를 맡은 오성훈이었다. 오성훈은 나상태의 약점이 뭔지를 먼저 조사했다. 나상태가 사회주의를 공부하기 위해 러시아 유학을 가기 전 18살 때까지 교회를 열심히 다녔다는 것을 그의 주변 사람을 통해 알아낸 것이다.

"나상태 씨, 기독교를 믿고 있지요?"

오성훈은 그의 반응을 떠보았다. 그러자

"그건 이 건과 관계가 없지 않습니까."

"아니, 기독교 신념하고 이 사건이 관계가 없다고 할 수 없지요. 당신이 공산주의자라면 신을 부정하는 것인데, 그렇지 않나?"

"그래도……."

"이번 체포 건은 일본이 조선인 노동자를 탄압하려는 것이 아니라, 공산주의자를 몰아내기 위한 것이야. 정당한 노동 쟁의를 하는 것은 일본도 허용하고 있는 것을 모를 리 없을 텐데. 왜 지하에 숨어서 하는 거야."

"……."

"공산주의 운동은 정통 기독교 교리와 어긋난다고 보는데, 하느님께 큰 죄를 짓는 것을 왜 하는 거야. 법 테두리 안에서 떳떳하게 정당한 권리를 행사해야지. 당신 가족이 요주의 인물로 낙인되면 패가망신하게 돼. 잘 생각해 봐."

며칠 동안 같은 말을 계속하자, 나상태는 아무런 반박을 하지 않았다. 약간의 심경 변화가 있다는 것을 눈치챈 오 형사는 노련하게 그의 가족과 지인에게 접근했다. 함흥에 있는 환갑이 넘은 나상태의 어머니와 그가 다녔던 교회 목사에게 부탁하여 나상태를 설득해 주라고 부탁했다. 목사가 공산주의를 믿으면 구원을 받지 못한다는 것을 계속 강조하고, 어머니가 나서서 하느님을 멀리하면 안 된다는 애원에 나상태의 태도가 약간씩 누그러지기 시작했다. 하지만 그는 조직과 동료에 대한 배신이 양심의 문제이기 때문에 갈등이 심했다. 오 형사는 나상태 앞에 경무국 과장을 불러 조직원을 최대한 선처하겠다는 약속을 하게 했다.

그러자 나상태는 강준모가 러시아 혁명을 답습하여 함경도와 평안도를 포함하는 태평양노동조합 결성을 준비하고 있는 것과 자신이 아는 조직과 명단을 말했다.

며칠 후 태평양노동조합의 중간 간부급 12명이 검거되어 압송되었고, 나상태는 비밀리에 다른 경찰서로 보내졌다. 강준모는 나상태가 오성훈의 감성적인 취조에 넘어갔다는 것을 알고 가슴을 쳤다. 공산주의자가 그토록 경계하고 비판하는 것이 감성적인 의식에 물드는 것인데, 골수 공산주의자라고 믿은 총책이 무너져 내린 것은 자신의 뼈아픈 실책임을 인정하지 않을 수 없었다. 그러나 그 자신은 악랄한 고문을 당하면서도 일반적인 정보 이외에는 어떤 것도 불지 않았다. 일제는 이번 사건에 기대를 걸었던 만큼 수확을 하지 못했고, 강준모 편에서는 잃은 것은 있었지만, 또 다른 투쟁을 할 시간을 벌게 되었다.

재판은 1931년 8월에 끝났다. 태평양노동조합 설립 주동자이자 불온 분자인 강준모는 징역 5년, 총책 나상태 징역 1년에 집행유예 2년, 나머지 가담자들은 징역 1년, 장일구는 징역 6개월에 집행유예 1년을 선고받았다.

강준모의 검거에도 불구하고 끈질긴 생명력을 발휘하며 꾸준히 조직을 확장하며 활동해 오던 원산과 함흥, 흥남, 평양의 적색 노조원이, 1932년 5월 1일 노동절 투쟁을 준비하다가 500여 명이 검거되는 큰 사건이 발생했다. 신문에서는 '제2차 태평양노조 사건'이라고 대서특필했다. 일제는 태평양노동조합의 결성을 지휘한 강준모와 간부들을 검거한 이후 노조가 거의 와해 상태가 된 것으로 믿고 있다가 뒤통수를 크게 얻어맞았다. 강준모 또한 지금까지 자신의 성과가 무너져 내리는 것을 감옥에서 바라보고만 있었다.

1933년 3월 차가운 어둠이 깔린 신고산역 내에서 사람들이 웅성거리고 있었다. 원산행 마지막 기차가 역 구내로 들어서자, 한 노파가 어린애의 손을 놓고 갑자기 철로에 뛰어 내려 열차 앞에서 두 팔을 벌리고 막아섰다. 노파를 발견한 기관사가 제동했지만, 노파는 즉사하고 말았다. 기차를 기다리던 승객들과 역무원이 뛰어왔다. "날마다 타령하는 그 아마이 아닝가?" 역무원이 말하자 한 사람이 죽은 노파를 아는 듯 "그래 맞네. 아들을 고로크롬 기다리더니." 하고 말했다. 다른 사람도 혀를 차면서 "무신 사연인지 몰라도 참."하고 말을 받았다.

강준모의 어머니 최순례는 아들이 1928년 12월에 구미리에 잠깐 들렀다 간 이후, 근 2년 동안 소식을 전혀 듣지 못했다. 그러다가 고산장에 나물을 팔러 나갔다가 사람들이 수군거리는 소리를 들었다. 작년에 원산에서 일어난 태평양노조사건에 주범으로 구속된 강준모가, 경성법원에서 5년의 중형을 받았다는 소식이 신문에 났다는 것이었다. 일제가 감시하는 아들 때문에 신분을 감추고 사는 그녀에게는 더 이상 버틸 힘이 없어졌다.

이미 50줄에 들어선 그녀는 그때부터 정신이 혼미해지고 말았다. 그녀는 매일 새벽이면 손자 귀호를 데리고 두 시간이나 되는 길을 걸어 신고산역 마당에서 우두커니 앉아 있다가, 경성 쪽에서 기차 오는 소리만 들리면 대합실의 개찰구에 서서 아들이 오는지 두리번거렸다. 사람들이 다 빠져나가면 역 마당으로 나왔다가 다음 기차가 오면 그 짓을 반복했다. 그러다가 어둑해진 시간에 원산 가는 막차가 떠나면 다시 구미리로 돌아갔다. 역에 올 때 그녀의 허리춤에는 항상 주먹밥 두 개를 명주 수건에 말아서 매고 있었는데, 한 개는 귀호를 먹이고 한 개는 아들에게 줄 것이었다. 그러다 그녀의 행동이 더 이상해졌다. 개찰구에

서서 중얼중얼거리며 아들을 기다리다가 역마당으로 나오면, 덩실 더
엉실 춤을 추면서 「신고산타령」을 개사해서 구슬피 노래를 불렀다.

신고산이 이～이 우르르르르르～ 함흥차 오는 소리에 에～에
우리 아～이 문열고서～ 어서 어서 나오거라 아～아

어랑어랑 어허～야 어허야 더～야 내 아들아～아

신고산에 에～에 우르르르르르 함흥차 문이 열려도 오～오
아이는 으～은 오지않고～ 애미 가슴만 치이이이～네 에～에

어랑어랑 어허～야 어허야 더～야 내 아들아～아

신고산이 이～이 우르르르르르 함흥차는 떠나고 오～오
우리네 에～에 애는 으～은 언제언제나 오～나 아～아

어랑어랑 어허～야 어허야 더～야 내 아들아～아

원산으로 가는 기차가 보이지 않을 때까지 느린 타령조로 부르던 그
녀는, 기차가 풍류산 고개를 기어 넘어가면 소매로 눈물을 훔치며 손
자의 손을 잡고 다음 기차를 또 기다렸다. 역전에 사는 사람들이나 역
을 오가는 사람들은 가끔 어느 역에서나 볼 수 있는, 오갈 데 없이 노숙
하며 정신줄이 혼미한 사람으로 바라볼 뿐 아무도 관심을 가지는 사람
이 없었다. 남편 강상중과 오빠 최창구는 의병 활동을 하다가 죽었고,
아들마저 중형을 받아 경성 감옥에 갇혔다는 소식에 실성한 그녀를 알

아보는 사람은 아무도 없었다. 다만 그녀 곁에는 열 살 내외의 사내애가 그녀의 손을 한사코 놓지 않고 있는 것이 사람들의 눈물을 자아내는 풍경이었다. 그러다 그녀는 4년여 전에 아들이 타고 온 그 기차에 몸을 던졌던 것이다.

기차는 사고 수습과 조사 때문에 얼마간 정차를 하고 있었다. 그때 원산행 열차를 기다리다가 이 모든 장면을 유심히 보고 있던, 까만 수단을 입은 어떤 외국인 신부가 아이에게 다가가서 몇 마디를 묻더니, 그의 손을 잡고 기차에 태웠다.

아침에 순님은 성당의 샤르트 호머 신부한테 급히 와 달라는 전갈을 받고 사제관에 갔다. 신부님은 차 한 잔을 건네면서 한참 머뭇거리다가, 옆에 앉아 있는 아이를 가리키며 맡아 키워달라고 부탁했다. 갑작스러운 당부에 아무 말도 못 하고 신부님을 쳐다보자, 신부님은 어제 신고산 성당에 새로 설립된 원산수녀원 분원 설립 행사에 갔다 오다 역에서 겪은 내용을 자초지종 이야기를 했다. 그제야 순님은 아이를 자세히 쳐다보았다. 아이는 여기저기 꿰맨 흠 점퍼와 바지를 입고 오들오들 떨면서 눈물과 콧물이 범벅이 된 얼굴로 그녀를 쳐다보았다. 그녀는 일어나서 아이의 머리를 쓰다듬으며 이름과 나이를 물었다. 이름은 엄귀호, 나이는 11살이었다. 순님은 아이의 손을 잡고 집으로 데려왔다. 그에게는 5년 전에 입양한 김선옥에 이어 두 번째 애를 집에 들인 것이다. 남편 김중한과 시부모님은 순님의 성품을 알고, 또 신부님의 간곡한 부탁이라 반대하지 않았다. 선옥은 신체도 좋지 않고 나이도 어렸기 때문에 김중한과 자신 사이에 낳은 딸로 호적에 입양했지만, 귀호는 나이도 들고 이름도 뚜렷하여 호적을 찾아 주기로 했다.

김중한은 아내 순님의 간곡한 부탁대로 엄귀호의 호적을 찾기 위해 친구인 구영길 면장을 찾아갔다. 그가 내놓은 자료라곤 이름 엄귀호, 나이 11살, 고산군 신고산에 살았다는 것뿐이었다. 그러자 구영길은 고개를 절레절레 흔들며 그것 가지고는 호적을 찾을 수 없다고 했다. 적어도 부모나 조부의 한 사람 이름과 본적이 있으면 찾을 수 있다고 하자, 김중호는 생각난 것이 있다면서 "귀호 할머니가 작년 가을 신고산역에서 기차에 투신하여 죽었고, 할머니 성이 최 씨라고 귀호가 기억하고 있었다."라고 했다.

구 면장은 고산경찰서에 가서 사건 내용을 한번 찾아보겠다고 하면서 큰 기대는 하지 말라고 했다. 구영길이 경찰서에서 신고산역 투신 사건을 조회해 보니, 할머니 이름은 최순례였다. 투신 사건이 일어난 이후 경찰서에서 사망자의 신분을 알기 위해 동네 구장을 통하여 행방이 없어진 사람을 조사한 결과, 신고산면 구미리에서 할머니와 손자가 없어졌다는 연락이 왔고, 사진을 대조한 결과 이웃 사람이 맞는다고 증언하였으며, 이름은 외가 동네에 살다가 북청군 안평으로 시집간 최순례가 맞을 거라고 어렴풋이 기억했다고 되어 있었다.

구영길은 북청 안평이라는 말에 묘한 감정을 느꼈다. 아버지가 북청에서 처형된 이후 한 번도 고향 북청에 가 본 적이 없었지만, 무엇에 홀리는 것처럼 거기 가서 호적을 찾아보기로 했다. 출장을 내고 먼저 북청 고향 동네 뒷산에 있는 윗대 산소에 가봤지만, 아버지 산소는 찾을 수 없어 도래솔 밑에 앉아 지나간 날들을 떠올려 보았다. 아버지가 안평면장으로 있었지만 그렇게 유별난 것이 없었고, 주변 사람들이 자주 집을 찾아와 무슨 부탁을 한 것만 기억날 뿐이었다.

안평면 호적계에는 여느 관공서처럼 나이 많은 촉탁 노인이 자리를 지키고 있었다. 그는 가져온 담배 한 보루를 노인에게 건네고 사람을 찾기 위해 왔다면서 최순례와 손자 엄귀호 이름을 댔다. 노인은 담배 보루를 박박 찢고는 면서기들에게 한 갑씩 나눠 줬다. 그러고는 자기보다 많이 아래로 보이는 구영길에게 담배를 한 대 권했다. 이런 장면에 친숙한 구영길은, 호적계로 가는 노인의 뒷모습을 웃는 눈으로 보면서 담배를 맛 좋게 빨았다. 노인이 한참 만에 서류철을 갖고 나와 책상에 올려놓더니

"선생, 음……, 찾는 분하고는 어떤 관계십니까?"

"특별한 관계는 없고 저와 친한 사람이 꼭 좀, 뭐 조상 찾고 싶어서 그런 것이지요. 아시다시피 웬만한 사람들은 노역 나가는 것보다 관청 찾아오는 걸 더 꺼리는지라."

구영길은 자기의 신분 냄새라도 맡지 못하게 말을 둘러대고 말했다.

"호적 찾기란 참 어려운 겁니다. 제가 이 사무에만 40년이거든요. 물론 처음에는 급사로 시작해서……, 지금은 이 지역에 사람 찾는 부탁은 나한테 다 옵니다."

"그렇습니까. 참 호적계에 뼈 묻은 사람 아니면 할 수 없는 일이겠네요."

"선생도 꼭 면서기 정도 해 본 사람처럼 이쪽 사정을 잘 아시는군요. 뭐 그렇지요. 식민지 시대에 사는 조선인이 날고 뛴 본들 호적 안에 다 들어있지요. 안타까운 것은, 못 살아서 만주나 연해주로 국경을 넘어간 사람이나 독립운동하다 쫓겨 다닌 사람 자손이 찾아오는 수가 많지요. 선생께서 찾는 호적은 내 나름대로 분류한 곳에 뒤져보니 대충 이분인가 싶기도 합니다. 물론 직접 당사자를 만나보지 않고 판별하기는 약간 무리가 따르지만요."

촉탁 노인은 표시해 둔 서류를 펼치기 전에 다시 담배 한 가치를 입에 물었다. 잠깐의 시간이 지나고 나서 돋보기를 눈에 걸치면서

"제가 보기엔 이 호적이 제일 근접하는 것 같습니다. 최순례라는 사

람이 있는데, 본적은 고산이고, 그러니까 선생이 가지고 온 이름과 같고, 에…… 남편이 1883년생 강상국으로 되어 있고, 아들은 강준모라 지금 나이가 30살 정도……, 참 혼인한 기록이 없는데, 최 씨의 손자 그러니까 강준모의 아들이 있으면 아닌 건데. 성이 엄 씨면 더더욱, 선생이 찾는 호적이 아닐 수도…….”

구영길은 하마터면 큰 소리를 지를 뻔했다. 그는 조상들이 살았던 곳이 안평이라서 혹시나 자신하고 연분이 있는 사람일까? 하며 호기심을 걸고 왔는데, 그 기대를 넘어선 호적이 나타난 것이다.

“강상국은 의병을 하다 일군에 잡혀 죽은 분인데, 혹시 아는 이름입니까?”

촉탁이 구영길의 얼굴을 살피며 물었다.

“아, 아닙니다. 같은 이름이 있다는 게 신기해서요.”

구영길은 얼른 말을 내뱉고 마음을 진정시키느라 숨을 가다듬었다. 분명 엄영호라는 가명으로 노동운동을 하다가, 오래전에 검거되어 경성 감옥에 있는 강준모의 호적이 틀림없었다.

“이거 말고는 찾기가 좀 어렵겠네요.”

“그렇겠지요. 이거 사본 한 통 해주실 수 있습니까?”

“그럼요.”

구영길은 밖으로 나와 면사무소 한 귀퉁이에 있는 벗나무 밑 의자에 걸터앉아 담배 한 대를 물었다. 엄귀호, 이 애가 자신이 경찰서에 검거와 처벌을 부탁한 강준모의 자식이고, 강상국의 손자라니. 그는 질긴 악연이 계속되는 것에 몸을 부르르 떨었고, 하체에 힘이 쭈욱 빠져 한참을 일어서지 못했다. 그러고는 자신이 지금까지 걸어 온 삶을 되돌아보았다. 앞선 세대의 일 때문에 자기의 삶이 소용돌이 속에 빠져들어 몹시 피곤하고 답답함을 느꼈다. 담배 한 대를 더 태운 그는 “무엇을 해야 하는지 알면서도 회피하는 건 비겁한 일이지." 중얼거리고는 입술을 굳게 깨물며 일어났다.

며칠 뒤 구영길이 동생 영준을 앉혀 놓고 서류를 하나 꺼내더니 굳은 표정을 짓고서 말했다.

"며칠 전 전교회장 중한이 친구의 부탁으로 북청 안평에 다녀왔다. 이 서류를 보기 전에 먼저 말할 것이 있다. 이 서류를 잘 간직하고 있다가 혹시 내가 못하면 네가 대신 꼭 복수를 해야 한다."

형이 심각한 표정으로 말하면서 서류를 펼치자, 영준도 바짝 긴장이 되어 서류를 봤다.

"자, 여기 호적등본을 봐라. 아버지를 죽인 강상국이 여기 있다. 우리가 살던 안평면에서 이웃해 산 게 확실하다. 알고 보니 이 자도 북청에서 일본군에 잡혀 죽었다고 하더라. 그 아들 강준모는 알다시피 세상에 큰 죄를 짓고도 겨우 5년 형을 받아 감옥에 들어앉아 있다. 그런데 이런 질긴 인연이 있을까! 얼마 전 김중한이 집에 거둬들인 애가 엄귀호인데, 호적을 찾아달라고 부탁하여 여기저기 알아보다가 귀호 조모 최순례가 고산에 살다가 안평으로 시집갔다는 것을 알고 오늘 안평면 사무소에 찾아갔는데, 글쎄 최순례의 남편이 강상국이고 아들이 강준모라고 호적에 되어 있었다. 이미 다 알려졌지만, 강준모는 비밀 활동할 때 쓴 이름이 엄영호니까 엄귀호도 그 아들이 틀림없다. 강준모 이사람은 저 애비 닮아서 지독한 사람이다. 감옥에 있어도 그가 만든 비밀조직이 건재해서 어떤 방법으로든 우리를 보복하려 들 것이다. 그가 2, 3년 후 출소하면 내색하지 말고 잘 감시해야 한다. 다시 말하지만, 우리는 절대 안심해선 안 되고 선수를 칠 수 있으면 쳐야 한다."

"알겠습니다. 그런데 엄귀호는 호적이 없는 겁니까?"

"북청에 갔다 와서 김중한에게 엄귀호 호적을 찾을 수 없다고 했다.

괜히 복잡한 내용 말 안 하는 게 좋아서. 그러니까 중한이가 기어코 호적을 하나 만들어 달래서, 우리 면 호적계장한테 사정사정해서 가짜 부모 이름 하나씩 넣어서 새 호적을 만들어 줬다. 자, 이건 강준모 호적이고, 이건 엄귀호 호적이다. 앞으로 또 어떤 일이 터질지 모르니까 잘 보관해라."

04

갈등과 소명

　1935년 9월 13일에 일본 제6대 총독 우가키 가즈시게가 덕원수도원을 방문한다는 소식이 수도원에 전해졌다. 그가 원산에 오는 목적은, 1931년 만주사변을 일으켜 만주국을 통치하는 괴뢰정권을 세운 데 이어, 중국 대륙 침략의 전진기지인 원산과 함흥 일대의 군수품 공장과 교통 물류 시설을 점검하기 위한 것이지만, 수도원 방문도 계산된 것이었다. 건립한 지 8년이 된 덕원수도원에 대해 올해 2월 10일 자로 총독부가 공식 인가해 준 것을, 조선에 대한 자신의 통치 능력을 대내외적으로 과시하기 위한 일종의 정치적 선전효과를 노리고 있었기 때문이다. 그는 몇 년 동안 연달아 본국의 총리 발탁이 유력했으나 군부의 반발로 성사되지 못했기 때문에, 이번에야말로 조선에 대한 유화정책과 공업 발전으로 식민사회를 안정시킨 공을 본국에 과시해야 하는 절박함을 가지고 있었다.

수도원에는 소신 학생을 포함하여 48명의 신학생이 있었고, 이중 연길지목구의 성십자가 베네딕도수도원 소속은 26명이었다. 이들 젊은 조선인을 이끄는 중심인물은 내년에 사제 서품을 앞둔 이원일 세바스찬 부제였다. 그는 만주의 척박한 환경에서 자란 사람답게 조용한 성품이면서도 불의에 대해서는 그냥 참지 못했다. 총독이 수도원을 방문한다고 하자 대목구장 요한 힐데리오 아빠스를 찾아갔다.

"세바스찬 형제, 무슨 일로 오셨습니까?"

"대목구장님, 일본 총독이 수도원을 방문한다는데 꼭 말씀드리고 싶은 것이 있습니다."

"형제님, 말씀해 보십시오."

부제는 수도원의 최고책임자 계급인 아빠스 대신 대목구 최고책임자인 대목구장 직책을 말했고, 아빠스는 부제 대신 수도회원임을 나타내는 형제라고 말했다.

"예. 3년 전 용정에서 빌레오 쟌 신부님이 일본군에게 피살되고, 이 피살을 본 증인 4명을 총살한 사건 기억나시지요?"

"예. 잊지 않고 있습니다. 그런데요?"

"지금까지 일본은 이 일에 대해서 어떤 사과도 하지 않고 있습니다."

"그 일은 만주국에서 일어난 일이 아닙니까. 그곳은 연길지목구 관할이라 제 소관이 아니라는 것을 알고 있겠지요?"

"그렇습니다만, 지목구장 베르테 샤를 아빠스께서는 너무나 충격적인 사건이어서 사건 관련자인 일본군과 경찰을 일본 정부에 고소하고, 독일 총아빠스님과 대목구장님께 사건 내용을 보내 일본 정부에 엄중히 항의하여 주실 것과 관련자 처벌을 위해 노력해 달라는 서신을 보내지 않았습니까?"

"물론 받았지요. 형제님께서 제게 무엇을 요구하시는지?"

"일본은 오히려 마적단 소행으로 둔갑시켜 천주교회가 자신들을 무고했다고 하는 바람에 지목구장님이 큰 곤욕을 치렀습니다. 이것은 상급 교회와 교회 지도자들이 아무런 역할을 하지 않았기 때문이라고 생각합니다."

"형제님, 교구 전체를 바라보아야 하는 사목자의 심정을 헤아려 주셔야 합니다."

"대목구장님, 그곳 상황이 생각보다 심각합니다. 만주 전 지역에서 중국 공산주의자와 마적단이 성당과 신자를 무차별 공격하고 있습니다. 시설 파괴는 말할 것도 없고 사망자가 수백 수천 명이고, 테러를 당하거나 납치된 사람은 파악조차 불가능합니다. 거기다가 러시아 공산주의 사상을 받아들인 조선인들이 가톨릭 학교에 침투해, 신자들을 협박하고 재산을 갈취하면서 공산주의 혁명에 나설 것을 선전 선동하고 있습니다. 가난한 조선인들은 쉽게 공산주의자의 유혹에 빠져들고 있습니다. 170개에 달하는 시골 공소는 대부분 폐허가 되었고, 신자들은 마적단과 공산주의자를 피해 이리저리 떠돌아다니고 있습니다. 그동안 연길교구 1만 2천 명의 신자들이 혹독한 추위와 심각한 기근에 시달리면서도 교회에서 위로와 사람다운 대우를 받고 있다는 자부심으로 어려움을 극복했는데, 이제는 사목자들과 교회 지도자들도 더 이상 버텨낼 수 없는 지경입니다. 더 큰 문제는 거기 주둔하고 있는 수만 명의 일본군은 이를 못 본 체한다는 겁니다. 오히려 그들은 마적단이나 공산주의자에게 무기를 팔면서 선교사와 조선인을 약탈하는 것을 방관하고 있습니다. 굶주리고 추위에 떨고 병에 걸려 죽어가는 불쌍한 사람들을 보호하지 않는 제국이 무슨 국가……, 그들이야말로 야만인들입니다."

부제는 얼마 전에 가서 보고 온 만주 교회의 상황을 대목구장에게 피를 토하는 심정으로 말하고 있었다. 하지만 대목구장은 이에 대한 어떤 입장이나 대책을 말할 수 없는 안타까운 심정으로, 젊은 부제를 아버지 같은 눈으로 지그시 바라보았다.

"형제님, 지금 제가 할 수 있는 일은 없습니다. 지목구장에게 상의하시는 게 좋겠습니다."

"지목구장께서 독일에 가 계시는 것을 알고 계시지 않습니까."

"그래도 만주국에서 일어난 일은 제가 나서기에는……."

"대목구장님, 만주국은 일본이 세운 괴뢰정권입니다. 사실상 일본 총독이 지배하고 있지 않습니까!"

"그렇습니다만?"

"총독을 만나면 공식적인 사과를 요구하시고, 신자들과 선교사를 보호해 주라고 강력히 요청하시기를 건의드립니다."

대목구장은 이 젊은 부제가 무엇을 말하고 있는지 알고 있었다. 불의에 맞서 정의를 말하는 이에게 함께 나서지는 못하더라도 격려를 해줘야 하는 것은 큰 목자로서 마땅한 일이었다.

"가슴 아픈 일이지만…… 형제님, 조선교회가 지금 처한 현실이 100년의 박해 시와 다를 바 없음을 어느 정도 알고 계시겠지요! 대구유스티노와 용산성심신학교는 일본의 인가를 받지 못했고, 하나 남은 덕원신학교만이 올 2월 겨우 인가를 받았지만, 언제든지 폐교를 당할 위기에 있습니다. 목자 없는 교회를 우리는 뼈저리게 체험하지 않았습니까. 사실 우리 독일 선교사들도 언제 추방될지 몰라 숨죽이고 있습니다. 우리는 불행하게도 선택권을 가지지 못하고 있음을 부디 양해해 주시면 합니다."

"대목구장님의 고충을 모르는 바 아닙니다. 저는 만주의 상황을 조선 내의 통치와 연계시키는 것은 부당하다고 생각합니다. 만주는 7,

80년 전부터 조선인들이 개척했고, 지금은 50여만 명이나 살고 있습니다. 그 땅은 조선인 것이라 해도 과언이 아닙니다. 저는 일본이 만주까지 와서 조선독립군을 토벌하는 만행을 말하는 것이 아닙니다. 그들이 주장하고 있는 일만일체나 내선일체란 것이 맞는다면 선량한 조선인을 보호하는 것이 그들의 의무가 아닙니까!"

"아무튼 저는 그렇게 할 수 없습니다. 그날은 신학교 설립 축하를 겸해 특별히 방문하는 것임을 이해해 주시기를 바랍니다, 형제님."

"불의를 보고 고발하거나 맞서는 것은 신앙 이전에 인간 존엄성 회복을 위한 모든 사람의 책무라고 생각합니다. 공동체가 무너지고 있는데 아무도 나서지 않는다면……."

"형제님, 한 가지 조심스럽게 말씀드릴 것이 있습니다. 저는 그들의 국가적인 입장이나 정치적인 상황을 이해하자는 것은 아니지만, 지금 우리는 그들과 맞서 싸울 힘이 없습니다. 우리에게는 오직 하느님의 자비만을 청할 수밖에 없는 현실에 처해 있습니다. 우리 형제들에게 기도를 요청하겠습니다만, 사제직을 준비하고 있는 형제님께 한 가지 당부드리고 싶습니다. 핍박을 당하더라도 예수님을 생각하며 미움과 증오로서 대응하지 말았으면 합니다."

"고난받는 양을 외면한 목자를 주님께서는……."

세바스찬 부제는 답답한 가슴을 안고 일어서며 나직이 말했다. 문을 나서는 부제의 등을 바라보며 아빠스는 손수건을 꺼내 눈물을 닦았다.

이 세바스찬은, 6월 초에 공산주의자들이 불태운 고향의 대령동 성당으로 돌아갔다. 어릴 적부터 함께 소신학교를 다녔던 윤효준 모세 부제와 연길지목구 신학생들이 나서서 말렸지만, 그는 결심을 굽히지 않았다. 1800년대 중반 그의 증조부가 회령에서 부잣집 노비로 있다가 노비 신분 철폐에 반대하는 주인집에 불을 지르고 간도로 왔고, 성이 없는 길동에서 성을 붙인 이정요로 이름을 바꾸었다. 조부는 아버지와 함께 불모지에서 억척스럽게 개간을 하면서 살다가 천주교 교리를 접하자, 아들을 조선의 프랑스 신부에게 보내 세례를 받게 했다. 그 사람이 이 세바스찬의 아버지로서, 구한말 간도 천주교회를 개척한 간도 12사도 중의 한 사람인 이강선 안드레아였다. 아버지는 아들이 사제가 되어 만주의 동포들에게 하느님의 가르침을 전할 수 있도록 신학교로 보냈지만, 이제 아들은 사제의 길을 포기하고 동포들과 생사를 함께 하기 위해 돌아간 것이다.

대령동 일대는 특이하게 마적단과 공산주의자들이 한 조직이 되어 해방구처럼 장악하고 있었다. 가난한 농촌에 그들은 방화와 약탈과 살인을 마음대로 저지르고 심지어 사제와 수녀를 잡아가서 높은 몸값을 요구했다. 그런데다 공산주의가 뭔지 모르는 조선인들이 그들의 앞잡이가 되어 힘 없는 동족을 약탈하고 죽이는 일을 대수롭지 않게 저지르고 있었다. 살해된 사람과 행방불명된 사람을 파악하기도 힘들고 파악하려는 사람도 없었다. 1800년대에 조국을 떠나와서 각고의 노력으로 정착을 한 조선인들이, 이제는 그들이 일구어 놓은 정착촌에 살지 못하고 유랑생활을 하는 사람이 늘어만 갔다.

1932년 대령동 일대에서는 3개월 동안에 레오 조르쥬 신부와 레피 파이그 신부, 이코르 프란츠 신부가 티푸스에 걸려 차례로 선종했다. 대령동 본당의 초대 주임 신부인 빌레오 쟌 신부가 이코르 프란츠 신부의 장례식에 참석하기 위해 용정에서 오다가 일본군의 총에 맞아 살해되었다. 그런데다 1930년에 대령동의 약간 높은 언덕에 지은 그림 같은 성당, 팔도구나 차조구를 합쳐 가장 아름다운 건축물이라는 대령동 성당이 1935년 3월 공산주의자들의 방화에 흔적도 없이 다 타버렸다.

이것뿐만 아니라 20개의 시골 공소가 하나도 살아남지 못하고 파괴되었다.

고향에 온 세바스찬은 마적의 살해 위협에서 가까스로 살아난 필립보 이차누 본당 신부를 도와 성당을 재건하면서 청년단을 결성했다. 그들은 총을 구입해 항상 옆에 놓고 일을 했고, 밤이면 돌아가며 보초를 썼다. 성당 재건축이 한창일 때 마적 20여 명이 약탈하러 들이닥쳤지만 3명을 사살하여 그들을 물리쳤다. 성당이 마무리될 무렵인 다음 해 1월 10일 밤에 또다시 마적단 30여 명이 들이닥쳤다. 그는 9명의 청년단원을 이끌고 총격전을 벌였다. 마적을 물리쳤지만, 안타깝게도 세바스찬은 2명의 신자와 함께 최후를 맞이하고 말았다. 그의 증조부 때부터 두만강을 넘어와 갖은 고생을 하며 삶의 뿌리를 내린 혈족이 땅에서 사라졌다. 하지만 그는 좀 더 빨리 평화로운 하늘의 집으로 올라갔다. 성당 또한 그들의 용감한 방어 덕분에 완공하여 하느님께 바쳐졌다.

11월 30일 재건된 대령동 성당 축성식이 거행되었고, 베르테 샤를 주교아빠스는 세바스찬의 비석에 다음과 같이 적어 놓았다.

이원일 세바스찬
그는 司祭가 되기보다 愛德者가 되기를 원했다

기차를 타고 경성으로 가는 힐데리오 아빠스와 라이몬드 학장은 내내 침묵에 쌓여 있었다. 그러다 경성 가까이 가자, 아빠스가 말문을 열었다.

"학장님의 의견은 어떻습니까?"

"조심스럽습니다만, 조선인들 조상도 아닌데 참배를 강요하는 것이······."

"오늘 회의에서 이 문제가 제기되면, 우리는 어떤 입장을 취하는 게 좋겠습니까?"

"제가 뭐라 말할 수는 없는 입장이지만, 3년 전 조선대목구 설정 100주년 공의회 때 참배를 금지한다는 발표 이후 꾸준히 그렇게 내려왔습니다만."

"그렇지요. 그런데 안타깝게도 일본에서는 예수회와 작은형제회가 반대하다가 정부와 신자들의 압력으로 선교사들이 철수했다는 소식이 들려왔습니다."

"경성에서도 메리놀회 두 분의 신부님이 본국으로 소환되었다고 합니다만."

"조선에서는 조선 사람들의 뜻이 우선이 되어야 하는데, 만일 그렇게 되지 않는다면 일본과 정반대로 문제가 생길 수 있지 않을까요?"

"저는 그렇게 봅니다. 양 민족의 정서가 워낙 달라서요."

"학장님 생각으로는 어떤 타협도 불가하다는 말씀인가요?"

"솔로몬의 지혜라도……."

"급진 공산주의자들이 만주에서와 같이 교회를 공격하는 일이 없어야 하는데."

아빠스는 성당을 지키다 죽은 세바스찬 부제를 떠올리며 잠시 생각에 잠겼다. 신사참배에 대한 일본의 압박이 커지자, 학교와 종교계를 중심으로 거부 운동이 벌어지고 있었다. 오늘 조선 천주교회 5명의 주교가 의견은 내겠지만, 허용 여부는 각 주교의 몫이어서 어떻게 하더라도 거센 풍랑을 피할 수는 없다고 생각했다. 지금까지 조선 천주교회에서는 소극적으로 신사참배 흉내를 냈지만, 새로 부임한 총독 미나미 지로는 직접적으로 일본국 지시에 따를 것을 요구했다.

회의에서 조상 제사와 같이 공자 예식에 근거하여 신사참배를 허용하자는 의견이 모아졌고, 바티칸에서도 신사참배 허용 결정이 내려졌다. 성당마다 주일과 일본의 국경일에 일본 천황 숭배의식에 참여하라는 지시가 하달되었고, 주일미사가 끝나면 신자들이 모여 일본 국가를 부르고 일본 황궁을 향해 허리를 굽혀 절하고 '천황 만세'를 불렀다. 그러자 이 예식에 반대하여 성당에 나오지 않는 사람이 늘어났다.

　1936년 1월 21일 새벽 2시에 수도원 목공소에 화재가 일어났다. 화재의 원인을 두고, 연통이 가열되어 일어났다고 하는 사람들과 누군가 연통의 불을 이용하여 화재를 냈다고 음모론을 펴는 사람들이 뒤섞여 옥신각신했다. 9월에는 구영길 집에서 한밤중에 원인 모를 불이나 구영길과 아내가 타 죽었다. 구영준은 불안했다. 다른 사람은 모르고 있겠지만, 그는 틀림없이 얼마 전에 출옥한 강준모의 짓인 것을 확신했다. 구영준은, 공산주의자들은 끝까지 보복한다는 형님의 말을 되새기며 언젠가 갚아 주리라고 다짐했다. 그렇다고 섣불리 나섰다간 오히려 그들의 표적이 될 수 있어 극도로 몸조심을 했다.

　화재 사건이 뇌리에 잊혀갈 때쯤 또 화재가 발생했다. 불탄 목공소를 다시 지어, 밀린 일을 쉴 새 없이 하고 있을 때인 1937년 5월 7일 밤 열한 시쯤에 목공소에 또 불이 났다. 이번에는 확실한 방화였다. 주변의 방앗간과 돼지 막사뿐 아니라, 각 성당에서 주문받아 제작하고 있는 의자와 제대, 성당 비품과 가구를 만들어 보관하고 있던 창고가 다 타버렸다. 이어 5월 26일에는 수도원 진료소가, 11월 7일에는 임시 목공소가 불탔다. 이것뿐이 아니었다. 원산과 함흥과 흥남 등 일본이 중일 전쟁을 지원하는 군수품과 생필품 공장에 생산 설비를 파괴하거나 업무를 방해하는 방화와 태업이 꼬리를 물고 일어났다.

　1938년 9월 23일에는 덕원신학교에 불이 났다. 새벽 2시경, 산 밑에 있는 신학교 건물의 뒤편 1층에서 모락모락 연기가 피어나더니 불길이 번지기 시작했다. 처음 발화 위치는 복도 중앙에 신학생들이 입는 의복을 세탁하고 관리하는 세탁소였다. 불이 세탁소 방에서 세탁물을 보관하는 곳으로 옮겨붙을 때쯤, 숙직을 하다 깜빡 잠이 든 요하네스 라이문드 학장 신부가 냄새를 맡고 문을 열고 나왔다. 복도 안쪽에 불길이 일어난 것을 확인하고는 "1층에 불이 났다." 고함을 지르며 2층까지 뛰어 올라가 학생들을 깨웠다. 놀란 학생들이 옷을 껴입는 동안 자신은 얼른 1층 세면대로 가서 양동이에 물을 담아 세탁소로 달려갔다. 뒤이어 학생들이 가담했지만, 세탁소를 태운 불은 옆방과 2층으로 옮겨가고 있었다. 옆방은 각종 교재와 교재를 만드는 목재들이 있는 창고였고, 2층은 학생 기숙사였다. 학생들이 모두 두 줄로 늘어서서 물을 담은 용기를 전달하면서 물을 퍼부었지만, 불은 건물 전체로 퍼져 나갔다. 수도원 식구들과 어운리 주민까지 합세해 진화를 위해 노력했지만, 디근 자 건물을 다 태우고 여섯 시간이 지나서야 가까스로 꺼졌다. 다행히 인명 피해는 없었다. 사람들 사이에서, 누군가가 건물 밖에서 창을 열고 세탁소로 불을 던져 넣었을 것이라는 소리가 들렸다.

수도원 화재 장소에는 많은 사람이 모여 있었다. 이 중에는 노인으로 변장한 강준모도 군중 사이에 섞여 있다가 동이 트기 전에 한 명의 건장한 청년과 함께 현장에서 빠져나갔다. 그는 구영길 처단과 신학교 방화를 통해 충분하지는 않지만, 자신들의 혁명노선을 방해하고 일본의 정책에 협력하는 자들에게 경고를 하고 있었다.

태평양노동조합 사건으로 5년의 옥고를 치르고 2년 전에 출옥한 그는, 먼저 엄마와 아들을 만나러 7년 전처럼 경성에서 막차를 타고 신고산면 구미리 집으로 갔지만 집은 폐허가 되어 있었고, 엄마와 아들 귀호는 어디 갔는지 흔적이 없었다. 그는 곧바로 원산과 평양을 오가며, 출옥하기 1년 반 전에 주동자들이 검거되어 와해 상태에 놓여있던 적색노동조합을 재결성하는 것을 과업 1호로 정했다. 감옥에서 많은 시간을 투자하여 '프로핀테른 9월 테제'와 '범태평양노동조합 10월 통신'에서 결의한, 비합법적 투쟁에 관한 내용을 공부하며 구상을 했다.

그는 경성 이북을 적색 노동자 지대로 단단히 묶기 위해 한반도 동쪽의 원산, 함흥, 흥남과 서쪽의 평양과 진남포, 신의주를 하나의 벨트로 만드는 작업을 재추진했다. 이미 인력과 경험이 축적되어 있는 원산을 기반으로 하고, 함경도 총책으로 최근욱을 임명했다. 과업 2호는, 친일 분자와 협력자에게 인적 테러를 가함은 물론 원산이나 흥남에 있는 군수품 공장을 파괴하는 등 물리적인 투쟁을 하는 것이었다. 이것은 비법적이고 파괴적인 활동을 통해 혁명적인 투쟁역량을 키우고, 조선인의 자각을 이끌어 내면서 일제의 숨통을 죄어 나간다는 계획이었다. 일제가 중일전쟁을 지원하기 위해 자행하고 있는 노동자 착취와 경제 수탈의 현장인 산업시설을 파괴하는 것과 일본 총독의 빈번한 수도원 방문과 신사참배 협조에 대해 그가 일련의 방화로서 수도회에 경고를 보낸 것도 그 계획의 한 부분이었다.

"강 동지는 앞으로 어떻게 할 것입니까?"

"나는 오늘 평양으로 가야 합니다."

"혹시 무슨 중요한 일이라도……, 아니면 어머니 행방을 찾아보시는 것이……?"

"큰 과업을 수행하면서 가족을 생각할 수는 없습니다. 최 동지, 곧 평양과 신의주에서 연쇄 파업이 일어날 것입니다. 자세한 것은 말할 수 없습니다만, 저는 독자적으로 노조를 결성하여 투쟁할 것입니다. 동지께 장차 일어날 일에 대해 내 생각을 간략히 말해 드릴 테니, 간부 동지들 교육에 보태 쓰십시오. 어디까지나 제 전망입니다만 곧 일본이 아시아 전체를 식민지로 만들기 위해 태평양전쟁을 일으킬 것입니다. 중일전쟁은 그 시작입니다. 일제가 국가 총동원령을 내린 이유도 군수품 조달과 인력 동원을 하기 위한 전쟁 계획의 일환입니다. 우리의 과업은 원산 함흥 일대의 공장에서 계속해서 전쟁물자 조달을 방해하는 것입니다. 이 투쟁은 혹독한 대가를 치를 수도 있지만, 성과를 내야 합니다. 일본이 패전하면, 러시아 공산당의 힘을 빌려 조선에서 노동자가 주인이 되는 세상을 만드는 데 주도권을 쥘 수 있습니다. 일제가 자신들과 우호적인 독일과 이탈리아와 곧 삼각 군사동맹을 맺는다는 소문이 있어서, 여기 수도원에 동맹국임을 내세워 독일인들에게 민심 회유를 위해 협조를 구할 것이고, 독일인들은 조선인 신자에게 일본에 협조하라고 권할 것입니다. 그게 가능한 결정적 사유는, 종교단체의 모든 인허가와 폐쇄권이 있기 때문입니다."

강준모는 프롤레타리아 혁명으로 조선을 해방하는 데 방해되는 것은 어떤 수단을 동원해서라도 제거하기로 결심했고, 이것에 그의 생을 다 바치기로 다짐했다.

신학교 재건을 위해 요한 힐데리오 아빠스는 독일 본원에 긴급 자금 지원을 요청했다. 하지만 독일제국은 외국환 반출 금지법을 제정하여 돈의 유출을 금지했고, 이미 수도회 본원도 자금이 바닥이 난 상태여서 형제 수도회의 어려움을 들어줄 수 없었다. 그는 이웃 평양대목구에 착수금을 빌리고 네덜란드 보험회사에서 보험금을 타, 다음 해 12월 26일 어렵게 재건축을 완료했다. 그리고 8명의 박사학위자를 채용하여 조선에서 최고의 교수진을 갖췄다.

신학교 재건으로 한숨은 돌렸지만, 신학교 학장 라이문드 신부는 학교의 분위기가 심상치 않게 돌아가는 것을 심각하게 고민하고 있었다. 80여 명의 학생이 있는 신학교에서, 재작년 말 독일에서 온 젊은 신학생들이 갈등을 일으키고 있었다. 독일은 히틀러의 지도로 독일인의 순수 혈통을 강조하면서 국수주의 교육을 시켰고, 젊은 독일인 대부분이 민족우월주의 관습이 몸에 배어 있었다. 조선에 온 젊은 독일 신학생들도 마찬가지였다.

리처드 폰 쉘만을 포함한 8명은 독일의 수도원에서 철학과 2년을 마친 후 신학 과정 3년을 수료하였고, 재작년에 차부제품을 받았다. 정상대로 교육받았으면 작년에 부제품, 올해에 사제품을 받고 선교지에 와야 했지만, 수도원에서는 선교할 나라의 현지 적응 명분을 내세워 아시아의 덕원 베네딕도수도원에 보냈다. 사실은 독일에서는 이미 히틀러의 나치 정권이 유럽을 침공할 것이라는 소문이 돌고 있어, 젊은 신학생들이 전쟁에 징집될 것을 우려해 조처했던 것이다. 그런 과정에서 조선에 오는 오랜 일정과 덕원신학교의 교과과정 때문에 이들에 대한 교육이 정상대로 진행되지 못했다. 이들은 조선인 신학생과 같이 일부 중복된 과정을 공부하는 것이 마음에 들지 않았다. 그중에서 폰 쉘만과 레오날드 슈미트, 헬무트 융크 등 3명의 신학생은 유독 불만이 많았다.

대신학교 4학년 과정이 9월에 시작된 후 한 달이 지났을 때, 리처드 폰 쉘만 학생이 라이몬드 신학교 학장 신부에게 면담을 요청했다.

"학년 과정이 불합리합니다, 학장님."

그는 독일 신학생을 대표하여 시정을 요구했다.

"이곳의 사정을 이해했으면 합니다."

하고 학장이 조용히 부탁했다.

"배운 과목을 또 배워야 하는데, 자존심이 상해 같이 수업할 수 없습니다."

"어딜 가도 공평한 것은 없습니다. 조선의 형편과 수도원의 환경이 눈에 보이지 않습니까? 이런 어려움을 극복하고 서로 형제애를 나누는 것도 수도자의 자세입니다."

"수도원 교육이 평등해야 한다는 것이나 능력을 고려하지 않는 것에 동의하지 않습니다."

"서약 시기와 능력이 배려되어야 해도, 수도원은 어느 곳보다 인간의 존엄적인 면에서 상하가 없다는 것을 배웠을 텐데요. 오히려 수도 생활이 익어갈수록 더 큰 희생을 찾아가는 베네딕도의 정신을 잊지 말아야 합니다."

"과목도 불합리합니다. 일본국에서는 일체 조선어 교육과 사용을 금지시켰는데, 일본어만 배우면 되지 조선어는 왜 배워야 합니까? 어차피 조선은 독립할 수가 없을 텐데요."

"셀만 신학생, 하느님의 눈으로 세상을 바라보아야 하는 걸 잊으셨습니까!"

"학장님, 아무리 신앙적인 측면에서 생각한다 해도 어차피 조선어는 못 쓰게 되어 있지 않습니까. 카이사르의 것은 카이사르에게 주어라는 말이 있지 않습니까. 우리가 일본제국을 거슬러서 좋은 일이 뭐가 있습니까!"

"물론 권력이 그것을 강요할 수 있습니다. 지금 독일제국이 2차대전을 일으켜 전 유럽을 삼키고 종교를 해체하고 있습니다. 삼각동맹을 맺은 일본제국도 그 본을 보고 있지요. 하지만 불의가 정의를 이길 수 없는 법이지요. 성령강림 때 사도들의 말씀이 모두 자기 언어로 들렸다는 것을 기억하십시오. 조선 사람에게는 조선어로 그 말씀이 전해져야 한다는 것을."

"학장님, 저는 다릅니다. 조선이란 나라는 없지 않습니까? 우리가 이들을 위해 독립전쟁을 하러 온 것은 아니잖습니까? 그리고 이들의 개화되지 않은 지식으로는……."

학장 신부는 현재 조선의 사정과 수도회의 임무를 독일말로 차분히 설명하는 데 반해, 신학생 폰 셀만은 직설적인 자기 주장을 자기를 가르치는 학장에게 언성을 높여 대들 듯이 퍼붓고 있었다. 이것은 수도원 공동체에서 가장 조심해야 하는 대화법 중 하나였다.

"셀만 신학생, 우리는 조선인들을 개화시키려고 온 게 아닙니다. 개화시킬 필요도 없지요. 조선은 서구나 일본보다 앞선 역사와 문화를 가지고 있습니다. 5천 년 전에 나라를 만들고, 잘 발달된 모국어도 있고, 이들에게는 유교라는 독특한 정신문화와 불교라는 깊은 신앙도 있습니다. 우리는 이들이 몰랐던 하느님의 사랑을 전하러 온 것을 잊지 마십시오."

"그건 제가 여기까지 온 이유와는 거리가 멉니다. 저는 동양의 문화를 이해하기 위해서 온 것이 아닙니다. 그러면 언제 이들을 개종시키고, 선교 목적을 달성할 수 있겠습니까? 또 독일의 대학 수준을 일부러 낮춰 이들의 수준에 맞추는데, 정말 자존심이 상합니다. 괴테도 헤세도 릴케도 모르는 학생들과……. 우리에게는 우리 수준에 맞는 별도의 반을 만들어 주십시오."

라이몬드 학장은 젊은 신학생들을 자주 만나 선교 사명과 이 지역의 특수성을 설명하고 이해를 구했지만, 수도원의 기틀을 닦고 선교에 헌신하고 있는 초창기 조선에 온 수도사제들과는 달리, 그들은 베네딕도 회 특유의 순종과 형제애에 대하여 일부 다른 견해를 가지고 있었다. 물론 그들도 수도 생활에 대하여 종신서원을 했으므로 일반적인 수도 규칙을 지키는 일에는 빈틈이 없었으나, 한국의 젊은 신학생들과는 어울리려고 하지 않았다. 그것은 독일제국이 힘으로 유럽과 러시아를 정복하는 과정에 있고, 동맹국 일본제국 역시 중국을 포함한 아시아를 손아귀에 넣기 위한 과정이 순조롭게 진행되고 있어, 조선이나 중국에 대한 우월감뿐만 아니라 일제에 대한 우호적인 감정을 강하게 가지고 있었던 것이다.

그러던 중 또 하나의 일이 일어났다. 신학교에서 동서양의 역사와 철학을 라틴어로 가르치는 요제프 칼 교수와 독일 신학생 간에 논쟁이 벌어졌다. 이것은 교수와 학생 간의 단순한 의견 차이가 아니었다. 그리스도교 내에서 철학과 신학의 지향이 엇갈리는 차이일 뿐만 아니라, 민족과 정치가 결합된 현실의 문제였다. 칼 교수는 평수도자이면서 유다계 독일인으로서 역사학과 철학박사 학위를 가진 지성인이었다.

그는 수업 중에 독일의 폴란드 침공으로 시작된 제2차 세계대전과 일본의 미국 침공으로 발발된 태평양전쟁에 관해 설명하면서, 이들 국가가 인류의 존엄성을 심각하게 해치는 반인륜적이고 명분이 없는 전쟁을 일으켰다고 비판했다. 그러자 독일 신학생인 레오날드 슈미트가 교수의 가르침에 반격하고 나섰다.

"교수님은 중립적 입장에서 학생들을 가르치지 않는 것이, 유대인이기 때문에 그렇습니까?"

그러자 교실에 있는 16명의 눈이 모두 칼 교수에게 쏠렸다.

"저는 제 모국이나 민족이 독일이든 유대이든 상관하지 않습니다. 전쟁의 당위성을 개인적인 출생에 바탕을 두고 말할 수는 없습니다. 전쟁은 그런 요소로 바라볼 수 없는 인류의 재앙이자 상상할 수 없는 범죄이기 때문입니다."

"교수님, 작든 크든 전쟁이 일어나는 것은 그럴만한 이유가 있는 것이 아닙니까, 원인이 없는 것이 어디 있습니까?"

"전쟁의 원인은 여러 가지가 있습니다. 민족이나 국가 간의 갈등, 이해관계의 대립, 영토 분쟁, 자원 약탈 등등. 그러나 그 어떤 것도 전쟁의 당위성이라고 말할 수 없습니다."

"그렇지만 지구상에서 전쟁이 일어나지 않은 시대는 없었습니다. 심지어 가톨릭이나 모슬렘 국가 간에도 무수히 일어났습니다. 문명이나 종교의 충돌 역시 당위성이 있어서 일어난 것이 아닙니까?"

"제가 말씀드리는 것은, 전쟁이 왜 일어났는지에 대해 말하고 있는 것이 아니라 전쟁 그 자체가 있어서는 안 된다는 것을 말씀드리고 있는 겁니다."

"인류의 발전이 전쟁을 통해 가속화되었다는 것은 이미 상식에 속합니다. 전쟁이 없다면 인류는 하향 평준이 되고 끝내 원시사회로 쇠퇴해 버릴 것입니다."

"그럼, 그 이유가 전쟁의 당위성이 될 수 있다는 말씀입니까?"

언제나 학생들에게 존대하는 자세와 겸손하게 말하는 칼 교수는, 슈미트 학생의 주장이 예사롭지 않다는 생각이 들었다. 히틀러의 등장 이후 독일 민족의 우월성을 젊은이들에게 가르치면서, 일종의 집단최면 상태로 끌고 가고 있다는 말은 들었으나 이렇게까지 심각한 줄 몰랐다.

"저는 전쟁의 가장 큰 당위성으로 상대적으로 우수한 집단이 덜 우수한 집단을 계몽하기 위해 즉, 좀 더 나은 미래를 함께 만들기 위해 벌이는 자연스러운 과정에서 일어나는 일이라고 생각합니다. 마치 그리스도교가 이교도나 개화되지 않은 민족들에게 얼마간의 강제성을 가지더라도, 유일신의 존재와 사랑의 가치를 전하는 것과 같은 이치입니다."

"우수한 집단이나 계몽의 정의는 자의적인 것입니다. 힘을 가진 집단이 자신들의 시선으로 세상을 평가하는 위장된 명분이지요."

그러자 독일 신학생 헬무트 융크가 나섰다.

"저는 그렇게 생각하지 않습니다. 인류의 역사상 언제나 힘이 있는 국가는 자국의 이익을 위해 약소국을 지배했습니다만, 주변국을 보호하거나 공동의 이익을 위해 지배권을 가진 적도 많습니다. 이런 경우에 처음에는 피해가 따르지만, 결과적으로는 약소국에게 문명의 이전이나 동화작용으로, 같이 발전되는 선순환적인 요소가 있기 때문입니다."

"그렇다고 칩시다. 그러면 상호 존중의 상태에서 문명을 전수하면 되지, 굳이 지배를 해서 강제적으로 주입하는 방식을 왜 쓰는 거지요?"

"그건 소수 지배층이 자기들의 권력이 무너지거나, 사상의 변형이 일어날 것을 우려해 받아들이지 않으니까 그런 일이 벌어지는 겁니다."

"그러면 나치 독일이 주변 국가를 무력으로 침공한 것도 학생의 주장과 같은 명분이라 생각하십니까?"

"그렇지요. 독일제국이 공동의 이익을 위해 주변국에 제시한 선의적인 제안을 거절하고 받아들이지 않으니까요."

"저는 반대로 생각합니다. 그것은 나치 지배층이 자신들의 정치적 이익을 위해 독일 민족의 우월성을 세뇌시킨 것에 불과하지요. 제1차 세계대전에서 수백만 명의 죽음과 세계 경제 붕괴에 대한 책임을 지지 않으려는 것에서 만든 구실에 불과한 것입니다."

"비록 제1차 세계대전에서 독일이 패배했지만, 지금은 독일이 유럽의 중심국이 되었는데……, 이것을 다른 나라가 인정하지 않으니까, 결국 전쟁으로 귀결된 것이라 저는 생각하는데요."

"저는 히틀러의 증오적인 성격과 편향적인 민족의식이 밑바탕이 되어서 이렇게 큰 사건을 일으켜, 보편 인류에게 씻을 수 없는 죄를 짓고 있다고 봅니다. 전쟁의 승패가 어떻게 되든 전쟁을 일으킨 사람들은 인류를 고통에 빠뜨린 행위에 대해 단죄받을 것입니다."

"교수님, 역사적으로 보아도 전쟁의 결과는 승자의 몫이 아닙니까! 정의와 불의의 판단도 마찬가지로."

그러자 이 치열한 논쟁을 듣고 있던 조선인 신학생의 대표 격인 임기호 마르코가 나섰다.

"헬무트 융크 형제께서는, 일본제국의 조선 식민지정책과 아시아를 침략하고 있는 전쟁도 정당하다고 생각합니까?"

"저는 일본의 대동아 공영정책이 독일제국의 입장과 비슷하다고 생각하고 있습니다."

"그러면 일본이 조선이나 중국보다 우위에 있고, 일본이 아시아를 보호할 위치에 있다는 겁니까?"

"사람마다 생각이 다를 수 있지만, 제가 보기에는 지금의 아시아국가는 아직 근대화되지 않아서, 유럽 수준에 이른 일본이 그런 명분을 내세울 수 있다는 생각도 할 수 있지 않을까요? 물론 피해국은 인정하지 않겠지만요."

"형제님은 일본이 조선 민족에게 행하는 반인륜적이고 악의적인 탄압을 눈앞에 보고 있지 않습니까. 수단이 결과를 정당화할 수 있다는 말씀인가요? 마치 예수님이 죄가 없는데도 자신들의 기반이 무너질까봐 악의적인 죄를 뒤집어씌워 십자가에 매달아 죽인 유대인처럼."

"물론 저는 조선과 일본의 역사적인 관계나 국민 감정에 대해 자세히 모릅니다만, 제가 조금 전 말씀 드린 것처럼 시간이 지나면 조선에 부정적인 것보다 긍정적인 영향이 더 미칠 거라는 생각이 듭니다. 사실 일본의 자금과 산업이 조선에 많이 투입되지 않았습니까?"

"저는 그 말에 동의하지 않습니다. 아니 식민지하에서 이득을 보는 조선인은 극소수입니다. 독일 민족이 유대인이나 타민족을 하등 민족으로 생각하거나, 일본이 조선인을 이류인이라 생각하는 차별도 긍정적인 것으로 받아들여야 한다는 말인가요?"

"아시다시피 평등한 계급 세상은 존재할 수 없습니다. 또 이것은 공동체와 공동체 간의 문제라 종교나 윤리적인 것만으로 판단할 수 없습니다. 그리스도교에서 가르치는 인간 존엄성에 관한 판단과도 다르다고 봅니다. 물론 개인의 자유에 대한 침해나 종교 활동에 대한 간섭은 최소한으로 해야 한다는 저의 개인적인 철학은 확고합니다만."

칼 교수는 두 명의 독일 신학생의 주장이 신학이나 철학적인 토론을 위한 주장이 아닐뿐더러 인간의 존엄성을 깨우쳐 주시고, 가난한 자, 약한 자를 먼저 사랑하라는 그리스도의 가르침에 반대되는 것이어서 논쟁을 끝내려고 했다. 그런데 이번에는 독일 신학생 대표 격인 폰 쉘만이 일어났다.

"교수님, 조선 신학생과 우리는 신학과 철학의 지향과 쟁점이 다르다는 생각이 듭니다. 순수한 면에서 조선 신학생의 주장이 일리가 있습니다만, 현실적인 면에서 국제적인 관계를 보고 느낀 우리와는 논쟁의 방향이 다릅니다. 우리는 이미 여러 과목을 배운 사람으로서 조선 신학생과 함께 공부하는 것은 서로 무리라 생각됩니다. 이에 대한 대책을 마련해 주시기 바랍니다."

그러자 임기호 신학생이 일어섰다.

"칼 교수님, 저는 1911년과 1925년에 조선 선교지를 방문한 상트 오틸리엔의 실베스텔 총아빠스께서, 서양보다 더 우월한 조선의 전통문화를 존중하고, 진리 탐구를 즐기고 정이 많은 민족성을 가진 조선인을 겸손하게 대하라는 권고를 하셨다는 말을 듣고, 독일 선교사들의 겸손과 지혜로움을 정말 우러러보고 있었습니다. 하지만 오늘 세 분의 독일 형제의 주장을 받아들여 독일 학생과 조선 학생의 분리 수업을 기꺼이 찬성합니다. 인간 존엄의 상대적 가치를 주장하는 그의 주장대로 수업권에 대한 상대적 가치도 존중되어야 하기 때문입니다. 그런 이유로 저는 아니, 조선 신학생은 이들과 수업을 같이 하지 않을 권리를 보호받고 싶습니다."

임 마르코 신학생은 의미심장한 말을 남기고 자리에 앉았다. 그는 조선 신학생들을 대변하여 반격한 것이다. 교실은 한동안 세 사람의 주장에 대한 여운이 흘러 침묵에 휩싸였다. 그러자 칼 교수는 조선인 신학생을 교실에서 내보낸 다음 8명의 독일 신학생에게 수업 분리에 대한 의사를 물었다. 3명은 찬성하고 5명은 반대했다. 이 사건이 있고 한 달쯤 지났을 때, 폰 쉘만, 레오날드 슈미트, 헬무트 융크 신학생은 수도회를 떠나 독일로 돌아갔다. 귀국 후 폰 쉘만은 나치에 입대하여 선전상 괴벨스 휘하에 들어가, 독일이 일으킨 전쟁의 당위성을 선전하는 일에 복무하고 있다는 말이 수도회에 들려 왔다.

1941년 태평양전쟁을 일으킨 일제는 더 노골적으로 내선일체와 황국신민을 내세우면서 조선어와 조선 역사를 가르치는 것을 금지하고 단속했다. 이것이 일제가 조선 민족을 황민화시켜 민족말살정책을 쓰는 것을 아는지 모르는지, 30여 년 동안 독립을 앞장서 주창하던 지식인 상당수가 먼저 변절해 버렸다. 3.1독립선언에 이름을 올렸거나 민족 지도자 반열에 든 사람들조차 이 일에 적극 가담했다. 특히 이광수, 최남선, 김활란 등 언론과 문필로서 민족정기를 일깨우며, 압제에 신음하는 동포들의 가슴 속에 끈질긴 희망을 불어넣던 사람들이 이 같은 짓을 하는 것을 보고는, 독립을 갈망하던 사람들은 허탈감에 빠졌다. 거기다가 친일 지식인들이 앞장서서, 전쟁에 필요한 물자를 헌납하고 남녀노소가 전쟁에 참여하여 병역과 노동력을 바쳐 보국하자고 선동했다.

정옥희의 아버지 정인우 목사도 마찬가지였다. 그는 3.1독립만세운동 때 민족지도자 반열에 오른 사람이었는데, 조선임전보국단과 조선종교전시보국회 이사를 맡아 선동적인 말솜씨와 친일답지 기고를 통해, 황국신민으로서 일황에게 충성을 맹세하고 신사참배를 적극 찬양하였다. 그는 종교인으로는 특이하게 일황에게 비행기 헌납 운동을 앞장서서 추진하고 있었고, 교회의 재산을 팔아 보태기도 했다. 그의 목표는 조선의 종교인 총대표가 되는 것이었다.

아버지와는 다르게 정옥희는 1937년 미국에서 돌아와 경성에서 조용하게 고아원을 운영하고 있었다. 그는 아버지가 청년들에게 학도병 지원을 독려하는 강연을 하고 오다 신원을 알 수 없는 청년에게 칼에 찔려 죽을 고비를 넘기고도, 여전히 교인을 동원하여 친일하는 것을 보고 마음이 아팠다. 아버지에게는 고난받는 동포나 조선의 독립은 안중에도 없었다. 아버지는 옥희를 유학 보내면서 여성계의 지도자가 되거나 자기를 도와 목회자 활동을 기대했으나, 옥희는 자신만의 방식으로 살겠다는 신념을 굽히지 않았다.

옥희가 고아원 운영을 한 것은 사실 아들 귀호를 찾고 싶은 간절한 열망 때문이었다. 비록 혼인하지 않은 상태에서 강준모의 애를 출산했지만, 그래도 목회자인 아버지가 그렇게 내칠 줄 몰랐다. 결국 갓 돌이 지난 애를 준모에게 남기고 쫓기다시피 미국으로 갔지만, 한시도 아들을 잊어 본 적이 없었다. 날마다 엄마를 찾아 울부짖고 있을 애의 환상이 떠오를 때마다, 그는 가슴이 녹아내리는 아픔을 겪어 한 번씩 심장이 발작하는 병을 안고 살고 있었다. 무엇보다도 성경을 읽을 때마다 사랑하라, 사랑하라는 예수님의 말씀을 듣고, 자신이 했던 행동이 얼마나 이율배반적이었는지 생각하며 눈시울을 적셨다. 그녀는 신학대학 졸업 후 목회자 과정 대신 가난한 사람을 돕는 사회사업을 주제로 공부하고, 샌프란시스코 한인교회가 운영하는 고아원에서 5년의 경험을 쌓고 귀국했다. 귀국하자마자 강준모를 수소문했지만, 작년에 감옥을 나왔다는 것만 알아냈을 뿐 흔적을 찾지도 못했다. 그녀는 가난한 사람들이 많이 모여 사는 아현동 산중턱에 '귀호고아원'을 세우고 고아들을 받아들였다. 아버지가 그에게 조금 준 돈으로 시설을 짓고, 미국에서 지인들이 보내주는 의복이나 생필품으로 운영했다.

일제가 처녀들을 전쟁터로 보낸다는 소식을 들은 덕원성당 전교회장인 김중한은 경성에 있는 동생에게 전보를 쳐서 집으로 불렀다.

"일제가 처녀들을 전쟁터로 끌고 간다는 소문은 들었겠지?"

"들었지요. 그건 운이 없을 때 말이고, 저는 가지 않을 테니 걱정 마세요. 온 조선이 정신대와 위안부 때문에 술렁거리는 거 다 압니다. 학교에서도 매주 조선보국임전단 인사들이 와서 내선일체나 황국신민이 되자며, 젊은이들이 전쟁에 나가 천황을 위해 싸워야 한다고 독려하고 있습니다. 민족의 피를 빨아먹고 떵떵거리며 사는 놈들이 하는 짓을 보는 게 죽기보다 싫습니다."

"그럼, 지금 무슨 일을 하고 사는데?"

"뜻있는 사람들과 야학을 하며 청년들을 가르치고 있습니다. 조선말과 역사를 가르쳐야 민족정기를 잃지 않고 독립을 쟁취할 힘을 기를 수 있으니까요."

"그러다가 적발되면 바로 감옥행이다. 일제가 전쟁한다고 독이 오를 만큼 다 올라있는 거 알지? 접고 시집을 가거라."

"오빠, 제발 그만 좀. 시집은 가고 싶지 않아요."

"그놈들이 하는 걸 보고 듣고도 고집부릴 거야. 시집 안 갈 거면 아버지 소원대로 수녀원에 들어가거라."

"제 일은 제가 알아서 할 테니까 보고만 계셔요."

중한은 동생이 돌이킬 수 없는 지경에 왔다는 것을 느꼈다. 아버지는 연희가 원산에 있는 루씨 여자고등보통학교를 마치면 투칭포교 성베네딕도수녀원에 가기를 희망했지만, 연희는 소학교 교사가 되겠다며 경성사범학교로 가겠다고 버텼다. 그 당시만 해도 여자는 집에 재력이 있거나 최고 수재라 해도 한 고을에 한두 명이 평양이나 경성에 있는 대학으로 유학을 갔고, 대부분은 진학시키지 않고 시집을 보냈다. 아버지는 아들 중한이 동생의 뜻을 들어주자고 나서자, 경성에 가더라도 성당에 열심히 나가는 조건으로 사범학교 진학을 허락했다.

연희는 2학년이 되자, 그 약속을 깨뜨렸다. 방학 중에 고향에 내려와 주일학교 교사를 하겠다는 약속을 어기더니, 사범학교를 졸업하고 소학교 교사를 하다가 집에 잠깐 들러 아버지에게 폭탄선언을 했다.

"아버지, 더 이상 하느님이 있다는 말을 못 믿겠습니다. 일제에 빌붙어 동족들의 등골을 빼먹고 사는 사람들은 독립에는 관심이 없고, 배웠다는 사람들은 자기주장만 하면서 세월을 보내고, 공산주의자들은 혁명을 통해 노동자, 농민이 통치하는 세상으로 바꾸어 모든 것을 공평하게 나누어야 한다고 주장합니다. 배운 것도 없고 힘도 없고 못사는 사람들은 어디 기댈 곳조차 없는데, 하느님이 있다면 이런 사람을 구제해 줘야 하지 않습니까? 부끄러워 학교도 가기가 싫은데 성당은 무슨 성당입니까."

연희는 세상이 좌절과 위선과 혼란으로 얼룩져 있음을 말하면서, 자신과 같은 젊은 지식인들이 방향을 잃고 방황하고 있음을 토로했다. 하지만 가족들은 큰 충격을 받았다. 아버지는 마음을 진정시키고 딸을 설득했다.

"너만 힘든 게 아니다. 사는 게 다 고통이지. 예수님도 한평생 고난받다 돌아가셨다. 그래도 사는 동안 하느님을 위해 할 만큼은 하고 가야지. 우리보다 더 힘든 사람이 얼마나 많은데 무슨 신세타령을 하는 거야."

"하느님이고 뭐고 보이지 않는 존재를 위해 살고 싶지 않습니다. 지금은 고난받는 사람들이 하느님을 위해 일할 것이 아니라, 하느님이 고난받는 사람들을 위해 능력인지 자비인지를 베풀어야 할 때거든요."

"5대째 내려오는 순교자의 집안에서 하느님을 배반하는 사람이 생기다니. 어떤 일이 있더라도 하느님을 모욕하는 말은 삼가거라. 이 세상이 끝나면 네 말이 맞을지 모르지만, 나중에 하느님과 사는 영원한 세상에 비하면 이 세상은 잠깐 지나가는 것에 불과하다. 자비를 베풀 시기가 되면 어련히 하시겠지."

"그러니까요. 보지도 못한 하느님, 성경책 속에만 있는 예수님을 어떻게 한평생 믿습니까. 어려울 때 모습을 보여줘야 목숨을 바치든 기도를 하든 할 게 아닙니까!"

태어나자마자 유아세례를 받고 한 번도 하느님이 존재하지 않는다는 생각을 해 본 적이 없는 중한은, 어처구니없는 동생의 말에 가슴이 팍 내려앉는 것 같았다.

1801년 신유박해 때 한양에서 함경도로 유배 온 5대조 할아버지, 병인박해 때 영흥에서 순교한 증조할아버지, 덕원의 산골로 피신해 살며 옹기와 숯을 구워 팔아 겨우 연명한 할아버지, 박해가 풀리자 화전을 일구어 얼마간의 재산을 모아 교회에 나름대로 봉헌을 한 아버지는 그에게 '순교자의 후손답게 살아라.'라는 유언을 남겼다. 그런데 가장 많이 배운 동생이 신앙을 당분간 쉬겠다는 것이 아니라, 하느님 존재 자체를 부정하는 듯한 말을 하며 용서받을 수 없는 길로 들어서 버린 것이, 어쩌면 순전히 자신의 탓이라고 생각했다. 온갖 유혹이 들끓고 별별 일이 다 생기는 경성 큰 도시로 동생을 보낸 것이 탈이었다.

"아는 것이 많아지면 겸손을 그르치고 욕심을 내면 가난한 마음을 잃게 된다고, 항상 분수를 잃지 말라고 당부하시던 아버지 말씀은 벌써 잊어버렸나?"

"오빠, 아버지 말씀은 원론적으로는 맞아요. 하지만 재산을 가진 사람들이 가난한 사람을 외면하면서, 가난한 사람에게 더 가난하게 살아라, 라고 하는 것은 위선입니다. 우리 집도 그렇잖아요?"

"네가 모르면서 함부로 그런 말을 하면 안 된다."

"하여튼 개인의 자유와 권리를 신앙이나 도덕 안에서 통제하기엔 세상이 얼마나 복잡한 지 오빠는 잘 모릅니다. 저도 지금 세상에서 제게 맡겨진 일을 할 겁니다."

중한은 마지막으로 아버지가 하시던 말씀까지 상기시켜 보았지만, 더 이상 설득도 논쟁도 소용이 없다는 것을 알았다. "이건 대죄 중에서 대죄야." 하는 말을 남기고 집 밖으로 나가버렸다.

1940년 덕원수도원에 있는 중등과를 졸업한 민호는 고등과 진학을 준비하고 있었다. 이제 신학교에서 일반 교육 과정을 택할 것인지, 수도회나 교구 사제의 길을 택할 것이지 정할 때가 왔다. 수도원에서는 교육에 관심이 많은 제니 파르 원장신부는 장차 수도원을 이끌어 갈 조선인 사제와 수도자를 많이 키우기 위해 민호를 눈여겨보고 있다가, 민호의 아버지인 김중한 알벨도를 만나 사제를 만들 것을 설득했다. 하지만 아들딸 한 명씩만 있는 중한은 집안 대를 이을 아들을 하느님께 바친다는 것은 상상할 수 없는 일이었다.

중한이 결정을 못 내리고 있자 아내인 순님은 조용히 민호를 불러 의견을 물었다.

"민호야, 요즘 너를 향해 이런저런 말이 있는 것을 알고 있니?"

"예, 엄마. 원장신부님과 본당신부님께서 저에게 몇 번 사제의 길을 가보지 않겠느냐고 물어보셨습니다."

"그래서 어떻게 말씀드렸니?"

"부모님 뜻을 제일 먼저 존중하겠다고 했습니다."

"그래도 이 일은 네 의사가 제일 중요한 거지. 사제의 길을 택하면 더 이상 다른 길은 없는 거야. 그러니 네 마음이 내키지 않으면 하느님도 원하지 않으실 거고."

"사실 저는 엄마의 뜻을 따르고 싶습니다."

"그래? 내 생각과는 다르구나. 엄마는 이 일에 대해서는 엄마의 지위를 가지고 아들에게 부탁조차 하지 않기로 했다. 선택은 너의 몫이다."

"엄마, 저는 엄마의 생각과 다르다고 생각하지 않습니다. 이것은 제가 선택할 문제가 아니라, 주님의 뜻이 어디에 있는지가 중요하다고 생각합니다. 주님께서 원하시면 원하시는 대로 따르는 것이 도리라고 생각합니다."

"그럼, 지금 너의 마음은 어떤 상태에 있니?"

"이미 엄마는 이 일에 대해 몇 년 전부터 기도하고 계신다는 것을 알고 있습니다. 엄마의 뜻에 따를게요."

"아버지가 반대하시면?"

"엄마와 제가 간곡히 말씀드리면 승낙하시지 않을까요?"

순님과 민호는 중한을 찾아가서 자신들의 뜻을 말하고, 가장으로서 신중하게 결정을 내려주기를 청했다. 중한은 며칠을 아무 말도 하지 않았다. 그는 이 일이 이곳에 정착하여 대를 이어온 가족의 앞날에 대한 방향이 결정되는 것이라, 중압감에 사로잡혀 있었다. 자기 대에서 가족의 맥이 끊기는 선택을 하는 것이 무슨 죄인이라도 되는 것 같았다. 닷

새 후 민호가 조심스럽게 말했다.

"아버지 섭섭하시겠지만, 할아버지 생전에 '우리 집에도 사제가 한 사람은 나와야 신앙을 위해 목숨을 바친 조상님을 뵐 명목이 설 건데.' 하신 말씀을 저도 많이 들었습니다. 아버지, 제 생각입니다만 저를 보내주시고 선옥이가 집을 끌어 나가도록 하시면 어떻겠습니까?"

그러자 한참 만에 중한이 입을 뗐다.

"그래. 네 동생 선옥이 똑똑하고 신앙이 깊어서 우리 집의 보배지. 한 번 더 물어보자. 물론 신학교에 간다고 모두 사제가 되는 것은 아니지만……, 지금 네 생각에는 변함이 없나?"

"예, 아버지."

"그럼 나도 흔쾌히 결심했다. 네 갈 길로 가거라. 이후는 하느님께 다 맡기자."

중한은 원산 해성보통학교를 졸업하고 원산 투칭포교 성베네딕도수녀원에 기거하며 루씨여학교를 다니고 있는 선옥을 평양의전에 보내기로 결심하고, 순님의 동의를 받았다. 불편한 다리를 스스로 돌볼 겸 수녀원에서 운영하는 진료소를 이끌 의사가 필요했기 때문에, 원장수녀는 중한에게 선옥을 의사로 만들면 좋겠다는 뜻을 계속 피력했던 것이다.

"선옥아, 원장수녀님이 말씀하시던데, 의전에 가고 싶은 마음이 있는 거니?"

"예 아버지. 함경도에 의료시설은 차츰 갖추어지고 있는데, 의사나 간호사가 많이 부족합니다. 제가 시간 날 때마다 진료소 일을 도와드리고 있습니다. 함흥 이북 쪽 진료소에서 의료진을 보내 달라는 요청이 계속 있는데, 앞으로 제가 그 일을 하고 싶어요."

선옥은 원산수녀원에 들어가 수도자로 살며 사람들에게 봉사하기를 원하고 있었으나, 이미 오빠가 사제로서 봉헌된 삶을 살기를 택했으므로 지금은 수녀가 되고 싶다고 말할 수가 없었다.

"선옥아, 의사가 되는 과정이 험난하다고 하던데, 굳은 마음을 가져야 한다. 객지에 가면, 너 스스로 헤쳐 나가야 한다."

순님은 딸이 용기를 내는 것을 보고 안심은 했지만, 몸이 성하지 않은 것이 걱정됐다.

"그럼요. 제 걱정은 마시고, 오빠가 사제가 될 수 있도록 뒷바라지와 기도를 열심히 해주세요. 저도 그렇게 할게요."

선옥의 눈에는 여성스럽고 섬세한 성격을 가진 오빠가 험난한 사제의 길을 끝까지 달릴지가 더 걱정스러웠다. 다음날 선옥은 오빠를 만나러 수도원에 갔다. 오빠는 기숙사에서 생활하면서 학과 공부와 소신학교 과정을 같이 하고 있었다. 동생이 왔다는 소식을 들은 민호가 달려 나왔다.

"얼마 만이야, 잘 있었니?"

"그럼요. 오빠는?"

"응, 잘 지내지."

민호는 동생을 데리고 성모상 앞의 벤치로 갔다.

"오빠, 어제 저녁에 아버지 어머니와 내 문제를 상의했거든."

"의전을 가겠다는 것 말이지?"

"오빠도 들었어?"

"그럼. 루씨여학교에서 최고의 수재에 대해 이 지역 사람들 관심이 대단하더라. 괜히 나도 덩달아 기분이 좋고."

"고마워 오빠. 오빠가 이 못난 동생의 수호천사였잖아. 그래서 그렇지."

선옥은 민호의 집에 와서 가족과 헤어진 데다, 낯선 환경에 적응하지 못했다. 그러다 가족의 지극한 보살핌으로 2년이 지나서 밝은 모습으로 돌아왔다. 특히 민호는 자신보다 몇 달 늦은 동생이 절름발이라 행동이 불편할 때마다 수호천사처럼 도와주었다.

"그래. 어디로 가기로 했는데?"

"아버지는 경성의전보다는 평양의전을 권하셔서 나도 동의했지."

"아니, 같은 값이면 경성으로 가지 않고."

"어머니 말씀으로는, 연희 고모가 경성에서 교사도 신앙도 다 버린 걸 보고 아버지가 충격을 받으셔서……. 그곳 분위기가 차분히 공부하는 데 안 좋다는 생각을 가지고 계신다고."

"어떻든 동생이 좋다면 오빠는 대한 독립 만세지."

"안 돼, 오빠. 지금 사회 상황이 위험해. 주위 사람 중에 일제 끄나풀이 많아. 말조심해야 해, 알았지?"

"그래. 시험은 언제 보지?"

"크리스마스 전에는 합격 발표까지 나올 거야."

"잘됐네. 올해 크리스마스는 같이 보내겠네?"

"그럼. 그런데 오빠도 잘 견뎌낼 수 있겠지. 사제가 되려면 하느님의 은총 없이는 불가능한데. 독일 사제들이 환경이 좋지 않은 곳에 와서 희생하는 것을 보면 정말 감동적이야. 오빠 내가 기도 많이 해줄게."

"그래. 사실은 너도 수녀가 되고 싶은 거지?"

"어, 어찌 알았는데?"

"너는 어릴 때부터 수녀님만 지나가면 '오빠 나도 수녀 될 거야. 오빠가 도와 줄 거지?' 했잖아."

"그래. 아버지 앞에서는 차마 이 말을 꺼낼 수가 없더라. 오빠를 하느님께 뺏기고, 나도 그러면 얼마나 섭섭하게 생각하실까 해서. 오빠도 절대 내 심정을 말해서는 안 되는 것 알지?"

"응. 하느님께서 필요하시면 그길로 부르실 거야."

"오빠, 이제는 내가 오빠의 수호천사가 될 거니까 흔들리지 말고 가야 해!"

평양의전에 수석으로 합격한 선옥은 크리스마스를 앞두고 평양으로 갔다. 가족들과 크리스마스를 함께 지내고 갈 수 있었지만, 지금 그녀에게는 자신을 키워주고 배려해 준 가족을 위해 학교생활을 잘하는 것이 더 큰 일이라 생각했다. 덕원신학교를 졸업하고 평양대목구로 가서 사제가 된 신부님께서 평양 기림리성당 성모회장의 집에 하숙을 주선해 주셨다. 순님은 선옥이가 태어난 경원의 주소와 부모의 이름이 적힌, 김성구 아저씨가 준 쪽지를 선옥에게 건네주며 언젠가 고향을 가 보라고 말해 주었다.

제2부

혼돈

05

안개 속에 묻힌 해방

　산자락에 둥지를 틀고 있는 수도원에서 만종 소리가 땡— 땡— 땡— 울렸다. 저녁 연기 오르는 집집에서는 사람들이 아무 탈 없이 하루를 보냈다는 안도감을 안은 채 어둠을 밝힐 호롱불을 켜기 시작했고, 어렵게 일과를 끝낸 해가 '다시 돌아오리라, 나 다시 돌아오리라.' 하며 산 밑으로 사라지자, 후광으로 남은 붉은 노을이 원산만의 검푸른 바다에 조용히 내려앉고 있었다. 남쪽으로 끝없이 펼쳐진 명사십리 위로 일본 열도 북쪽에서 불어오는 세찬 바람은, 큰 파도를 앞세우고 쉴 새 없이 백사장 깊숙이 들어오고 있었다. 한 번 들어온 파도는 지나온 세월의 깊은 굴곡처럼 주름질을 해대며, 봄까지 기다릴 수 없다는 듯 해당화 앞에 와서 안쓰럽게 쓰러지고 있었다.

　한참 동안 어두워지는 바다를 응시하던 민호는 기숙사에 돌아갈 시간이 되어, 심포천변 길을 따라 수도원을 향해 걸었다. 어쩌면 어릴 때부터 뛰놀던 이 바다와도 마지막이 될지 모른다는 생각이 들었다. 이 불안은 이미 몸에 배어버린 일제강점기의 암울함과는 사뭇 달랐다. 집에서 나올 때 당부하던 엄마의 말이 계속 귀에 맴돌고 있었다.

"민호야, 지금 세상이 일제강점기 때와는 비교가 되지 않는 것 같이 혼란스럽다. 어떤 일이 있어도 수도원을 나와서는 안 된다, 알았지?"

민호가 집을 다녀온 지 며칠이 지난 오후였다. 신학교 난방에 필요한 장작을 나르고 있는데, 9월에 대신학교 신학 반에 같이 지원할 친구 한선이가 급하게 뛰어오더니

"민호야, 방금 이상한 소식을 들었다."

"무슨?"

"점심때 목공소 달이 형을 만났는데, 그저께 아침에 인민위원회에서 귀호 형과 아줌마를 잡아갔단다. 온 동네 사람들이 수군거리고 분위기가 뒤숭숭하대."

"왜, 뭣 땜에?"

"글쎄, 귀호 형이 일본 앞잡이를 했다고……."

민호는 뭔가 거대한 먹구름 속으로 자신이 빨려 들어가는 것 같은 예감이 들었다. 엄마가 한 말이 지금의 상황과 연결되고 있다는 생각이 들었다.

귀호 형 가족은 해방 후부터 민호네 집에 농사를 거들며 살고 있었다. 13년 전 성당 신부님이 고아가 된 10살짜리 귀호 형을 민호네 집에 맡겼고, 부모님은 귀호 형의 가족을 찾기 위해 백방으로 노력했지만 허사였다. 할 수 없이 아버지 친구인 구영길 면장에게 부탁하여 새 호적을 만들어 주었고, 17살 때는 투칭포교 성베네딕도수녀원에서 운영하는 보육원의 주방에서 일하던 남애기와 혼인을 시켜줬다. 지금은 7살짜리 아들 수남이와 세 명이 살고 있는데, 부부 모두 행실이 착하고,

부지런하여 동네 사람들에게 신망을 받고 있었다.

민호는 집으로 내달렸다. 엄마는 숨을 헐떡이는 민호를 보고 흠칫 놀랐다.

"엄마, 동네에 무슨 일이라도?"

"어디서 무슨 말을 들었기에 이렇게 뛰어오니?"

"예. 귀호……형."

"사제 길을 갈 사람이 바깥일에 신경을 써야 하겠나. 그래, 그저께 인민위원회 청년단원들이 와서 읍내로 끌고 갔다."

"무슨 일 때문에?"

"며칠 전부터 친일 분자를 아는 사람은 인민위원회에 고발하라는 지시를 하더니, 귀호 내외를 잡아갔다. 동네 구장이 알아보고 왔는데, 글쎄 말이 안 나오네. 수남이 아버지가 일본놈 앞잡이 노릇을 했다는 고발이 들어와서 그렇게 했단다. 분위기로 봐서 살아나오기가 힘들 것 같다고 하네."

"예! 그 형이 무슨 일본놈 앞잡이라고, 도대체 누가 그런 말을 꾸몄단 말입니까?"

"수남이 아버지가 해방 전까지 덕원에서 제일 큰 일본인 미곡상에 점원으로 일한 거 너도 알고 있잖아?"

"알고 있습니다."

"그 집이 조선인에게 고리대금 장사도 겸하여 악랄하기로 소문이 났었지. 거기에 수남이 아버지가 가담했다고."

"제가 알기로는 물건 팔고 배달하는 점원을 했는데, 참 무서운 세상이네요. 우리 집을 부모 집 돌보듯이 했는데……, 어떻게 해야 하지요?"

"내가 할 수 있는 건 무사하도록 하느님께 기도드리는 것밖에는……. 너는 신경 쓰지 말고 공부나 열심히 해라."

"예. 사실 수도원도 앞날이 어떻게 될지 모르겠어요. 곧 전 재산을 몰수한다는 소문도 있고, 하루빨리 남쪽으로 내려가야 한다는 말도 오 가고 있어요."

"그래서 민호야, 내 생각인데……, 아무래도 수남이를 남쪽으로 내 려보내야겠다. 소문에는, 공산주의자들은 인정사정이 없다고 하더라. 가족까지 잡아가 사람들 보는 앞에서 재판도 없이 농기구와 죽창으로 찔러 죽이기도 한단다."

"요새 만나는 사람마다 그 얘기를 합니다. 엄마 말씀대로 그렇게 하 는 게 좋겠네요. 무슨 방법이 있을까요?"

"모레 고모가 남쪽으로 내려갈 때 같이 데려가 달라고 부탁해 봐야 지."

"예! 고모가 월남한다고요?"

"그래. 남한테 절대 말하면 안 된다. 원장신부님이 공산당 통치하에 서는 수도원이 오래 못 갈 것 같다면서, 우선 신학생 몇 명을 경성으로 내려보내기로 했거든. 우리도 경성을 잘 아는 고모를 먼저 보내 집이라 도 장만해야 할 것 같아서."

민호는 경성에서 야학 교사를 하는 고모를, 아버지가 급히 불러올린 이유를 알 것 같았다.

"아버지한테도 수남이 말을 절대로 해서는 안 된다."

"왜요, 엄마?"

"그럴 사정이 있다."

"예."

"아들에게 부탁하는데, 앞으로 수남이를 잘 보살펴 주면 좋겠다."

엄마가 민호의 손을 잡고 수남이를 부탁한다고 말하자, 민호는 이 부탁이 무슨 영문인지는 모르나 엄마의 진심이 담긴 것임을 느꼈다.

"예. 그런데 수남이는 지금 어디 있는데요?"

"골방에 데려다 놓았다."

민호는 골방으로 가 보았다. 수남이가 아랫목에 죽은 듯이 엎드려 울고 있었다. 민호는 수남이를 와락 껴안았다. "괜찮아 수남아. 아버지와 엄마는 곧 집에 돌아오실 거야. 그때까지 우리가 지켜줄게."

7살 수남이가 무슨 일인지도 모르고, 부모가 새끼줄에 칭칭 묶인 채 사람들에 의해 끌려가는 현장을 보고 얼마나 놀랐을까? 그 어린애가 혼자서 감당할 수 없는 불안한 밤을 사흘째 보내고 있었다. 민호가 이불을 펴주고 머리를 쓰다듬어 주자 수남이는 잠이 들었다.

사람들은 북조선 지역을 장악한 공산당이, 생각보다 더 무서운 사상과 조직을 가졌다는 것을 알고 두려워하기 시작했다. 인민위원회에서 친일 분자나 반동 분자로 찍으면 공산청년단원들이 우르르 몰려가, 그 사람을 포박하여 면소재지로 끌고 갔다. 그러고는 주민을 모두 모아 놓고 공개재판을 했다. 재판은 당사자에게 항변할 기회도 주지 않았다. 살기등등한 공산당원이나 소작 출신들이 온갖 삿대질과 고함을 지르면서 빨리 죽이라고 선동하면, 누구도 나서서 처형에 반대할 수 없었다. 딱히 친일했다거나 공산당을 반대하지 않았더라도, 재산이 많은 사람이나 행실과 평이 좋지 않은 사람은 물론 자기와 감정이 있는 사람을 적당한 꼬투리를 잡아 고발하는 일이 빈번했다. 민호는 귀호 형도 누군가의 희생양이 된 것이 틀림없다고 생각했다.

작은방에서 엄마와 고모가 남으로 떠날 고모의 짐을 꾸리고 있었다. 아버지는 문천군 임시인민위원회에 종교인 몫으로 위원을 맡았고, 일이 많아서 집에 오는 날을 알 수가 없다고 했다. 아버지가 왜 인민위원회에 들어갔는지 의아했는데, 토지개혁령이 시행되면 수도원 재산을 일부라도 지키기 위한 것이라는 엄마의 귀띔을 들었다.

순님은 어떻게든 수남이를 안전한 곳으로 피신시켜야겠다고 생각했다. 이것은 식구에게 큰 짐이 될지 모르겠지만, 밖에서 떠도는 소문이 진짜라면 남편에 대한 보속을 위해서라도 수남이를 보살펴 줘야 하겠다는 결심을 했다. 또 자신이 두 번의 입양을 거쳐 지금까지 살아온 것을 보답하기 위해서라도 그렇게 하고 싶었다.

"아가씨, 미안하지만 수남이 좀 데리고 가 주세요."

"안 돼요 언니. 어른도 가기 힘든 길에 어린애를 어떻게 데리고 갑니까."

"고아 신세인 저 애를 그냥 둘 수가 없어서요."

"왜요, 하느님이 뭐라고 합니까?"

마루에 앉아 혼란스럽게 벌어지고 있는 일들을 곰곰이 집어보던 민호는, 방 안에서 새어 나온 말에 깜짝 놀랐다. 두 사람은 마루에 민호가 있는 줄 모르고 소곤소곤 말하고 있었다.

"수남이 아버지를 오빠가 고발했다고 동네 사람들이 수군대고 있거든요."

어머니의 말에 고모가

"왜요?" 하자

"아버님과 오빠가 친일한 것을 덮기 위해 그랬다고. 민호 아버지를 믿지만 그래도 걱정이 됩니다. 어쨌든 고아가 된 수남이를 외면할 수는 없잖아요. 길잡이한테 한 사람 몫을 더 쳐주고 사정 좀 해봐 주세요."

"언니도 참. 험악한 세상에 제 식구 살리는 것도 힘든데, 천성이 그래서 앞으로 어찌 살려고 하는데요. 일제 때는 그렇지 않았으면서."

"그게 무슨 말씀인데요?"

"보은성금은 내면서도 노동자 투쟁 후원금은 거절하셨잖아요. 하느님 편에서 보면 가난한 자에 대한 애긍이 더 중요한 것인데."

순님은 순간 당황했다. 고모가 이것을 알고 있었으리라는 것을 몰랐고, 무엇보다도 잘못 알고 있는 부분이 있었기 때문이다. 1936년 우가키 총독 때 신학교 인가에 대한 보은 성금과 1942년 대동아전쟁에 필요한 천황 성금을 수도원에 요구했을 때, 그런 돈을 낼 수 없는 수도원을 대신해 김중한은 자기 재산을 팔아 해결했다. 1929년 원산노동자 총파업 때도 원산노련에 양곡과 돈으로 몰래 도와주었을 뿐 아니라 간간히 손을 내미는 사람에게 애긍을 외면하지 않았지만, 사실은 철저히 숨기고 살았다.

"고모가 알고 있는 것과 많이 달라요. 그렇다고 지금 와서 변명을 하고 싶지 않고. 이미 하느님께서 다 아시는 일이니까요."

"그래요. 설사 아버지와 오빠가 친일을 좀 했다 해도 자기 좋다고 한 일이 아니고 다 교회를 위해서 한 일이잖아요. 그리고 수남이 아버지 일이 사실이라도 뭔가 이유가 있을 겁니다."

"교회는 아무리 어려워도 약자의 편에 서는 것이 하느님의 가르침이라고 생각하거든요. 만일 사실이라면 천벌을 받을 일인데, 오빠에게 물어보고 싶지만, 만날 수도 없고."

"언니, 하느님이 어디에 있는데요. 하느님이 있다면 왜, 해방이 되어도 가난한 사람은 계속 가난하고 부자는 그대로 부자인데요. 세상이 엉망이 되어 있는데도 못 본 척하는 그런 하느님이 있다고 해도 저는 필요 없어요. 어디 가도 힘센 사람이 이기는 세상이잖아요."

"아가씨……."

"언니가 그렇게 부탁하니, 내일 길잡이를 만나서 의논은 해 볼게요."

"꼭 부탁합니다. 오빠가 알면 안 되니까 내색하지 말고요."

"알았어요. 전답 처분은 어떻게 돼 가고 있나요?"

"열두 말디기 판 돈을 제가 가지고 있어요. 신자들이 벌써 재산을 처분하고 남쪽으로 많이 내려갔고……, 원장신부님은 수도원도 어떻게 될지 모른다고 합니다. 우리가 내려가면 살 집을 하나 마련해 보시고, 여하튼 아껴 쓰시면 좋겠습니다. 공산주의자들은 종교인을 제일 싫어합니다. 수사님들과 수녀님들이 감금되거나 감시를 받고 있는 것 아시잖아요. 서둘러야 합니다."

"걱정 마세요."

"참, 길잡이는 믿을 수 있는 사람인가요?"

"그럼요. 대학 동창이 소개해 주었는데, 고향이 철원이라서 경성 가는 길은 훤하다고 하네요."

민호는 할아버지와 아버지가 친일했다는 고모의 말에 충격을 받았지만, 엄마가 사실을 밝힐 수 없다는 말에 약간의 안심이 되었다. 하지만 귀호 아저씨를 고발한 사람을 동네 사람들이 아버지를 지목한 것에 대해 가슴이 먹먹해졌다. 조금 전 엄마가 자기에게 수남이를 부탁한다고 한 말이 무슨 뜻인지 이해가 되었다. 엄마는 아버지가 저지른 잘못을 갚기 위해 민호에게 수남이를 돌보아 달라고 부탁한 것이었다.

10월 10일에 평양에서 조선공산당 북조선 분국을 창설한다는 통지를 받은 남쪽의 조선공산당에서는 강준모와 오영섭, 정기헌이 대표로 평양에 갔다. 이들은 곧장 사무실 2층에 있는 김일성 집무실로 올라갔다. 벽에는 레닌과 스탈린 사진이 걸려 있고, 중앙에는 사각의 회의용 테이블이 있었다. 대표단이 자리를 잡자, 소련군 군복을 입고 170센티 중반의 키에 약간 몸집이 있는 남자가 들어왔다. 그는 참석자에게 일일이 악수하면서 "김일성입니다." 하고 자신을 소개했다. 인사를 마친 후

테이블 중앙에 앉은 김일성은 강준모를 쳐다보며

"강준모 동지는 구면입니다."

하고 말했다.

"그렇습니다, 김성주 동지."

강준모도 김일성을 똑바로 보며 그의 본명을 또렷하게 말했다. 그러자 김일성은 의도적으로 무시하는 듯 고개를 돌리며

"우선 국내에서 많은 투쟁을 한 동지들께 치하드립니다. 그리고 우리 조선공산당 북조선 분국 창립에 먼 걸음을 해 주셔서 감사드립니다. 박헌영 동지는 언제 도착할 겁니까?"

"조만간 도착할 겁니다."

오영섭이 말을 하자,

"북조선 분국은 공산당 원조이자 조선 해방에 절대적인 공을 세운 소련의 지시로 창립하게 되었습니다. 많이 도와주시기 바랍니다."

그는 30대 중반의 나이답게 패기 찬 목소리로 말하고는 참석자를 둘러보며

"박헌영 동지가 오면 의논할 것입니다만, 북조선 분국이 어쩌면 조선을 대표하는 당이 될 수도 있습니다." 했다.

그 말에 모두가 깜짝 놀랐다. 정기헌이 바로 나서서 이의를 제기했다.

"김성주 동지, 그게 무슨 말씀입니까? 북조선 분국 창립은 어쩔 수 없다 해도 조선을 대표하는 당은 이미 일제 때부터 혁명과업을 수행한 조선노동당이 서울에 있지 않습니까!"

그러자 김일성은 국내에서 활동한 적이 없는 자신의 약점을 희석하려는 듯

"나는 김성주가 아니라 만주 벌판에서 총칼로 일본군과 맞싸운 김일성입니다. 국내에서 투쟁한 동지들이 유감스럽게도 헛된 소문을 믿고

나를 깎아내리는 게 유감입니다. 그렇지 않습니까? 강준모 동지!"

그의 말 속에는 피를 흘리지 않고 싸운 사람들에게, 낯선 땅에서 일제에 총칼로 맞선 사람들을 대우해 주지 않는 불만을 제기하면서, 자신이 항일운동의 전설적인 이름인 김일성 장군이라고 못 박는 뜻이 들어 있었다. 거기에다 강준모를 지목한 것은 소련군 대위 계급을 달고 원산에 입국한 그를 직접 대면한 국내 유일한 공산당 간부였기 때문에, 자신에게 유리한 증언을 해달라는 일종의 거래를 내비친 것이었다.

"나도 정기헌 동지의 말이 정당하고 합리적인 것으로 생각합니다. 레닌 동지로부터 시작된 코민테른의 강령에는 일국일당이 원칙입니다."

강준모는 김일성의 뜻을 간파했지만, 실권을 잡기 위해 소련군을 등에 업고 김일성 장군 행세를 하는 그를 북조선의 지도자로 만들고 싶지 않았다. 그는 원칙적이고 합리적인 논거를 제시하며 김일성의 주문에 슬쩍 그의 옆구리를 찔러버렸다.

"동지들의 생각을 잘 알고 있습니다만 나는 위대한 지도자 스탈린 원수의 지지를 받고 있음을 알아주시기를 바랄 뿐이고, 이 군복이 그것을 증명하고 있습니다. 곧 북조선 주둔사령관 치스챠코프 대장 동지가 여러분에게 내가 한 말을 확인해 줄 겁니다."

김일성은 이미 믿는 구석이 있었기 때문에 남쪽 대표단의 말에 개의치 않았다. 1945년 8월 15일 해방 전후의 혼란이 이어지는 틈에 소련군은 8월 26일 평양에 총사령부를 설치한 데 이어, 9월 초에는 38선 이북 전 지역의 치안과 행정, 산업과 금융을 장악하고, 김성주를 북조선의 지도자로 점찍어 놓고 있었다. 잠시 어색한 침묵이 흐른 후 그는 강준모에게 창을 들이댔다.

"강 동지는 벌써 조선공산당 함남지구 인민위원회를 결성했다는데,

무슨 큰 뜻이라도 품고 있는 겁니까?"

강준모는 그가 자기에게 창을 겨누고 있음을 직감했다. 강준모는 해방되자마자 함흥에 내려가, 함남 일대의 세포조직과 감옥에서 풀려난 동지들을 흡수하여 8월 30일 도청이 있는 함흥에서 조선공산당 함남 지구 인민위원회를 결성했다. 9월 19일 원산항을 통해 소련군 군복에 대위 계급장을 단 김성주가 부대원을 데리고 나타났다. 김성주가 원산에 며칠 머무르는 동안 그의 부하들을 데리고 다니며 공산당을 조직한다고 설치고 다니자, 강준모는 원산의 조직 사무실로 김성주를 불러 경거망동하지 말라고 경고했다. 그러자 김성주는 책상을 주먹으로 치며 "강 동무, 머지않아 이 수모를 갚아 줄 테니 기다리시오!" 하고는 평양으로 갔던 것이다. 그리고 얼마 후 김성주가 자신이 김일성 장군이라고 선전하고 다닌다는 말을 들었다.

"그 조직도 곧 우리가 흡수할 것이오. 강 동지가 계속 책임을 맡겠다면 맡길 용의는 있습니다만."

원산에서 강준모에게 당한 수모를 갚아 주겠다는 경고를 한 것이다. 하지만 국내외의 많은 항일운동단체와 지도자를 무시하고, 오로지 권력을 잡기 위해 소련을 등에 업고 날뛰는 김성주가 강준모에게는 체질적으로 맞지 않았다. 그는 자신이 일제강점기부터 모든 열정을 바쳐 준비해 온 북조선 이북의 공산화 과업의 꿈이 물거품이 됨을 느끼고, 다음날 남쪽으로 내려와 버렸다. 이제 강준모가 할 일은 남조선에서 조선공산당을 빨리 재건하는 일이었다.

1946년 2월 28일 김연희는 수남이를 데리고 경성을 향해 출발했다. 미군정의 승인 아래 다시 개교한 경성 천주공교신학교에 수도원의 신학생을 내려보낼 준비를 하기 위해 2명의 신학생이 동행했다. 일행은 안내원을 따라 고산, 철원을 거쳐 7일 만에 서울에 도착했다. 서울에는 길거리마다 신탁 통치 반대 플래카드가 붙어 있고, 데모의 흔적이 여기 저기 남아있었다.

　가지고 온 돈으로 공덕동에 15평짜리 일본인이 살던 집을 산 김연희 는, 해방 전에 하던 야학 교사를 다시 하기 위해 아현동을 찾았다. 거기 서 '귀호고아원' 간판이 있는 것을 발견하고는 찾아들어 갔다. 자신은 야학을 운영해야 하므로 수남이를 맡아 줄 사람이 필요했는데, 집에서 가까운 이 고아원이 안성맞춤이었다. 사무실로 들어가자 40대 초반쯤 돼 보이는 단아한 여성이 일어서며

　"어떻게 오셨나요?" 했다.

　"예. 어린애를 당분간 맡기고 싶어서요."

　"여기 좀 앉으시지요."

　"원장 선생님이세요?"

　"그렇습니다. 이 아이를 맡기시려고?"

　"예."

　"혹시 고아인가요?"

　"고아? 현재는 맞습니다. 우리 집에 일하던 사람의 아들인데, 제가 며칠 전에 덕원에서 월남하면서 데려왔습니다. 부모님이 인민위원회 에 끌려가는 바람에 애 혼자 둘 수 없어서."

　"우선 이름과 출생 연도, 생일, 주소, 부모님 성함을 좀 적어주시죠."

　연희는 원장이 내민 종이에 인적 사항을 적어 내밀었다.

　이름 엄수남. 부 엄귀호

　1940년생. 함남 문천군 덕원면 어운리

김연희가 적은 것을 보더니, 원장이 갑자기

"엄귀······호?"

하며 연희의 얼굴을 빤히 쳐다보며 물었다.

"혹시 엄 씨가 맞습니까?"

"맞습니다. 혹시 수남이의 아버지를 아십니까?"

"아, 아니요. 이름이 낯설지 않았어요. 혹시 수남이 아버지나 할아버지가 원산에 사신 적은 있는지요?"

"저는 경성에 있다가 얼마 전에 집으로 내려가서 잘 모릅니다. 이름이 귀호고아원과 같은 이름이라서 그러시는군요?"

"예."

"이럴 줄 알았으면 언니께 좀 더 물어보고 올 걸 그랬네요. 수남이의 아버지와 어머니가 우리 집에서 일을 거들어 주고 있었다는 것밖에는······."

"그러고 보니, 제 성함을 말씀드리지 않았네요. 저는 정옥희라고 합니다."

"저는 김연희라고 합니다. 사실 저는 얼마 전까지 이 부근에서 야학 교사를 하고 있었지요. 가족이 월남할 때까지 서울에 터를 잡기 위해 먼저 왔습니다. 야학을 계속하려고 하니 수남이를 제대로 돌볼 수가 없어서요."

"수남이를 얼마 동안 맡기시려고요?"

"기간은 예측할 수 없겠습니다만, 집이 가까이 있으니까 자주 보러 오겠습니다."

"그렇게 하셔도 됩니다. 부탁드릴 것은, 저는 최대한 애들의 부모님이나 친인척을 찾아서 돌려보내는 것을 원칙으로 합니다. 언니에게 연락이 되면 꼭 수남이 가정에 대한 것을 물어보시고 저한테 알려주시면 좋겠습니다."

연희는 원장에게 자기가 사는 집 주소를 적어주고, 일 년 치 보육료를 지급했다. 수남이는 몹시 불안한 모양으로 두 사람의 대화를 듣고 있었다. 연희가 수남이를 안아 주며 "자주 찾아올 테니 원장님 말씀 잘 들어라."라고 하자, 수남이는 고개를 푹 숙이고 흘러내리는 눈물을 소매로 닦았다. 말로 표현을 하지 못하지만, 지금의 상황이 어떤지 눈치 채고 있었다. 부모님이 끌려갈 때의 장면이 눈앞에 그려지면서 자신이 또다시 버려진다는 것을. 연희는 순간 정에 이끌리지 말고 냉정하게 돌아서야 한다고 생각했다. 그는 이미 한평생 자신이 어떤 것에도 구속당하지 않고 살기로 작정했기 때문이다.

연희가 나가자, 정옥희는 수건으로 수남이의 얼굴을 닦아주며 눈을 빤히 들여다보았다. 어딘가 끌리는 듯한 자신을 닮은 눈 모습에서 그녀는 젖먹이 때 헤어진 아들 귀호를 희미하게 떠올렸다. 지금 그녀의 삶은 아들에 대한 어머니로서 말할 수 없는 그리움을 안고, 만날 때를 기다리는 정신력으로 지탱하고 있었다. '귀호는 어디에서 어떤 모습으로 살고 있을까?'

사실 엄귀호 사건은 구영준이 철저히 계획하고 실행에 옮긴 일이었다. 1946년 3월 북조선 인민위원회에서 친일 반역자를 시군 인민위원회에서 색출하여 인민재판으로 처단하라는 지시가 하달되었다. 그러자 곳곳에서 공산청년단원이 끌고 온 사람을 민중들이 보는 앞에서 형식적인 재판을 하고, 죽창이나 쇠스랑으로 불구를 만들거나 죽이는 일이 다반사였다. 이미 제대로 친일을 한 사람 대부분은 눈치채고 잠적하거나 월남해 버렸다. 엉뚱하게도 자신을 보호하기 위해 무고하거나 감정이 나쁜 사람을 고발하는 일이 비일비재했다. 구영준은 자신도 고발

대상이므로 강준모의 아들 엄귀호를 친일 분자로 만들어 처형시키고 빨리 남으로 내려가기로 했다. 구영준은 다른 사람을 매수하여 귀호를 고발케 했다. 그런데 이 일이 성당 전교회장을 맡고 있는 김중한이, 일본과 협조 관계에 있던 수도원과 자신을 보호하기 위해 귀호를 희생양으로 삼았다는 말이 떠돌기 시작했다.

나흘 후에는 김중한이 문천읍의 한 여관에서 살해된 채로 발견됐다. 그는 인민위원회에 종교인 몫의 위원으로 활동하고 있어, 바쁜 업무 때문에 덕원의 집으로 오지 못하고 열흘째 여관에 묵고 있었다. 이 사건이 좌익 조직에서 보복했다는 소문이 삽시간에 퍼져 나갔다. 순님은 갑작스런 일에 큰 충격을 받았지만, 살면서 워낙 큰일을 많이 당했기 때문에 담담히 받아들였다. 그녀는 민호가 이 상황을 잘 견디어 내며 사제의 길을 향해 쉬지 않고 걸어갈 수 있도록 보살폈다. 민호와 의논하여 평양에 있는 선옥에게는 당분간 사실을 알리지 않기로 했다.

1946년 3월 5일, 북조선 임시인민위원회에서 토지개혁령을 발표하자, 온 세상이 술렁거리기 시작했다. 그 날짜로 교회와 수도원의 모든 재산은 국가로 몰수되어 버렸다. 수도원 작업장과 농장, 성당 시설에서 일하는 180여 명의 식구와 신학생 70여 명, 남녀 수도자 70여 명 등 300여 명의 밥줄이 끊겨 버렸고, 교구와 신학교의 운영이 절망에 빠져 버렸다.

미국이 3년 8개월 동안 수많은 희생을 치러 아시아를 일본제국에서 해방시켰는데, 소련은 일본이 항복하기 불과 7일 전인 8월 8일에 일본에 대한 선전포고를 한 후 한 달도 안 돼 38선 이북을 공산주의 국가로 변신시키기 시작했다. 교회는 일제강점기의 통제와는 비교할 수도 없는 박해를 받기 시작했다. 소련군은 종교시설을 점령하여 주둔지로 사용하고 종교 활동을 무력으로 통제했다. 교회는 선교를 위해 쓸 돈과 물품을 소련군에게 모두 강탈당하여, 근근이 뜻있는 신자들의 도움을 받아 견뎌 나가고 있었다. 소련군의 횡포에 이어 공산당원들은 성당과 수도원에 난입하여 물건을 약탈하고, 사제와 수도자들을 폭행하고 감금했다. 몇 명이 피살되었다는 소식이 나돌았다. 그러던 중 토지까지 몰수해 버리자, 37년 동안 수도원 식구들이 애써 온 교육과 선교사업이 이제 막을 내릴 때가 다가왔다는 것을 느낀 아빠스는 자주 깊은 생각에 잠겼다. 1946년 5월 20일 연길 성십자가 베네딕도수도원과 연길 전역의 교회 시설이 중국 공산군에 의해 폐쇄됐다는 소식을 들은 아빠스는, 본국의 상트 오틸리엔 총아빠스에게 마지막 보고를 하기 위해 펜을 들었다.

존경하는 질라르도 욘케 총아빠스 형제께

하느님께서 형제들을 축복해 주실 것을 기도드립니다.

자비로우신 하느님께서는 모든 것을 아실 것이지만, 저는 제가 맡은 직분에 대한 사정을 총아빠스와 형제들에게 보고하지 않을 수 없습니다.

조선은 일본제국으로부터 해방을 맛보지도 못하고 이내 깊은 수렁 속으로 빠져들고 말았습니다. 지금 함흥대목구와 덕원자치수도원구도 연길대목구와 마찬가지로 형언할 수 없는 어려움에 빠져 있습니다. 조선의 남쪽에 진주한 미군은 종교의 자유를 보장하고 주민들의 자유로운 이동을 허용하고 있습니다만, 우리 공동체가 있는 북쪽에 진주한 소련군은 모든 권력을 장악하여 활동과 표현의 자유는 물론 주민들의 이동을 통제하고 있습니다. 그들은 성당과 수도원의 시설과 물품을 강제로 빼앗고, 성직자와 수도자를 감금하여 선교 활동을 금하고 있습니다. 작년에는 비슬레 타타로니 형제가 소련군에게 피살당했고, 몇 명 형제님과 수녀님들은 열악한 환경 속에서도 열정적인 선교를 하다가 건강을 잃어 하느님 나라로 갔습니다. 더 심각한 것은 소련군이 북조선에 공산주의자와 급진적인 사회주의자들로 인민위원회를 설치하여 자신들의 뜻에 거스르는 사람들을 감시하고 있으며, 제대로 된 재판도 없이 가두거나 처형을 시키고 있습니다. 지난 3월 5일자로 토지개혁령을 선포하여 지주들의 재산뿐만 아니라 교구와 수도원의 토지도 모두 몰수해 갔습니다. 신자들은 불안하여 남쪽으로 탈출하고 있으며, 저는 오히려 더 많은 신자가 남쪽으로 내려갈 수 있도록 권고하고 있습니다. 앞으로 교회 공동체의 운명이 어떻게 될지 아무도 모릅니다. 이 지구상에서 유일하게 목자 없이도 하느님의 존재를 스스로 알아내어 교회를 세운 조선의 교회가, 100년의 혹독한 박해 속에 수만 명에 달하는 순교자를 내면서 신앙의 자유를 얻은 지 60년 만에 또다시 위기에 처해 있습니다. 일본제국 통치하의 36년 동안도 교회는 신앙의 자유를 구속당했습니다만 지금은 그것과는 비교할 수조차 없습니다.

저는 이곳의 책임자로서, 하느님을 대리한 목자로서, 총아빠스님이 그토록 좋아하시던 조선에서, 사랑하는 우리 형제들과 함께 당신의 당부를 실천하기 위해 노력했습니다만 조선인에게 흡족하게 하지 못했음을 고백하고 용서를 청합니다. 저는 하느님과 총아빠스님에게 어떠한 질책과 처분도 받을 준비가 되어 있습니다만 지금은 눈앞에 닥친 위기를 헤쳐 나가야 하기 때문에, 이곳 공동체를 위해 전 세계의 형제들이 기도해 주실 것을 간곡히 부탁드립니다.

1909년 저의 나이 32살 때 조선에 선교사로 파견된 지가 엊그제 같은데 벌써 70살이 넘었습니다. 능력도 없는 사람이 과분한 직책을 맡아 수도회를 뿌리내리지도 못한 채 또다시 어려움에 처했습니다. 저의 몸은 쇠약해져 짙은 병마에 시달리고 있어, 오히려 수도원과 형제들의 짐이 되고 있습니다만, 조선교회를 위해 짊어지고 있는 짐을 내려놓지 않겠습니다. 부디 하느님께서 나치독일 치하에서 핍박받는 교회를 구하여 주신 것과 같이 이 땅에도 자비를 베풀어 주실 것을 간구합니다. 다시는 총아빠스님과 그리운 형제들, 그리고 고향에 있는 가족들을 보지 못할 것 같습니다. 목숨이 다하는 날까지 교회를 지키겠습니다. 안녕히 계십시오.

1946. 6. 20 요한 힐데리오 아빠스

(이 편지는 일본으로 가는 타대오 형제를 통해 보냅니다.)

06

광란

　1949년 5월 9일 밤 11시경, 권총을 들고 덕원수도원에 난입한 보위부원들은, 복도를 쿵쿵거리고 다니며 문을 발로 차고 들어가 수도자들에게 수갑을 채웠다. 요한 힐데리오 주교아빠스와 제니 파르 수도원장, 뤼페 나르댁 부원장, 나탈라 휘이모 신부를 체포해 간데 이어, 12일 새벽 0시 30분에는 수도회 독일인 신부 8명, 수사 22명, 한국인 신부 4명과 원산 투칭포교 베네딕도회수녀원의 독일인 수녀 20명을 체포해서 끌고 갔다. 그들은 어떤 이유도 말해 주지 않았다. 수도자 명단을 살생부처럼 펼쳐놓고 한 명 한 명 명단을 대조하여 없는 사람까지 찾아낸 것을 보면, 누군가로부터 내부의 정보를 사전에 제공받았음이 확실했다. 남녀 수도자가 모두 체포되어 평양으로 압송된 수도원과 수녀원, 함흥대목구 내 성당은 그야말로 죽음의 터가 돼 버렸다. 공산당은 5월 14일 70여 명의 신학생을 내쫓은 후 설립 22년이 된 수도원을 폐쇄시켰고, 이틀 후에는 원산 투칭포교 베네딕도수녀원도 폐쇄시켜 버렸다. 이미 지난해 12월 1일 수도원의 알베르토 다니엘 신부가 불법 주류 제조와 탈세 혐의로 체포되었다 두 달 만에 풀려났고, 올해 4월에는 인쇄소 책임자 체르마 수사를 불온물 인쇄 혐의로 체포해 갔다.

5월 12일 아침 8시, 원산역에서 보위부원들이 체포한 사제와 수도자를 모아 열차 한 량에 태우고 평양으로 출발했다. 창문을 모두 검은 천으로 가린 채 평양에 도착하기까지 13시간 동안 이들에게 물 한 방울 주지 않았다. 결핵으로 폐가 한 쪽밖에 없어 계속 기침하고 있던 김일곤 안토니오 신부의 입에 보위부원 한 명이 손수건에 물을 적셔와서 세 번 넣어 주었다. 1미터 60센티 정도의 키에 인민군 군복에 중위 계급장을 단 그는 몸은 왜소했지만, 어딘가 지적인 품격을 갖추고 있었다. 김 안토니오 신부를 간호하던 윤효준 모세 신부는 그에게 나직이 이름을 물어보았다.

"장형석이라 합니다."

"혹시 신자인가요?"

"아닙니다만, 저는 북간도 대령성당에서 돌아가신 이원일 세바스찬 부제를 존경하고 있습니다. 사실 저의 조부님과 부친께서 독립군을 도와주다 일경에게 피살당했을 때, 15살인 저와 어머니를 그분의 가족이 보살펴 주었지요."

"그렇습니까. 이원일 부제는 저와 함께 부제품을 받은 친구입니다. 저의 고향은 용정이어서 소신학교 때부터 이 부제와 친구로 지냈거든요. 고향으로 돌아가려던 친구를 간곡하게 말렸는데 그만."

윤 신부는 그때의 일을 떠올리며 그만 말문을 닫았다.

"부제님 선조들은 회령에서, 저의 선조들은 경원에서 살다가, 간도를 개척할 때부터 집안끼리 잘 아는 사이였지요. 저는 어릴 때부터 부제님을 형님이라 부르며 지냈는데, 어느 날 부제품을 버리고 와서 성당을 지키다가 마적의 총에 돌아가셨지요. 그때 교리를 배우고 있었는데, 저는 그길로 동북항일연군 유격부대에 들어가서 활동했습니다. 참, 오래 있으면 다른 부원들 눈치가 보여서 다음에 뵐 기회가 있으면, 이만."

소곤소곤 말하던 장형석은 보위부원 한 명이 이상한 낌새를 느꼈는지 자기한테 다가오자 얼른 자리를 떠났다.

끌려간 선교사들은 평양교화소에 수감되었다. 이곳은 일본 경찰이 조선인을 가두어 고문했던 악명 높은 감옥이었다. 교화소에서는 수도자들의 아버지이자 감독인 요한 힐데리오 주교아빠스와 신학교에서 역사와 철학을 가르친 요제프 칼 교수를 3제곱미터 되는 독방에 각각 감금했다. 아빠스는 감금당한 수도자들이 단체 행동과 종교적 지휘를 하지 못하게 분리한 것이고, 유대인으로서 수도원과 신학교에서 명망이 높은 칼 교수는, 2차 세계대전에서 히틀러의 유대인 학살이 국제적으로 엄청난 파장을 일으키고 있어, 유대인 수감이 외부로 알려지는 것을 두려워했기 때문인 것 같았다.

나머지 사람들은 15제곱미터 정도의 방에 18명씩 한꺼번에 밀어 넣었다. 조선 사람보다 훨씬 덩치가 큰 독일인은, 돼지우리처럼 좁은 방에서 앉아 있어도 숨이 막혔고, 칼잠을 자는데도 꼼짝할 수가 없어, 돌아누우려면 모두 구령에 맞춰 방향을 바꾸어야 했다. 빈대와 벼룩이 공생하는 방은 일경의 고문으로 조선인이 흘린 피가 여러 곳에 묻어 있었다. 이부자리도 두 개밖에 없었는데, 홑겹에다 여러 군데가 찢겨있었다. 덩그런 쇠창살만 남아있는 창문은 가마니로 막아놓아 비가 오면 가마니를 타고 빗물이 스며들고, 바람도 틈새로 숭숭 들어왔다. 유럽인이 볼 때는 가축의 사육장보다 더 비참한 환경이었다. 간수들은 외국인 수감 사실이 외부에 알려지면 국제적인 문제가 된다는 것을 알고 있었기 때문에, 이들을 별도로 수감하여 수용소뿐만 아니라, 외부에서도 알지 못하도록 극도로 보안을 유지했다. 일제의 잔악한 만행을 규탄하며 목숨을 바쳐 투쟁하던 조선인이, 그것도 조선인을 취조하고 악랄한 고문을 하던 곳에, 이번에는 일제의 만행을 학습하여 죄 없는 사람들을 잡아넣었다. 이곳에는 반공 삐라를 만들었다는 혐의를 뒤집어쓴 체르마 수사가 어느 방에 갇혀 있었다. 이틀 후에는 평양대목구장인 홍용호 주교가 영원한 도움의 성모수녀회의 첫 종신서원자 면담을 마치고 오다, 같이 간 청년 신자 2명과 함께 체포되어 이 교화소 내 특별정치범 감옥에 갇혔다. 북한에 있는 천주교 주교 2명과 모든 사제가 수감되어 북한 내 천주교는 바람 앞에 등잔불처럼 가물거리고 있었다.

지극히 지옥스럽고 지독히 흉물스러운 감옥에서도 용감하게 투쟁을 한 사람들은 바로 수녀들이었다. 수녀들은 별도의 건물에 수감되었다. 그들은 수도복을 모두 벗으라는 명령을 받았으나 못하겠다고 완강히 저항해 관철했다. 그러고는 교화소장에게 교화소 수칙을 보여 달라고 해서, 수칙에 있는 대로 감방 내 자유로운 이동 권리를 달라고 윽박질러 허락을 받았다.

작년 12월 크리스마스 때 차부제품을 받은 민호는 독일 본원에 유학을 가라는 제의를 물리치고, 평양에 끌려가 있는 수도원 가족의 행방을 알아내고 뒷받침하는 일에 자원을 했다. 그는 평양을 가본 적은 없지만, 거기에서 평양의과대학을 다니고 있는 동생 선옥을 통해 어려움을 해결하리라 마음먹었다. 민호는 밤에 폐쇄된 수도원에 몰래 들어가서 공산당원들이 성물과 집기를 약탈해 간 사무실을 둘러보다 아빠스께서 미사 때 쓰시던 성작과 수도원 직인을 발견하여 가방에 챙겨 넣었다. 엄마에게 부탁하여 얼마간의 자금을 마련한 민호는 평양으로 가는 화물트럭을 타고 가서 선옥의 하숙집을 찾아갔다.

대문을 열고 들어가자, 마루에 서 있던 여자분이 불쑥 찾아온 낯선 청년을 보고는 안색이 새파랗게 질려 마루에 꼼짝하지 않고 서 있었다. 그는 선옥이가 편지에서 말한 적이 있는 공영복 아녜스 씨임을 알아차렸다. 민호는 자신이 김선옥 세실리아의 오빠라고 나직이 말했다. 그제야 휴, 한숨을 쉰 아녜스 씨가 얼른 들어오라는 손짓을 하고는 선옥의 방으로 안내했다.

"많이 놀랐지요, 공 아녜스 씨. 김민호 방지거 차부제입니다."

"차부제님. 선옥이한테 말씀 들었습니다. 사실은 제가 주변의 감시를 받고 있거든요. 여기는 한마디로 지옥입니다. 덕원과 원산도 마찬가지겠지요?"

"예. 힐데리오 아빠스와 수도 가족들이 지난 며칠 동안 평양교화소로 모두 끌려와 있다고 합니다."

"소문은 들었습니다."

"그렇습니까? 사실 제가 여기 온 이유는 수도원 가족을 도와드릴 임무를 받고 왔습니다."

"쉽지 않은 일 같습니다. 워낙 감시가 심해서요."

"하느님의 자비를 바랄 뿐입니다."

"제가 교화소 가는 길과 차부제님이 계실 곳을 급히 알아보고 오겠습니다."

"고맙습니다."

민호는 해가 질 무렵에 대문을 여는 인기척이 들리자, 문틈으로 내다보았다. 수업을 마친 선옥이 집에 들어섰다. 민호는 문을 열고 얼른 동생에게 가서 두 손을 꼭 잡았다. 이제 24살의 의젓한 숙녀 티가 나는 선옥은 사회 전체가 어수선한 가운데서도 흔들리지 않고 의사 과정을 밟고 있었다. 선옥이 입학할 때의 평양의학전문대학은 평양의과대학으로 바뀌어 교육과정이 2년 늘어나 있었다.

"오빠, 부모님은 잘 계십니까?"

"그럼. 너는 어때?"

민호는 선옥이 충격을 받을까 봐 아버지의 죽음을 숨겼다.

"괜찮아요, 오빠. 그런데 돌아가는 사정이 이상합니다. 들리는 말로는 공산주의 정부가 종교 활동을 일절 금지한다는 포고가 곧 나올 거랍니다. 학교도 뒤숭숭하고 친구들도 자꾸 빠져나가는데, 대부분 남조선으로 내려갔다는 말이 돌고 있어요."

"앞날을 알 수 없는 시대에 사는 우리 민족이 참 불행한 거지. 동생도 남쪽으로 내려가면 좋겠는데."

"졸업이 1년 남짓 남았거든. 수녀원에서 북조선 지역에 봉사하겠다고 약속했는데, 내년 연말 졸업하고 나서 생각해 볼게. 참, 며칠 전에 홍용호 주교님이 보위부원들에게 끌려갔다고 들었는데, 소문이 아닌 것은 확실해요. 원산은 어때요?"

"그래, 아빠스님과 수도자, 원산 수녀님들 모두 평양에 끌려왔고, 수도원과 원산수녀원도 폐쇄되었어. 슬픈 일이지만 슬퍼하고 있을 때가 아니네."

"오빠도 나도 갈 곳이 없어진 거네. 우리 집은 어떻게?"

"부모님은 신자들과 함께 살아갈 방도를 의논하느라 분주하시고, 고모님이 계신 남쪽으로 내려갈 생각은 아직 안 하시는 것 같아."

"내가 도와야 할 것은?"

"공 아녜스 씨가 교화소 가는 길을 알아보겠다고 밖에 나가셨거든."

"아녜스 씨는 발이 넓어 잘 도와줄 거야."

두 사람이 대화를 하고 있을 때 공 아녜스 씨가 돌아왔다.

"차부제님, 인민교화소 가는 길을 알았습니다. 여기서 얼마 멀진 않아요."

"맞아. 거긴 우리 학과 이호용 교수님이 전담 의사로 있는데."

선옥은 오빠의 일에 자신이 얼마간의 역할을 할 수 있다는 기대가 생겨서 기뻤다.

"정말 하느님이 도우신 거네. 선옥아, 몰래 서신을 들여보내야 하는데 가능한지, 언제 교화소에 가시는지, 교수님께 조심스럽게 물어봐 줘."

"그래, 오빠. 교수님은 열심한 개신교 신자인데, 제가 잘 말씀드려 볼게요."

민호는 서신 연락이 되면 수도원과 대목구 사정을 알리고, 수감생활에 도움이 필요한 것을 알고 싶었다. 하지만 이것은 관계한 사람들의 목숨이 걸려있는 일이어서 비밀스럽게 진행해야 했다.

"세실리아, 무리하게 부탁드리지는 마. 잘못되면 큰 곤경을 당할 수 있거든."

"알았어, 오빠"

그러자 공 아녜스 씨가 말했다.

"차부제님이 거처할 곳을 찾았습니다. 여기서 3킬로미터쯤 떨어진 과수원 안에 사는 강은희 율리아라고, 우리 기림리성당의 성실한 신자입니다. 제가 안내해 드릴 테니 지금 가시는 게 좋겠습니다."

"억지로 부탁하신 건 아니지요?"

"아닙니다. 기어이 모시겠다고 했습니다."

"그러면 오빠와 연락은 어떻게 해요?"

"율리아 씨가 저를 만나러 자주 기림리성당으로 올 것입니다. 필요하면 제가 율리아 집으로 가도 되고요."

강 율리아의 집으로 가면서 아녜스 씨는, 그녀가 오랜 신자 집안의 후손으로서 20대 후반의 나이에 기림리성당의 유치원과 교리교사를 하고 있다는 말을 해 주었다. 특히 그녀는 동정녀로 살면서 고아들을 돌보는 일을 할 것이라고 했다.

기림리성당을 거쳐 서북쪽으로 30분쯤 걸어가자, 구릉지에 둘러싸여 밖에서는 그 안이 들여다보이지 않는 곳에 사과 농장이 있었고, 농장 끝에 일본식 목조 주택과 창고가 있었다. 집 뒤쪽은 산 높이가 300미터 정도로 제법 가파른 경사가 산마루를 따라 병풍처럼 펼쳐져 있고, 집은 과수원보다 약간 높은 언덕에 있었다.

공 아녜스 씨가 차 한 잔을 마시고 가자, 율리아는 민호에게 집 구조를 상세하게 설명해 주었다. 민호가 거처할 방은 이층집 뒤편 지하실로서, 밖에서 보면 창고에 속한 것으로 되어 있지만, 창고 내 작업장의 벽을 밀고 들어가야 연결되는 골방이었다. 방에는 책상과 의자와 침대가 하나씩 있고, 책상 위에는 이불이 한 채 놓여 있었다.

"이 농장에서 어떻게 생활하고 계신지요?"

"모두가 궁금해합니다. 사실 이 농장은 기림리성당에 다니던 일본인 신자가 해방 후 일본으로 가면서 성당에 기부했습니다. 주택은 제가 관리하고 사과 농사는 앞 동네에 사는 신자가 짓고 있습니다."

"여기도 감시가 있습니까?"

"예. 저도 요주의 대상입니다. 지금은 누구를 믿어도 안 됩니다. 의심스러운 사람이 있으면 인민위원회에 즉각 고발이 들어갑니다. 아침에 사과밭에 50대 어른과 20대 청년이 일하러 옵니다. 신자라 하지만 일을 마치고 갈 때까지 절대 얼굴을 내밀지 말아야 합니다. 시내로 나가실 때도 불편하시겠지만, 집 뒤쪽 산비탈을 따라가셔야 안전합니다. 물론 낮에는 안 됩니다."

민호는 교화소 위치와 주변을 알기 위해 이른 새벽에 산비탈 길을 따라 시내에 나가 보았다. 가까이 접근하기는 어려웠지만 둘레를 돌며 확인해 보니, 일본이 형무소로 쓰던 그대로 낡은 일 층짜리 집이 열 채가 넘게 있었다. 민호는 선옥을 만나러 아녜스 씨의 집에 갔다. 저녁에 집에 온 선옥은 오빠를 보자마자 "오빠, 됐어. 교수님이 역할을 해 주시기로." 하고 기쁘게 말했다.

소식이나 편지 전달 방법을 의논해서, 김민호-강 율리아-공 아녜스-김선옥-이호영 선생을 통해 전달하는 방식으로 하기로 했다. 또 하나는 아녜스 씨가 교화소에서 일꾼으로 일하는 정 필립보나 주방에서 일하는 천 루시아를 통하는 방법도 활용하기로 했다. 민호는 수도원 가족에게 자신이 평양에 와 있고, 전달할 소식이나 부탁할 것이 있으면 이호영 선생을 통해서 해 달라는 편지를 선옥에게 건네주었다.

수도원과 모든 성당 폐쇄. 소식 전해 주시고, 필요한 것 말해 주십시오.
어운리 김민호

민호는 만일을 대비해 평양에서 낯선 어운리를 주소로 썼다. 3일 후에 선옥한테서 연락이 왔다.

우린 18명 잘 잇섬. 아빠스와 다른 사람은 알 수 업섬. 빈대 벼룩 염증
약 연필 종이 필요. 아빠스에게도 천식약과 함께 보내 주시길. 제파

　제니 파르 수도원장에게서 답장이 왔다. 편지를 보낼 때 혹시 발각
될 것을 우려해 잘 있다는 말을 맨 앞에 쓴 것을 알 수 있었다. 민호는
선옥에게 돈을 줘서 물품을 넣어 주도록 부탁했다. 심한 천식을 앓고
기력이 쇠약하여 매일 누워 지내고 있는 아빠스는 물품을 전달받고 감
격했다. 그러고는 몸을 지탱하기가 힘들어 이호영 의사에게 진찰받고
싶다고 간수에게 사정하여 며칠 뒤에 진찰받았다. 아빠스는 이 선생에
게 자신의 안부를 동료들에게 전해달라는 부탁을 했다. 동료들은 아빠
스가 아직 살아있다는 소식을 듣고 안심했지만, 몸 상태로 보아 오래
살 수 없다는 말에는 슬픔에 잠겼다. 이렇게 단절된 곳에서 동료의 소
식은 컴컴한 밤에 스며들어 오는 한 줄기 빛과 같았다. 그들은 수도자
의 본분을 잊지 않기 위해 매일 성무일도와 미사를 드렸다. 기도서가
없으므로 완벽하지는 않지만, 서로의 기억을 연결해 시간마다 성무일
도를 바치고, 밥풀을 모아 제병을 만들어 성체성사를 거행했다.
　교화소에 수감하고 보름이 지날 때까지 보위부는 아무런 행동도 취
하지 않았다. 범법자든 정치범이든 죄의 유무를 가리는 절차를 밟아야
하는데도 아무런 조치가 없자, 공허한 시간 속에 갇힌 수감자들의 불안
이 가중되었다. 서양 수도자들은 일본의 통치를 오래 겪어본 경험을 통
해서, 외국인 문제는 국제법에 따라 다루어져야 하므로, 얼마간의 배려
는 있을 것이라는 희망을 품고 있었다.

　1949년 6월 1일 밤부터 보위부원들의 취조가 시작되었다. 취조관
은 왜소한 체구에 각진 얼굴과 날카로운 눈매를 가진 30대 중반의 중

위 군복을 입고 있었다. 그는 사무실 옆에 붙어 있는 손바닥만한 방에 낡은 책상을 앞에 두고 앉아서, 맞은편 작은 나무의자에 수감자 한 사람을 앉혀 놓고 간단히 신분을 확인하는 수준에서 취조를 했다. 서양인일 경우에는 젊은 조선 청년이 옆에서 통역과 기록을 했다. 그는 개인별 정보를 상당히 확보하고 있어 질문은 그 내용을 확인하는 수준이었고, 의심나는 부분은 별도 질문을 하고 상세하게 기록했다. 질문이 끝나면 체제의 우월함을 과시하는 듯 조선 인민민주주의공화국에서 발표한 남녀평등, 무상교육, 친일청산과 토지개혁, 공동생산과 배분에 대한 강령을 나열하며 훈시조의 말을 했고, 서양인에게는 간간이 반감을 담은 조선 욕을 섞어서 말했다.

중국 공산당의 연길수도원 강제 폐쇄로 북조선의 덕원수도원에 와 있다가 체포된 윤효준 모세 신부는, 앞에 앉아 있는 중위를 바라보는 순간 깜짝 놀랐다. 그가 연길대목구 용정성당에서 사목하고 있을 때 자신에게 세례를 받고 복사까지 썼던 손정만 도마였다. 병든 홀어머니를 모시고 힘들게 살던 그를 무상으로 해성학교까지 보내 주었는데, 어머니가 죽자, 여동생을 놔두고 사라지더니 3년이 지난 어느 날 갑자기 용정에 나타났다. 그때, 태평양전쟁을 벌인 일제는 만주국의 연길대목구에서 활동하는 외국인 선교사를 추방하고, 가톨릭 학교를 국유화하는 한편, 수도원과 성당 시설을 빼앗아 관동군의 주둔지로 쓰기 시작했다. 손정만은 일본의 괴뢰정권인 만주국을 통치하는 관동군의 앞잡이 행세를 했다. 종교시설을 빼앗고, 이에 반항하는 종교인을 무차별하게 고문하고, 심지어 총으로 처형까지 스스럼없이 해서, 용정 일대에서 그는 공포의 대상이었다.

그런 그가 지금은 인민군 중위 계급장을 달고 교화소에 갇힌 정치범을 취조하고 처리하는 책임을 맡고 있었다. 군복에 달린 명찰에는 이름이 손위출로 바뀌어 있었다. 그는 윤 신부를 전혀 모른 체 하며 자신의 수첩에 기록된 윤 신부의 신상을 확인했다. 미사 때 윤 신부를 도와 복사를 쓰던 그가 영적인 아버지를 모를 리 없겠지만, 그는 조금도 감정 변화나 머뭇거림이 없이 잘 훈련된 취조관이 되어 있었다.

감방에 돌아온 윤 신부는, 손정만의 누이 생각이 떠올랐다. 손정만이 사라진 후 윤 신부는 혼자 외롭게 있는 여동생 손 아가다를 수녀원에 맡겼다. 그곳에서 잘 자라 18살이 되던 해 아가다는 수녀가 되기를 결심했고, 윤 신부는 착실한 신앙생활을 하던 아가다에 대한 추천서와 동의서를 써 주었다. 그녀는 수도자가 되기 위한 과정을 열심히 했지만, 1946년 연길수녀원이 중국 공산당에 의해 강제 폐쇄되자 북조선으로 와서 원산 투칭포교 베네딕도수녀원에 들어갔다. 작년 초 종신서원을 하고 함흥성당에서 헌신적으로 봉사와 선교활동을 하고 있다는 소식을 들었다. 기회가 된다면 손정만에게 이 소식을 전해 주고 싶었다.

이런 와중에 6월 25일 교화소장은 건축 관련 기능을 가진 독일인 수도자 6명을 따로 모아 느닷없이 새로운 임무를 줬다. "공화국은 당신들에게 지상의 낙원처럼 아름다운 집을 지어 주겠다."라면서, 외국인 60명이 평화롭게 살 수 있는 집을 설계하라고 명령했다. 장소는 자강도 전천군 별하면 쌍방리에 있는 높이 1,831m나 되는 비삼봉 기슭이었다. 이들이 별하면에 있는 도로에서 4시간 동안 산길을 걸어 하늘만 보이는 골짝에 도착했을 때, 눈앞에는 쓰러져 가는 화전 농가가 드문드문 남아있었다.

도착하자마자 수용소 소장이라는 사람은 조금도 쉴 틈과 음식을 주지 않고, 3시간 남짓 남은 저녁때까지 임시 숙소를 만들도록 지시했다.

연장이라고는 교화소에서 압수품으로 보관하고 있던 망치, 톱 등 아주 기본적인 것뿐이었다. 형편없이 폐허가 된 농가와 헛간에다 바닥엔 짚을 깔고 삐걱거리는 문도 손을 봤다. 그렇게 임시 움막 2개를 만들어 하나는 소장과 감시원이 사용하고 하나는 포로들이 사용했다. 그러자 옥수수 두 자루와 수수 한 자루가 지급되었다. 이것이 공화국에서 주는 처음이자 마지막 양식이었다.

이튿날부터 수도자들은 자기들이 갇히고 죽게 될지도 모르는 수용소 건설에 투입됐다. 열 채 남짓 되는 화전민의 낡고 부서진 집과 외양간을 고쳐 집단 수용소를 만드는 중노동이 시작되었다. 농가를 수리하던 중에 구슬 옥(玉)자와 모래 사(沙)자가 새겨진 메모장이 하나 발견되었다. 그러자 조선어와 한자를 잘 아는 한 수사는 여기에다 언덕의 '덕'자를 붙여 '옥빛이 나는 모래 언덕'이란 뜻인 '옥사덕'으로 동네 이름을 지었다. 그는 쇠를 달구어 나무판자에 이름을 새겨 동네 입구에다 내걸었다. 잠시도 쉬지 못하도록 수용소장이 강압적으로 노역을 시키자, 한 주먹의 잡곡밥과 멀건 시래깃국으로 지친 몸을 지탱할 수 없는 데다, 살인적인 여름 더위로 세상의 바다에서 더 이상 항해하기 어려운 사람들을 하느님께서 데려가셨다. 7월 22일에는 판 베네크 수사가, 8월 2일에는 욘센 마티아 수사, 9월 14일에는 쎄일러 발도라도 수사가 천국으로 갔다.

교화소에서 7월 27일 밤부터 시작된 2차 신문은 하모니카처럼 옆으로 여러 칸이 있는 별도의 건물에서 진행되었다. 여기는 분위기가 달랐다. 간수가 한 명씩 호명해서 취조실로 데려갔고, 자정을 넘긴 시간에도 취조는 계속되었다. 철커덕 철문이 열리는 소리, 군홧발 소리, 여기저기서 채찍을 휘두르는 소리, 몽둥이로 치는 소리에 합쳐 비명과 신음

소리가 들릴 때도 있었다. 그야말로 도살장의 처절한 풍경과 다름없었다. 취조를 진두지휘하고 있는 사람은 역시 손위출 중위로 그는 수감자들에게 공포의 대상이었다.

먼저 불려 간 힐데리오 아빠스는 기력이 다 떨어져, 간수가 몸을 끌다시피 데리고 갔다. 푸른 죄수복 좌측 가슴에는 901이라는 숫자가 붓으로 쓰여 있었다. 교화소 일꾼들이 3, 4주에 한 번씩 죄수옷을 세탁해서 갖다 줄 때, 옷 주인이 바뀌지 않도록 매긴 감방번호 9와 세탁번호 1을 합친 숫자였다. 아빠스는 자신의 나이만큼이나 늙은 천식으로 잠을 잘 수 없을 정도로 몸이 쇠약해진 데다, 정신적으로 버텨내는 힘도 다 말라 버린 샘 바닥처럼 고갈된 상태에 있었다. 그래도 그는 북한에 있는 수도자 가족과 신자들의 아버지로서, 하느님과 교회로부터 위임받은 책무를 한 번이라도 잊은 적이 없었다.

아빠스는 의자에 앉자마자 성호를 그으며 하느님께서 불쌍한 가족과 자신에게 힘을 주십사고 기도를 올렸다. 비록 험하고 냄새나는 죄수복을 입고 기력이 다 떨어진 73살의 노인이지만, 백발에다 흰 수염이 가슴까지 드리어진 풍채로 취조관을 똑바로 바라보는 눈길은 자상한 아버지의 그것이었다. 손위출 중위는 그를 보는 순간 기선을 제압하기 위해 준비했던 말이, 이 늙은이 앞에서는 갑자기 목에 막혀 나오지 않았다. 으흠 으흠 헛기침을 내뱉으며 그는 다시 전의를 가다듬었다. 아직 그의 신분을 제대로 보증해 줄 사람이 없어 출세에 한계를 느낀 손 중위는, 이번 외국인 선교사를 신문하는 일이 공산당에 입당할 일생일대의 기회로 여겼다. 이들을 굴복시켜 죄를 시인하는 확인만 받으면 그에게는 승진이 보장되어 있었다. 간단한 인적 사항을 확인하고 손위출은 본격적인 신문에 들어갔다.

"901번은 조선 인민민주주의공화국에 있는 베네딕도수도원과 수녀원의 총책임자가 맞소?"

그는 이름이나 직책 대신 경멸조로 세탁번호를 불렀지만, 아빠스는 개의치 않았다.

"그렇습니다. 선생."

"그러면 당신의 부하들이 저지른 잘못에 대해서도 책임을 지는 것이 맞소?"

"그렇습니다. 선생."

"외국인도 공화국에 왔으면 공화국법을 지켜야 하는 것은 알고 있소?"

"예. 선생."

조선 이름이 윤한리인 아빠스는 조선말로 또박또박 젊은 취조관을 선생이라 불렀다.

"그런데 당신 수도회는 왜 공화국법을 지키지 않는 거요?"

"선생, 무엇을 말씀하는지 모르겠습니다만, 저희는 법을 어기지 않았습니다. 그것보다 우선 수도원 가족들을 만나게 해 주십시오. 제가 가족의 보호자로서 안전한지를 살펴보고 각자의 의견을 들어보아야 합니다."

아빠스는 수감된 이후 한 번도 만나지 못한 가족들이 어떻게 되었는지 알고 싶고 보고 싶었다.

"당신네 가족들은 공화국의 보살핌으로 잘 지내고 있으니 걱정할 필요가 없소. 조사가 잘 마쳐지면 그때 만나게 해 주겠소."

중위는 자기가 원하는 대로 따라주면 가족들을 만나게 해 주겠다고 은근히 미끼를 던졌다.

"예. 선생."

"경고하건데, 내가 하는 말에 토를 달지 말고, 순순히 시인하시오.

그렇지 않으면 나의 선처를 한 줌도 받지 못할 것이오. 알았소!"

"……."

아빠스는 중위의 협박에 대응하지 않기로 했다.

"당신의 종교는 왜 다른 민족에게 신을 믿도록 강요하지?"

"하느님은 민족이나 국가와 상관없습니다. 그분은 모든 사람한테 존재하지요."

"눈에 보이지 않는 신을 있다고 말하고, 심지어 믿으라고 강요하는 것은 사기이자 협박임을 모르시오?"

"우리는 방금 선생께서 말씀한, 하느님이라고 부르는 신이 있다고 알려주는 것일 뿐, 개인의 양심을 구속하지 않습니다. 받아들이고 믿는 것은 각자의 자유에 맡깁니다."

"정말 그렇소? 당신들은 가난한 사람에게 먹을 것과 입을 것을 주면서 그것을 미끼로 믿도록 협박하고, 학교 공부를 시켜 준다고 하면서 불온한 사상을 주입하고, 아픈 사람에게 신을 믿지 않으면 치료해 주지 않겠다는, 치사한 전술을 쓰고 있는 걸 내가 모를 줄 아시오?"

"그것은 하느님이 가난하고 병든 사람에게 사랑으로 그렇게 하라고 가르친 것을 우리가 실천하는 것이지요. 우리는 조건을 걸고 사람을 대하지 않습니다. 인간은 모두 평등하고 존귀한 존재니까, 가난하고 고통 받는 사람에게 도움을 주는 것은 당연합니다."

"사랑? 뭐 존엄? 개뼈다귀 같은 허세를 부리네. 당신들 나라 지도자 히틀러가 힘없는 나라를 침략해 수백만을 죽인 전쟁이 엊그제인데, 이런 궤변을 늘어놓다니!"

그는 생각대로 답변을 듣지 못하자, 지휘봉으로 책상을 세게 치면서 일어나더니, 아빠스가 목에 걸고 있는 십자가를 잡고 확 잡아 당겼다. 줄이 뒷목을 세게 압박하자, 아빠스는 고개를 숙이며 "억" 소리를 냈다. 다시 그가 줄을 확 당기자, 목덜미에 선명한 붉은 선이 그어지며 줄이 뚝 끊어졌다. 그는 십자가에 침을 홱 뱉더니 바닥에 내동댕이쳤다. 아빠스는 반사적으로 십자가를 주우려고 일어났다. 그러자 갑자기 수십 년 앓고 있는 천식이 발작하며, 숨이 가빠지고 정신이 몽롱해져 바닥에 쓰러졌다. 정신을 차리기 위해 몇 번의 심호흡을 하고는, 내던져진 십자가를 향해 기어갔다. 이 십자가는 수도원 가족임을 인정하는 거룩한 증표였다. 아빠스는 십자가를 주워 무릎을 꿇고는 입술에 대며 나직하게 "나의 주님, 나의 하느님, 저 사람을 불쌍히 여기소서." 하고, 한 손을 바닥에 짚고 겨우 일어섰다. 그는 하느님의 아들이신 성자 예수님의 상징물이 자기로 인하여 모욕을 당하는 것이 견딜 수가 없었지만, 최고 목자로서 품위를 잃지 않기 위해 의자에 단정하게 앉았다.

그때 문을 드르륵 열고 대좌 계급장을 단 교화소장이 모택동식 인민복을 입은 사람을 모시고 들어왔다. 그러자 반사적으로 자리에서 일어난 중위는, 두 발을 딱 붙이더니 거수경례를 하고 차례 자세로 섰다. 대좌는 "아니, 됐어! 동무."하고는 옆에 있는 사람에게 깍듯이 예를 갖추며, "당 비서 동무, 손위출 중위 동무는 팔로군 출신이지요. 똑똑하고 당성이 충만하여 장래가 촉망됩니다." 하고 말했다. 그러자 당 비서는 중위를 쳐다보며, "팔로군? 내가 팔로군에 있었는데……, 내가 모르는 장교는 없는데." 하고는 중위를 훑어보더니 고개를 갸우뚱했다. 그리고는 "지금 그게 중요하겠소? 중위 동무, 하던 일을 계속하시오!" 하자, 얼굴이 벌게진 손위출은 다시 차례 자세를 취하며 "예, 당 비서 동지! 당과 김일성 위원장 동지를 위해 충성을 다하겠습니다." 하고 얼른 의자에 앉았다. 그는 관동군 앞잡이를 하다가 공산주의 사상을 배운 후 중국 공산군의 팔로군에 들어갔다가 해방이 되자, 거기 고위 장교에게 부탁해 중위 계급을 만들어 달고 왔었다. 하마터면 당 비서에게 신분이 탄로 날 뻔했지만, 비서가 보는 앞에서 자신의 능력을 발휘할 천재일우의 기회를 놓치고 싶지 않았다.

"아빠스 동무! 당신네는 빠띠깐의 비밀 정보원들이지? 공산주의는 신을 믿지 않으므로 절대 따라서는 안 된다고, 조선인에게 선동 모략질로 공화국에 반역하도록 한 것을, 우리는 증거를 다 갖고 있소."

그는 책상 서랍을 확 잡아당기더니, 조잡한 팸플릿 한 장을 꺼내 아빠스 앞에 놓았다.

"자, 보시오! 수도원 인쇄소에서 가져온 것이오. 공화국을 비방하고, 공산당을 괴뢰도당이라고 선동한 문건이오. 이런 반역 반동 문건을 만들도록 지시한 사실을 인정하면, 공화국은 당신들을 너그러이 봐줘서 당신네 나라로 보내 줄 아량도 있소. 901번 동무, 이 문건이 빠띠깐의 지령을 받아 동무가 지시하여 만든 사실을 인정하는 것이오?"

중위는 만주의 관동군에 빌붙어 다니면서 선교사를 체포하고 추방할 때 써먹던 말을, 자기를 지켜보는 고위 공산당원 앞에서 기분 좋게 꺼냈다. 그러자 당 비서와 교화소장은 '이것 봐라?' 하면서 중위의 다음 행동을 주의 깊게 관찰했다.

"선생, 부탁하겠습니다. 4월 말에 체포해 간 인쇄소 체르마 수사를 이리로 데려와 주시오. 내 가족을 보기 전에는 어떤 말도 하지 않겠소."

"그는 이미 다 시인했소. 아빠스의 지시로 반공 선전물을 만들었다고 말이오."

아빠스는 선전물이 수도원에서 제작되지 않았다는 것을 확신했다. 그것을 따지기보다, 어디서 고난을 겪고 있을 젊은 수사를 수도원 가족의 아버지로서 지켜주지 못한 죄책감에 시달리고 있었는데, 이 기회에 수사의 얼굴을 보고 나서 자신이 수도원 가족을 위해 희생하겠다는 생각을 굳게 했다.

"미안하지만 저는 그의 말을 직접 듣기 전에는 믿을 수가 없습니다, 선생."

"아빠스 동무! 보이지 않는 신은 믿으라고 강요하면서, 공화국에서 물적 증거를 갖고 하는 말을 믿지 않는 것이오?"

"이건 비교할 수 없는 것입니다. 하느님의 존재는 그 아들이신 예수 그리스도가 1950년 전에 사람의 모습으로 이 세상에 오셔서, 그분의 존재를 확실히 알려주신 것입니다. 예수님의 존재는 그분을 모시고 직접 가르침을 받은 제자들로부터 지금까지 계속해서 내려오고 있지요. 또…… 성부 하느님과 성자 예수 그리스도의 말씀이 그르침이 없는 성경에서 생생히 적혀 있고요. 그러니 존재하고 계신 하느님을 지금 눈앞에 안 보인다고 해서 없다고 할 수 있겠습니까? 선생께서도 생각해 보시오. 선생의 선조 할아버지가 지금 눈앞에 안 계신다고 해서 없었다고 말할 수 있겠습니까? 그러나 내 아들 체르마에 대해서는 상황이 다릅니다. 나는 아버지로서 그의 얼굴을 직접 보고 그가 한 행위에 관해 확인할 권리가 있고, 나는 또 아들을 위해 변호할 권리도 있소. 어째서……, 인민이 주인인 공화국에서 잘잘못을 따지는 것을 비밀리에 하고, 변호를 받을 권리를 주지 않습니까? 죽었으면 시체라도 내게 보여주시오!"

숨을 끄르륵거리면서도 신앙교리와 사람의 도리에 대해서 한 치의 양보도 없이 단호히 말하는 노인 앞에서, 얼른 대꾸할 말을 못 찾은 손일출은 얼떨결에 체르마 수사에 대한 실토를 해버렸다.

"체르마 동무는 이 교화소에 있지만, 악덕 반동분자라서 동무에게 데리고 올 수 없소. 당신네는 하느님을 믿는다면서 죄를 감추고, 양심은 다 어디로 버린 것이요. 공화국은 당신들에게 선처해 줄 명분을 찾을 수 없소.”

아빠스는 체르마 수사의 소식을 알았으니까, 자신이 결단을 내려 수도원 가족을 보호해야 되겠다는 결심을 했다. 그는 교화소장과 당 비서에게 고개를 돌려

“두 분 선생. 수도원의 모든 잘못은 본인이 아빠스로서 책임을 질 테니 수도원 가족을 모두 석방해 주시오. 제 목숨을 내놓을 테니 어떤 방법으로 처리해도 좋습니다. 약한 자를 귀하게 여기는 공화국의 선처를 바랍니다.”

하자, 아빠스에게 기분 좋은 한 방을 기대하고 있던 두 사람은 얼굴이 굳어진 채 문을 열고 나가 버렸다. 그러자 당황한 중위는 자신에게 찾아온 천금의 기회를 엉망으로 만든 아빠스에게 분풀이라도 하듯,

“이 종간나 새끼가!” 하고 일어나면서 지휘봉으로 아빠스의 오른쪽 어깨를 힘껏 내리치자, 딱 하며 뼈에 부딪히는 소리가 나면서 지휘봉이 두 동강 났다. 아빠스가 “억” 하는 비명을 지르고 손을 어깨에 올리면서 책상 위에 머리를 숙였다.

“동무가 죄를 시인하든 말든 공화국은 더 이상 인내하지 않을 것이오.”하며 서류를 집어 들고, “간수! 저 901번 반동 영감탱이를 방으로 끌고 가서 하루를 굶기시오.” 지시를 던지고는 총총 사라졌다.

제니 파르 원장은 인쇄소 반공삐라 사건 감독자의 책임으로, 크이나르 융켈 신부는 영흥본당에서 공산주의 사상을 비방했다는 죄로, 돈 알고리오 수사는 사진기를 불법 소지하여 공화국의 주요 시설을 비밀 촬영해 유포했다는 죄에 대해 잘못을 인정하라고 손위출이 윽박질렀지만, 수도자들은 그런 사실을 한 번 부인하고는 침묵으로 대했다. 말로서 대응하다 보면 꼬리를 잡아 계속해서 협박할 것이므로 침묵보다 더 좋은 방법은 없었다. 다른 수도자들도 불온사상을 퍼뜨린 죄에 대해 몇

번 불려 다녔으나, 중위는 증거를 대지 못했다. 그는 책상을 발로 차면서 중형을 내릴 수도 있다고 고함을 쳤지만 마음대로 되지 않자, 죄목을 자기 생각대로 정하고는 인정하라고 했다.

손위출은 윤 모세 신부를 취조할 때 내색은 하지 않았지만, 나름대로 조심하는 것 같았다. 윤 신부도 그를 자극하지 않기 위해 더 이상 아는 체를 하지 않았다. 윤 신부에게도 다른 한국인 신부에게 한 것과 마찬가지로 공산주의를 비방하고 신자들을 남한으로 빼돌린 혐의를 인정하라는 협박을 했다. 두 시간이나 공방을 하다가 손위출은 더 이상 소득이 없다는 것을 알고 자리에서 일어났다.

"당신들 교회는 사랑 평등 자비란 말을 숱하게 하면서도 행동은 그렇지 않았소. 내 아버지가 가족이 굶주린 것을 보고 참지 못해, 이웃 부잣집 쌀 한 됫박 훔치다가 동네 사람에게 맞아 죽었소. 거기 있던 신자들은 구경만 하고 막아주지 않았소. 툭하면 사랑 타령이지. 공산주의는 그렇지 않소. 먹어도 같이 먹고 굶어도 같이 굶는 평등한 사랑을 한단 말이오."

그가 선 채로 눈을 부릅뜨고 한스러운 말을 내뱉자, 윤 신부는 조심스레 말을 꺼냈다.

"그렇습니까? 정말 부끄러운 일입니다. 제가 대신 사과를 드리겠습니다. 손 토마스 형제, 동생 아가다 수녀가 종신서원을 하고 함흥성당에서 봉사활동을 하는 것을 아시오?"

그러자 잠깐 움칠하던 손영만은 이내 정색하고는 말했다.

"윤 신부 동무, 뭔 말을 하는 거요! 내게 무슨 여동생이 있다는 거요. 사람 잘못 보았소. 다시 허튼소리를 하면 공화국 최고 형벌인 반역죄로 다스릴 것이오."

윤 신부는 동생을 통하여 도마가 자신을 되돌아볼 기회를 주었는데,

그는 복수라는 문으로 마음을 닫아 하느님께 돌아갈 기회를 놓친 것이 안타까웠다. 그에게 다시 하느님께서 자비를 베풀어 주시기를 기도했다.

남자 수도자들의 취조가 끝나자, 수녀들에 대한 취조가 시작되었다. 수녀들은 활동 범위가 제한되어 있어 원장과 직책을 맡은 사람만 신문하였다. 그는 신부와 수도자 취조에서 자신의 능력을 과시하고 상급자를 감동시킬 수 있는 성과를 내지 못했다.

8월 5일 밤이 되자 베네딕도회 소속 외국인 남녀 수도자들은, 조용히 짐을 꾸리라는 갑작스러운 지시를 받았다. 그러고는 교화소에서 차를 타고 평양역에 가서 곧바로 정차하고 있던 열차 한 칸에 올라탔다. 인솔자는 외부 사람과 어떤 접촉도 연락도 하면 안 된다고 겁을 주면서, 공화국의 선한 배려로 당신들만이 살 수 있는 지상의 낙원으로 데려간다고 말했다.

교화소에는 중죄로 분류된 독일인 선교사 7명과 교화소 어디에 갇혀 있는 체르마 수사, 그리고 한국인 신부 6명을 남긴 채 독일인 신부 17명, 수사 22명, 수녀 20명을 태우고 다음 날 정오까지 북쪽으로 달려서, 자강도 화암역에 닿기 전에 임시 정차를 시켜 모두 내리게 했다. 거기에서 수감자들은 선발대가 간 험한 산길을 따라 5시간을 걸어 옥사덕에 도착했다.

미리 와서 수용소를 건설 중인 사람들은 동료들이 오는 것을 보자 하던 일을 내던지고 달려왔다. 3명을 잃고 남아 있는 3명의 동료와 상봉한 가족들은 서로 얼싸안고 눈물을 흘렸다. 거기다가 수녀들 20명이 합류하자 여성들 특유의 긍정적이고 섬세한 정서가 남자의 부족한 감성을 메우는 역할을 했다. 실제로 수녀들은 평양교화소에서 꼼짝 못 하는 생활을 하다가, 하늘과 산과 계곡물과 지천으로 피어 있는 꽃을 보면서, 시설의 불편함과 가난한 생활을 대수롭지 않게 생각하는 것 같았다.

이들에게 주어진 것은 빛바랜 작업복 한 벌뿐이었다. 사제와 평수사가 거처할 집이 마련되자, 수녀들은 수사들에게 20명이 지낼 수 있는 집을 마련해 달라고 부탁했다. 수사들은 농가를 뜯은 목재를 활용하여 조그만 경당이 달린 '산타 마리아의 집'을 지었다. 얼마 지나지 않아 어렵게 구한 밀로 제병을 만들고, 산머루로 포도주를 대신할 미사주를 만들어 매일 미사를 드릴 수 있게 되었다.

하늘 아래 산만 보이는 골짜기에서 수사들은 다 쓰러진 움막과 헛간을 개조하여 생활공간과 작업실과 가축을 키울 외양간을 만들어 나갔고, 일부는 산을 개간하여 밭을 만들고, 나무를 베어 땔감을 만들었다. 수녀들은 돌밭에 채소와 옥수수를 기르는 한편 산나물을 캐서 옥수수 잡곡밥과 희멀건 나물국, 각종 채소와 열매를 가지고 그들만의 방식으로 식단을 꾸려나갔다.

그러나 다음 해 소장이 바뀌면서 가난한 낙원은 가난한 지옥으로 추락하고 말았다. 새로 온 수용소장은, 사람이라면 기본적으로 갖고 태어나는 따뜻한 피와 감성의 눈물 대신 불만과 살의를 잔뜩 갖고 태어난 사람 같았다. 그가 하는 말은 지시와 명령뿐이었고, 그의 근무 목적은 모두를 죽게 해서 집 우리를 텅 비게 하는 데 있는 것 같았다. 그가 부임해 온 2월은 영하 40도를 오르내리는 최악의 추위에다, 전해 가을 옥수수와 수수 수확이 형편없어 수용소의 생활이 최악의 상태에 놓여 있었다. 그는 숯을 구워 팔아야 한다면서, 수녀들까지 가파른 산에 올라가서 참나무를 벌목해 끌고 내려오도록 지시했다. 밤에도 남자들은 숯을 구워야 했고, 여자들은 물레를 손수 제작하여 저고리와 모자를 만들어야 했다. 그렇게 만든 물건을 내다 판 돈은 전부 그의 개인 호주머니로 들어갔다. 수도자들은 탐욕과 증오로 살아가는 그를 오히려 측은한 마음으로 대했다. 국군과 유엔군의 진격으로 1950년 10월 23일 만포로 죽음의 행진을 시작할 때까지, 16개월 동안 5명의 수사와 1명의 수녀가 이러한 생활을 견디지 못하고 하늘나라로 갔다.

민호가 8명의 독일인 신부와 6명의 한국인 신부를 교화소에 남겨 두고 59명의 외국인 수사와 수녀가 다른 곳으로 옮겨 갔다는 소식을 들은 것은 9월 초였다. 그곳이 높은 산골짝에 갇혀있는 수용소인 것은, 자강도 강계성당의 신부와 전교회장이 평양교화소로 체포되어 오면서 알려졌다. 강계와 멀지 않은 전천군 별하면 산골에 외국인 남자와 여자들이 집을 수리하여 농사를 짓고 있다는 소문이 인근에 파다하게 퍼져 있다는, 그들의 말을 들은 교화소의 정 필립보와 천 루시아가 밖에 전해주었던 것이다.

1949년 10월 15일 교화소장은 일어서기도 힘든 힐데리오 아빠스를 제외한 수감자 6명을 행정실 마당에 불러놓고 판결을 내렸다. 배석한 손위출은 다른 사람을 취조하여 성과를 올려 보상을 받았는지, 상위 계급을 달고 있었다. 어떤 죄목이나 내용 설명 없이 걸린 시간은 3분 정도였다. 아시아를 지배하기 위해 광분하며 자기들 이외에는 이류 인종으로 취급하던 일본인과는 달리, 유교와 불교의 가르침이 인성에 밴 조선인들은 사람을 존중하는 품격이 다를 줄 알았던 수도자들은 또 다른 모습을 보며 실망을 금할 수 없었다.

제니 파르 원장신부는 판결 내용을 종이에 적어 밖으로 내보냈다.

어제 최종 판결. 대좌가 판결. 상위 배석

요한 힐데리오 아빠스 5년. 제니 파르 신부 5년

요제프 칼 선생 5년. 알베르토 다니엘 신부 5년. 돈 알고리오 수사 5년.

야곱 에밀 신부 7년. 질 콘라드 수사 7년. 증거도 변호도 없이 종결.

이곳에서 보낼 시간 예측할 수 없음. 상트 오틸리엔 총아빠스께 연락

혹독한 겨울이 다가와 맨 마룻바닥에 난방시설도 없이 지내고 있는 힐데리오 아빠스는 이 세상에서 견딜 수 있는 기력이 다 소진된 것 같았다. 격리된 감방에서 천식과 영양실조에 시달리다 정신적 육체적 한계에 다다른 그는, 덕원수도원에 가서 죽겠다고 이송을 요청했으나, 받아들여지지 않았다. 이제는 자신의 의지대로 할 수 있는 일도, 몸을 묻을 수 있는 땅도 없었다. 그는 마지막으로 눈을 감고 온 정신을 모아 자신의 일생을 희미한 스크린 위에 비춰보기 시작했다. 무엇보다도 1909년 언어도 인종도 습관도 다른 곳에 와서 41년 동안 선교사로 일한 조선에서의 생활을 더듬어 보는 동안에는, 그의 얼굴은 죽음을 앞둔 사람답지 않게 밝은 기운이 돌았다. 특히 조선인과 함께 기쁨과 슬픔을 함께 한 일이 떠오를 때는 엷은 미소까지 지었다. 그러고는 한 순례자로서 마지막 마음을 정리했다.

아름다운 강산과 심성이 선한 사람들과 함께해서 좋았고, 그들과 끝까지 함께하지 못한 현실이 슬프다. 모든 것은 나를 파견하신 하느님의 뜻이었고, 이 땅에 올 때 그분의 뜻에 따라 살겠다고 맹세한 나의 뜻이기도 했다. 이제 마지막으로 나의 주인이신 하느님께서 원하시는 대로, 나의 죽음을 박해자의 손에 바치면 기나긴 여행은 끝이 난다. 기꺼이 그렇게 하리라

아빠스는 9개월 동안 3제곱미터 남짓한 방에 살았다. 1950년 2월 7일, 이 고독한 방에도 창문을 막은 가마니 틈새로 아침 햇살이 고요히 내려앉았다. 그는 갓 태어난 어린 양의 눈처럼 선한 눈으로 빛의 원천을 따라 올라갔다. 눈이 무엇을 본 듯 뚫어지게 바라보면서, 두 팔을 십자가 형상을 만들어 가슴에 얹고는 마지막 기도를 바쳤다.

> 주님, 이제 이 죄인이 이 아름다운 땅을 떠나 당신께로 가야 할 시간
> 이 왔습니다. 우리 가족들을 당신의 자비에 의탁합니다. 이 죄인의
> 잘못을 용서하시고, 당신의 품에 받아주소서. 아멘

예수 그리스도의 최후와 같이 박해자들이 강제로 입힌, 때에 절고 곰팡이가 핀 푸른 죄수복을 입고 차가운 땅에 못 박힌 채 그는 최후를 맞았다. 힐데리오 아빠스의 선종 소식은 검시를 한 이호용 선생을 통해 선옥에게 알려져 3일 후 민호에게 전달되었다. 민호는 율리아에게, 아빠스의 선종 소식을 주방에서 일하는 천 루시아와 일꾼 정 필립보를 통해 수도 가족에게 알려줄 것을 부탁했다.

아빠스 2.7 선종. 용산리 공동묘지. 평안히 가셨음

함흥대목구와 원산자치수도원구의 큰 목자이며, 납치되어 온 사제와 수도자들의 정신적 지주이자 아버지였던 아빠스의 선종 소식이 감방과 감방을 통하여 전해지자, 모두 경건한 마음으로 기도를 올렸다. 아빠스를 대리하여 수도원을 이끌어야 하는 제니 파르 수도원장은, 소식을 듣고 남아있는 6명의 수도원 가족과 함께 간수를 자극하지 않게 조심스럽게 위령미사를 올렸다. 그러고는 배식 때마다 밥알을 조금씩

남겨서 만든 제병으로 성체성사를 거행한 뒤, 쪼개어 나눠주고 본인이 영할 성체를 들고는 침묵에 빠졌다.

그는 7년 전인 1943년 고향 폴란드를 방문했을 때 보았던 끔찍한 기억이 되살아나서 자신도 모르게 눈물이 흘러내리자, 무릎에 고개를 파묻었다. 1936년부터 수도원에서 연달아 목공소와 진료소, 신학교가 화재로 전소하자, 재건축 기금을 마련하기 위해 힐데리오 아빠스가 써 준 소개장을 가지고 두 달 동안 상트 오틸리엔 모원과 독일의 성당, 바티칸을 찾아다녔지만, 2차 세계대전의 여파로 성과를 거두지 못했다. 그는 이때 30년 만에 생의 마지막이 될 고향 크라쿠프를 찾아갔다. 집을 지키는 동생에게서 상상할 수 없는 말을 들었다. 집에서 기차로 한 시간 거리의 오슈비엥침(독일어로 아우슈비츠)에 독일군이 수용소를 지어, 유럽 전역의 유대인과 타민족을 끌고 와서 중노동을 시키면서 매일 사람들을 가스실에 몰아넣고 죽인 다음 시체를 소각로에 태우고 있는데, 1년에 백만 명이 죽임을 당한다는 소문이 무성하다고 했다. 그는 폴란드계 독일인이어서 독일 여권이 있었기 때문에 오슈비엥침 수용소 외곽에 몰래 접근했다.

음흉한 하늘, 회색빛 연기, 역겨운 냄새, 노인, 중년, 청년, 어린이, 갓난아기, 여자, 남자……, 공통된 것이라곤 사람이라는 종과 절망이라는 눈빛만 거기서 보았다. 그는 며칠 동안 구토를 했다. 돌아와서 동료 누구에게도 이 절망적인 사실을 말하지 않고 가슴에 품고 살았다. 사람이라면 정말 하지 말아야 할 행위를 본 후, 매일 매일 그의 가슴에서 끓어오르는 분노와 좌절 때문에 자신이 중증의 우울증을 앓고 있는 사실도 드러내지 않았다. 이성과 자비를 잃은 짐승 같은 사람을 왜놈이라 부르며 우리는 그렇게 하지 않으리라 다짐하던 조선인들이, 그 왜놈이 만든 감옥에서 그들보다 더 잔인한 행위를 하고 있다니! 제니 파르는 자신들이 죽임을 당하는 것이 문제가 아니라, 타인의 존엄한 생명을 자신 것처럼 빼앗는 것이 죄악임을 모르고 있는 사람들이 더 두려웠다.

그가 한동안 어깨를 들썩거리자, 동료들이 등을 쓰다듬어 주었다. 제니 파르는 '주님, 자비를 베푸소서.' 하며 손에 공손히 잡고 있던 성체를 입에 넣었다. 그는 수도회의 대리자로서 무거운 입을 열었다.

"형제님들, 제 말씀 들어보십시오. 이제 우리는 벗을 수 없는 주님의 십자가를 졌습니다. 주님께 우리를 구해주시라고 기도하지 말고, 목자를 잃은 채 고통받고 있는 북조선 교회와 주님의 백성들을 보살펴 달라고 기도합시다. 이제 남은 것은 온전히 주님의 몫이므로, 우리가 나약해져서 주님을 배반하지 않도록 각별히 조심하십시오."

4월 8일에는 율리아 씨가 저녁을 가져오면서 편지를 하나 내밀었다. 선옥의 편지였다.

칼 선생 선종. 아빠스 옆에 묻힘

수도원 가족의 영적 스승인 요제프 칼 교수가 4월 6일 아침 10시 성목요일에 선종했다는 소식을 들은 민호는, 며칠간 우울함에 빠져 지하방에서 꼼짝하지 않고 있었다. 밥 먹는 것도 사치였고 바깥세상의 소식도 쓸모없는 것이었다. 조선 이름이 강위재인 그분은 신학생들의 정신적 지주였고, 조선인을 폄하하고 일본을 감싸던 독일 신학생들을 꾸짖고, 조선 사람보다 더 조선을 사랑한 박애주의자였으며, 조선어를 모국어로 생각할 정도로 공부하여 원고나 책을 조선어로 기록하여 독일어나 라틴어로 번역한 철학자이자 휴머니스트였다.

07

흔들리는 삶

저녁을 먹고 있는데 앞 동네의 개 짖는 소리가 요란하게 들리자, 강율리아는 얼른 불을 끄고 창문으로 집 앞의 언덕 너머를 뚫어지게 바라보았다. 앞 동네를 지나는 도로에서 불빛이 점점 가까이 오더니, 차 한대가 구릉을 넘어 과수원으로 들어섰다. 그녀는 얼른 가방을 챙겨 비밀통로로 민호가 있는 지하실로 내려갔다. 민호는 율리아 씨가 여행용 가방을 하나 들고 방에 들어서는 것을 보고 심상치 않은 상황이 벌어진것을 느꼈다. 낮은 목소리로 "자매님, 무슨 일이 있어요?" 하자, 율리아는 손가락을 입에 갖다 대면서 말하지 말라는 신호를 보냈다. 조금 지나자, 위층에서 쿵쿵거리는 소리가 들렸다. 민호는 벽에 기대어 몸을떨고 있는 율리아의 무릎에 이불을 덮어 주고, 그의 두 손을 잡아 안정시키고자 했다. 시간이 갈수록 자기 손도 떨리고 있었다. 발소리가 점점 가까워져 오더니, 위층 창고 문을 발로 차는 소리가 쾅 쾅하고 들렸다. 율리아 씨가 움찔거리자, 민호는 그녀의 어깨에 손을 올리고 다독거려 주었다. 조금 후 서너 명이 방 옆에 붙어 있는 지하창고 계단을 내려와서 사과 상자를 집어 던지고 벽을 발로 찼다.

"야, 김호구! 너 분명 아까 집으로 들어가는 것을 봤다고 하지 않았나. 왜 거짓말한 거야?"

"아닙니다. 상위 동무! 분명히 신부 같은 청년이 과수원으로 들어가는 것을 확실히 보았고, 그 길로 보위부로 달려갔습니다."

"이 종간나 새끼, 신부를 하나 잡도록 해 주는 바람에 놔줬더니만, 우리를 속여?"

"아, 아닙니다요. 며칠 동안 미행했는데, 분명히 평양 시내와 기림리 성당 주변을 다니는 것을 보았고요, 오늘 부활절이라 성당에 올 거로 생각하고 새벽에 성당에 갔는데, 제대 앞에 앉아 있었습니다. 내가 들어가니까 확 나갔거든요. 율리아와 같이."

"율리아! 율리아가 누군데?"

"예. 이 집 관리하는 여잡니다."

"그럼, 그 신부라는 사람하고 같이 산다는 거야?"

"아니 그건 모르겠습니다."

"이 나쁜 새끼! 제대로 알지 못하면서 우리를 욕 먹여? 야, 김 소위!"

"예! 손 상위 동지!"

"이 집은 누구 거야!"

그러자 김호구가 나서서 말했다.

"왜놈 건데, 저거 나라 가면서 성당에 주고 갔습니다."

"왜놈 것은 공화국법에 따라 국가로 몰수해야 하는데, 김 소위!"

"예."

"이 집을 몰수해."

"예. 상위 동지."

그러자 김호구가 또 나섰다.

"상위 동지, 저…… 이 집을 우리가 지키다가 나중에 동지께 돌려드리겠습니다. 선처해 주십시오."

"이 간나 새끼가. 알았어! 그 대신 두 연놈을 잘 감시해!"

"예, 상위 동지."

민호는 손 상위가 교화소에서 취조를 담당하는 보위부원 손위출임을 알아차렸다. 누군가 고발하여 그가 부하들을 데리고 들이닥친 것이었다. 한 시간이 넘게 수색을 한 후 조용해졌다. 두 손을 모으고 기도하고 있는 율리아의 얼굴이 땀으로 범벅이 되어 있었다.

"철수한 것 같습니다. 율리아 씨."

"아직 안심할 수 없습니다. 덫을 놓고 있는지도."

"주님께서 돌보신 것 같습니다. 그 청년이 누군지 아십니까?"

"여기 사과 농사하는 김 도마네요. 차부제님도 보면 아실 겁니다."

"아, 알겠습니다. 아버지하고 일하러 오는……."

"그렇습니다. 우리를 감시하고 있는 줄 몰랐네요."

"정말 미안합니다. 부활절이라 꼭 성당에 가고 싶어서."

"아닙니다. 작년 12월 권 레오 우리 성당 신부님이 납치되어 간 것도 이 사람과 무관하지 않은 것 같습니다."

"예."

"참 슬픈 생각이 드네요. 저렇게 사람이 변할 수 있는지."

"뭔가 약점이 잡힌 모양입니다. 누구나 위협 앞에서는 나약해지지 않습니까."

"어쨌든 주님께서 도와주셨네요. 차부제님, 이 지하 다락방을 누가 만들었는지 짐작하시겠어요?"

"아니, 전부터 궁금했었는데요."

"이 사과밭 주인은 일본인 후꾸다 요한 씨로, 우리 기림리성당 신자였습니다. 사과밭을 하니까 돈이 많다고 짐작하여 수시로 의병이나 도적이 들었거든요. 그래서 이 비밀대피소를 만든 겁니다. 사실 그분은 성당 진료소와 고아원에 소득의 70% 이상을 봉헌했습니다. 후꾸다 씨는 일본의 농업대학을 나온 엘리트였는데, 일본의 만행에 속죄하는 마음으로 여기서 가족들과 함께 사과 농사 보급을 할 겸 봉사활동을 했습니다. 일본이 항복하고 나서도 조선이 좋아 눌러앉고 싶어 했는데, 공산당 정권이 들어서자마자 본국으로 돌아가고 말았습니다. 전 재산을 기림리성당에 기증하고 떠나던 날, 제가 신부님의 허락을 받아 이 집에서 동정녀를 모아 고아원을 만들겠다고 하니까, 좋아하시면서 집 구조를 가르쳐 주었습니다."

"그분이 우리 조선인한테서 살아남기 위해 만든 것을, 이제 조선인인 우리가 살기 위해 이용하고 있으니……."

"저도 그런 생각이 듭니다."

"저는 내일 새벽에 떠나야 하겠습니다. 잘못하면 율리아 씨가 해를 당할까 두렵습니다."

"어디로 가실 생각이세요?"

"옥사덕에는 접근조차 할 수 없다고 하니, 일단 덕원에 가봐야 하겠습니다. 수도원도 그렇고 엄마도 살펴봐야 해서요."

"그렇게 하십시오."

"율리아 씨는?"

"차부제님, 저는 작년 크리스마스 때 신부님이 끌려가시는 모습을 보고, 기림리성당을 끝까지 지키겠다고 십자가 앞에서 주님께 약속했습니다."

"율리아 씨도 감시 대상에다 얼굴이 알려져 위험합니다. 남한으로 내려가시는 것이……."

"그럴 수는 없습니다. 차부제님이 올 때까지 제가 옥사덕으로 가서 그곳 사정을 알아 오겠습니다."

"안 됩니다. 지금은 너무 위험합니다. 곧 전쟁이 날 거라는 소문도 있습니다."

남한으로 내려가라는 차부제의 간곡한 부탁에도 율리아는 물러서지 않았다. 하지만 이제 혼자 남아서 닥쳐올 일을 생각하자, 자신이 너무 외롭게 느껴졌다.

"제가 아무런 힘이 되지 못해서 죄송합니다."

"아, 아닙니다. 차부제님."

"우리가 좋은 세상이 올 때까지 살아남을지, 내일 주님께서 데려가 실지……."

두 사람은 세상에서 격리된 상황에 있는 동질감과 서로에게 힘이 되어주고 싶은 마음이 겹쳐 묘한 감정에 사로잡혔다. 제법 싸늘한 날씨에 좁은 침대와 이불 하나로 서로의 체온을 데워주고 서로의 눈물을 닦아주었다. 그러고는 마음과 몸을 주고받았다.

새벽에 눈을 뜬 민호는 어젯밤에 일어난 두 개의 큰 사건 때문에 머리가 혼란스러웠다. 무엇보다도 사제가 되기 위해서는 가장 조심하고 지켜야 할 정결에 대해 하느님과의 약속을 깨뜨렸으니 살아온 모든 것을 다 잃어버린 것 같았다. 거기다가 한평생 동정녀로 살겠다고 하느님께 약속하고 봉사와 헌신의 삶을 살고 있는 율리아 씨를 지켜주지 못한 죄책감이 가슴을 옥죄었다. 민호는 갑자기 두렵고 무서워 벌떡 몸을 일으켰다. 옆에 있어야 할 율리아 씨가 보이지 않았다. 그녀의 얼굴을 볼 면목이 없고 무어라 말할 수 있는 자신감도 없어 빨리 이 자리를 피하고 싶었다. 벽장 한 곳에 숨겨 둔 아빠스의 성작과 수도원 직인을 가방 안에 넣고, 집을 나와 어둠이 짙은 뒷산의 오솔길로 접어들었다. 아직 겨울이 가시지 않은 4월의 새벽 공기가 그의 마음을 얼렸고, 드문드문 서 있는 소나무 가지 사이로 희미한 별들만 듬성듬성 보였다. 보이는 모든 게 슬프고 외롭고 절망에 젖어 있었다. 율리아가 멀리 갈 차부제를 위해 주먹밥을 만들어 와보니 그는 이미 떠나고 없었다.

1948년 9월 말, 서북청년단 사무실에서 신문을 보던 구영준은 주먹을 불끈 쥐었다. 강준모가 남조선인민대표자대회에서 제1기 대의원에 선출되었다는 소식이 실려 있던 것이다. 철저하게 지하에 숨어서 노동운동과 공산주의 활동을 하던 강준모가 신문에 사진까지 실렸다는 것은 굉장한 반전이었다. 영준은 이제 때가 가까이 왔음을 느꼈다. 아버지 때부터 내려온 악연을 정리할 순간이 마침내 눈앞에 와 있는 것이다. 강준모와 대항하여 자신이 이긴다는 보장은 없지만, 자신의 위치를 숨기고 먼저 공격하면 승산이 있다고 생각했다. 하루빨리 강준모를 정리하고 자신만의 세상에서 마음껏 자유를 누리고 싶은 마음이 더 간절해졌다. 그는 청년단 홍인수 대표를 통해 서울경찰청 사찰과에 근무하는 오성훈을 소개받았다. 오성훈은 일제 말에 공산주의자에 대한 대대적인 검거로 일대 타격을 가했을 때 큰 공을 세운 사람인데, 해방 후에도 그를 필요로 하는 경찰에 다시 몸담고 있었다.

영준은 그를 요정에서 만났다. 갓 오십 줄에 들어선 나이에 수수하게 잠바를 걸친 모습이 경찰에 오래 몸담은 사람 같지 않았다.

"오 형사님, 지금 활동하고 있는 좌익분자들 세력이 어느 정도, 그러니까 우익세력에 비교해서 말입니다."

"사실 가늠하기 힘듭니다. 일제 말에는 거의 초토화되어 지도자 몇 명이 지하에 숨어 활동했는데, 해방되면서 여운형을 중심으로 한 좌익이 재빨리 건국 단체를 만들어 주도권을 쥐었지요. 이때 숨어 있던 지도자급 공산주의자들이 수면 위로 나왔는데, 대표적인 인물이 박헌영·김삼룡·이현상·강준모 등이지요. 북쪽에선 이미 김일성이 이끄는 공산주의 세력이 실권을 잡았고, 그 영향이 당연히 남쪽에도 미쳐서 최근에는 악질적 좌익분자인 박헌영이 갑자기 남쪽의 지도자로 올라섰습니다. 이들 계보도 우익세력만큼이나 복잡합니다. 조선 사람은 일제 때나 지금이나 단결보다는 상대를 넘어뜨리는데 몰두합니다. 몇 명이 모이면 금방 당을 만들고, 자고 일어나면 몇 개씩 없어집니다. 그러니 일제는 지도자급의 약점을 잡아 집요하게 매수하고 협박하여 무너뜨리는 전술을 썼지요. 거기에 약점을 잘 아는 조선 형사가 동원될 수밖에 없었고……. 동족에게 심한 것 같지만 방법이 없었습니다. 우리가 아니면 누군가 해야 하고, 우리도 먹고 살아야 했으니까요."

오 형사는 자신의 과거를 미리 상대방의 감성에 하소연하는 방법을 썼다.

"예. 많은 대중 조직을 거느린 세력을 건드린다는 것이 무섭지 않습니까? 특히 좌익들은 꼭 보복한다고 들었습니다만."

"맞습니다. 신경이 쓰이지요. 그러니 나만의 전술을 써야 합니다. 나는 동지가 몇만 명이고 무슨 동맹이 몇천 명이고, 그런 숫자에 신경 쓰지 않고 사냥개처럼 개인 한 명 한 명을 집중 겨냥합니다. 핵심적인 인물 몇 명만 도려내면 나머지는 뿔뿔이 흩어지거든요. 사실 극좌 인물 즉 골수 공산주의자들은 조심해야 합니다. 말씀처럼 이들은 반드시 보복하거든요. 나도 거물급을 검거할 때마다 여러 번 테러 위협을 받았지요. 32년도 상해에 가서 박헌영을 치안유지법 위반으로 잡아 오는 도중에 차 유리창으로 총알이 날아 와서 하마터면 죽을 뻔한 적도 있고……, 아, 39년에 김삼룡을 검거한 후에도 나를 미행하고 총을 겨눈 적이 몇 번 있었지요. 오죽하면 내가 사는 집에 순경들이 보초를 섰겠습니까. 사실 잡는 것에 그치면 그렇게 했겠습니까만, 지독하게 불지는 않고 실적은 올려야 하니 고문을 해야 하고. 그러니 내가 나라를 팔아먹은 이완용보다 더 한 악질 형사로 소문이 나 있었지요. 나도 집안이 있고 처가도 있어 체면을 생각해야겠기에, 병을 핑계로 병원에 드러누워서 버티니까 겨우 정보 쪽으로 돌려줬거든요.”

오 형사는 은연중 거물들을 검거한 자신의 업적을 드러내면서도 고등계 형사가 결코 자신이 바랐던 직업이 아님을 강조했다. 그는 안 호주머니에서 담배를 꺼내더니 영준에게 한 가치를 권하고 불을 붙여 주었다. 그는 담배를 깊게 빨더니 버릇인지 몰라도 연기로 동심원을 수없이 만들고는 바로 담배를 꺼 버렸다. 그러고는 맥주 한 컵을 단숨에 들이마셨다.

“남조선에 공산당이 날뛰고 있어도 그나마 다행인 점은, 미군정이 미국에서 공부하고 독립운동을 한 이승만 박사의 말을 잘 듣는 편이라는 것입니다. 이승만 박사는 공산주의라면 치를 떨거든요. 5월에 조선 공산당이 위조지폐를 생산하다 적발된 정판사 사건 때도 내가 냄새를 맡아 미군정 수사대에 정보를 주었고, 이 사건은 미군정이 공산당에 대해 결정적으로 등을 돌리게 했지요. 제가 경찰에 복귀한 것도 공산주의자들에 대한 정보와 검거 경험 때문이고요.”

“혹시 강준……모에 대해서는 좀.”

“강준모! 참 대단한 사람이지요. 작년에 감옥에서 죽은 이재유와 함께 진짜 골수 공산주의자지요. 이 둘은 함경도 기질이 배어 끈질기게 나를 괴롭혔습니다. 제가 좌익계열 사람을 많이 검거했지만, 강준모는 두 손 두 발 다 들고 말았지요. 분명 노동조합이나 공산주의 조직을 배

후에서 조종하고 있는 것이 눈에 띄는데, 어디에 있는지 냄새를 맡을 수가 없었지요. 그러다가 1931년 원산 적색노동조합 사건으로 엉뚱한 곳에서 검거되었을 때, 우리 대장인 미끼 경부에게 호되게 야단 들었습니다. 그래도 내 자존심을 살려준 것은 내부고발에 의해 검거되어서…….”

오 형사는 강준모 말이 나오자마자, 차분하던 말 높이가 갑자기 높아졌다. 그러면서 영준을 똑바로 쳐다보며

“아니 구 형, 강준모는 왜?”

“예. 제가 원산과 덕원 쪽, 지금은 문천군이 되었지만, 거기에 살아서 강준모의 명성을 익히 알고 있어서.”

“그래요. 저를 보자고 한 이유가 혹시 강준모에 대한 것입니까?”

“사실 그렇습니다. 제 아버지와 형님과 질긴 악연이 있어서.”

“어떤 일이 있었는데요.”

영준은 제대로 된 사람을 찾았다는 안도감이 들었다. 오 형사도 눈을 반짝거리며 몸을 고쳐 앉았다. 맥주를 한 컵씩 서로 부어 주고 잔을 부딪치고 들이키면서, 두 사람은 동지 의식을 느끼기 시작했다. 영준은 강준모와 관계된 가정사를 자신에게 불리할 수 있는 것은 빼고 간략히 털어놓았다.

“어째 그런 일이……. 나도 일제 경무국과 종로서에 있으면서 강준모에 대한 정보를 많이 수집했고, 지금도 마찬가집니다. 1905년 인가, 북청 화전민 출생인데 아버지가 강상국, 엄마는 최 씨였는데, 2살 때 아버지가 북청에서 홍범도 의병부대에서 활동하다 면장을 2명 처형했고, 일본 군경에 체포되어 총살당하자 엄마가 아들을 데리고 원산으로 왔고, 원산에서 광성학교를 졸업한 후 보광학교에 다녔고, 휘문고보를 다니다 학교재단이 제대로 된 민족교육을 안 하고 재물만 축적하

는 것에 분개해서 경성에 있는 학생들과 동맹휴학을 주도하다 퇴학당했고, 그 후에 음…… 일본대학 사회과에 입학해서 공산주의에 대한 공부를 하다가 학비가 없어 자퇴를 했고, 1929년 1월에 그 유명한 원산노련 총파업을 4개월간 이끌어 국제적인 사건을 만들고는, 다시 지하로 잠적해서, 조선공산당 재조직 준비위원회를 주도했고, 아마 1931년이지, 태평양노동조합을 결성하다 제1차 태로(태평양 노동조합)사건으로 체포되어 5년 형을 받고 경성에서 1936년까지 복역했고, 나와서 원산과 함흥 일대의 군수공장과 덕원수도원에 몇 차례 방화를 해서 친일경고를 했고, 적색노동조합운동에 착수하여 원산 공산주의자그룹을 결성하고, 흥남, 원산, 평양에서 지하 활동하다 해방이 되었는데, 단 보름도 안 돼 원산에서 조공(조선공산당) 함남지구 위원회를 결성했지. 참, 이건 말도 안 되는 조직술이지. 아마 레닌도 이렇게 하지는 못할 겁니다. 그 후 평양에서 김일성이 주도한 조공 북조선 분원 창당에 갔다가 김일성과 싸운 뒤에는 곧바로 남쪽에 내려와 남로당을 재건하면서 중앙위원이 되고, 얼마 전 남로당 제1기 대의원에 또 임명되고……, 아! 목마르네.”

　오 형사는 머리에 입력되어 있는 것을 실타래 풀듯이 강준모의 이력을 끄집어냈다. 그야말로 신의 영역에 가까운 뇌를 가지고 있는 것 같아 영준은 잠시 넋을 잃고 있다가 퍼뜩 정신을 차렸다. 한 인간의 인생이 소름이 끼칠 정도로 감시당하고 있는 것은 물론 잊혀질 권리조차 침해당하고 있는 것에 가슴이 섬뜩했던 것이다. 오 형사는 빈 술잔을 영준 앞에 내밀었다. 영준이 한 잔을 가득 채워 주자 그대로 쪽 삼켰다.

　“사실 북청에서 친일이라는 누명을 쓰고 처형된 면장 중 한 명이 제 아버지였지요. 면민들이 덕망이 있다고 추천하여 된 면장이 무슨 친일입니까? 아버지를 죽인 강준모의 애비 강상국은 아버지와 이웃해서 산 친구였습니다. 한 마디로 사촌이 논 사니까 배가 아팠던 거지요. 그로 인해 우리 집은 풍비박산이 나버렸지요. 형님과 형수도 강준모가 집에 방화를 해서 돌아가셨습니다. 어머니도 화병으로 돌아가시고요. 그래서 제가 오 형사님한테……."

"그렇습니까? 저를 찾아온 이유를 들어보니 보통 악연이 아닌 것 같습니다. 음, 강준모는 정말 대단한 사람입니다. 일본 형사들도 혀를 내둘렀거든요. 아까도 말했지만 소위 말하는 태로 사건으로 서대문 형무소에 수감되어 있을 때, 난 사람은 난 사람이 알아준다고 어떤 사람인지 한번 보고 싶어졌는데……. 몇 가지 궁금한 점을 물어보아도 부처님 얼굴처럼 무표정했습니다. 일제 때 국내서 굵직굵직한 활동을 계속하기란 불가능한 일인데. 만일 우익 쪽에서 이런 사람이 있었으면 감히 말하건대, 김구 주석이나 이승만 박사의 오른팔이 되었을 인물이거든요. 사상이란 게 뭔지 참."

그는 영준이 따라주는 잔을 또 비웠다. 영준은 새삼 이 사람이 강준모 만큼이나 의식과 배포가 큰 사람 같았다.

"참, 나만 아는 정보가 있는데……, 휘문고보 다닐 때 이화여고생 정모라는 학생과 연애해서 애를 하나 낳았는데, 여자의 아버지가 독립운동하다가 대표적인 친일 목사가 된 정인우거든요. 참으로 대단한 친일파였는데, 이 사람이 근본도 모르는 손자를 안 받아들이고 딸을 미국으로 유학 보내버렸지. 아들이 살았으면 스물여섯, 일곱 정도가 되었을 텐데. 그런 것 보면 강준모는 불행한 시대에 태어난 외로운 영웅인 거지요. 이번에는 제가 구 형 도움을 받아 구겨진 자존심을 세워야겠습니다. 이 사람만 잡으면 형사 당장 때려치워도 원이 없을 것 같습니다."

"좋습니다. 오 형사 덕분에 저도 평생 한이 풀리겠습니다. 그러면 제가 어떻게 도움을 줘야 할까요? 물론 활동비는 지금 당장 넉넉히 드리겠습니다.”

"활동비는 뭘. 청년단에는 좌익 활동하다 전향한 사람 중에, 숨어서 끄나풀 역할을 하는 사람이 다수 있을 겁니다. 강준모 얼굴을 알고 있는 원산 쪽 출신이나 학교 출신을 찾아보십시오. 찾아지면 활동비를 주어서 강준모가 있는 아지트와 활동 동선을 알아내는 겁니다.”

"알겠습니다, 오 형. 우선 청년단에서 함남과 경성에서 활동한 사람 중에서 강준모와 인연이 있는 사람을 찾아보겠습니다.”

"좋습니다. 하지만 누구도 절대 믿으면 안 됩니다. 저들이 심어 놓은 이중간첩이 있을 수 있으니까, 구 형은 직접 나서지 말았으면 합니다. 냄새를 맡으면 영원히 사라져 버릴지도 모르고, 자칫 반격을 가할지도 모르거든요.”

"그러면 홍인수 대표를 이용하지요.”

"정보가 들어오면 연락해서 만나고, 장소는 제가 정합니다. 누구에게도 제 신상에 대한 것을 말하면 안 됩니다. 사실 좌우익이 다 저를 노리고 있거든요. 제가 하는 일이 본의 아니게 남의 가슴에 피멍을 만드는 일이라서.”

"그럼요. 우리는 정의의 등불을 밝히는 동지 아닙니까!”

두 사람은 거나하게 취했다. 영준은 헤어질 때 오 형사한테 넉넉하게 활동비를 건네주었다. 오 형사가 말한 정보 외에도 영준이 아는 정보도 제법 있지만 아는 체를 안 했다. 잘못하면 그것이 자신에게 부메랑이 되어 되돌아올 수도 있기 때문이었다. 특히 강귀호 건은 결정적으로 써먹을 때가 오면 개봉하기로 했다.

오 형사와 구영준은 거의 일 년을 추적한 끝에 강준모의 거처를 확인했다. 때마침 치안국에서는 지하에서 활동하는 남로당을 뿌리 뽑기로 하고, 각 시도 경찰청에 지시를 내렸다. 서울시경 사찰과는 일제 때부터 이 분야에 노련한 오성훈을 반장으로 임명하면서, 사찰과 전원을 투입하여 남로당 간부와 세포조직을 검거하라고 지시했다. 오 형사는 조선 정판사위조지폐사건으로 쫓기고 있는 강준모의 세포조직이자 비서 역할을 하는 김헌오에게 접근하여 용의자에서 빼주는 조건으로 거래를 했다.

강준모는 예지동 허름한 기와집에서 '고영우'라는 가명을 쓰면서 노인으로 변장하여 살고 있었다. 조선정판사 사건으로 타격을 받은 남로당이 제주 4.3사건과 여순반란을 통하여 제기하려 했으나 오히려 타격을 받자, 그는 김삼룡과 함께 지하에 숨어서 활동하며 노동당 재건을 노리고 있었다. 1950년 3월 26일 밤 12시쯤 강준모가 사는 집을 급습하기 위해 20명의 형사와 무장 경찰이 삼중으로 포위했다. 발소리가 나자, 낌새를 느낀 강준모는 창문을 열고 도망치려 했지만, 이미 늦어버렸다.

5월 17일 특별재판에서 강준모에게 사형이 선고되었다. 재판장이 마지막으로 할 말이 없느냐고 묻자, 그는 담담하게 말했다.

"보살피고 거두어 줄 나라도 없고, 지식 있고 가진 자들이 외면하는 하층민을 위해, 나는 그들과 늘 함께했을 뿐입니다. 공산주의가 나에게 해 준 것은 없지만, 사람 사는 세상을 만들기 위해 내가 공산주의를 택했을 뿐입니다. 내가 한 행위에 대하여 책임을 물을 수 없는 사람에게 목숨을 구걸하지 않겠습니다. 마지막으로 만약, 만약에…… 내 아들이 살아있다면, 그에게 사랑하고 사랑하고 또 사랑한다는 말을 남깁니다."

강준모가 검거되었다는 신문을 보고 정옥희는 깜짝 놀랐다. 그동안 그를 찾기 위해 백방으로 노력했으나, 대중 앞에 나서지 않고 철저히 숨어서 활동했기 때문에 헛수고만 했다. 강준모에 대한 인간적인 미안함을 빼고는 그에 대한 감정은 사라진 지 오래였다. 젊은 날 뜨거운 피가 끓을 때 했던 잠깐의 사랑은, 27년이 된 지금 희미한 기억 한 움큼으로 남아있을 뿐이었지만, 아들 귀호는 그렇지 않았다. 아들을 꼭 찾아야 하는 것은 그녀의 분신 때문이거나 어떤 책임에 앞서 어머니로서의 미안함과 그리움 때문이었다.

그가 곧 형장의 이슬로 사라질 것이기 때문에 이번이 귀호의 행방을 알 수 있는 마지막 기회라 생각되어, 그녀는 검찰과 경찰 쪽에 줄을 댈수 있는 사람을 수소문했다. 그러나 간첩죄와 반역죄로 검거된 사람을 면회하겠다는 말은, 가족이거나 사건을 맡은 변호사가 아니면 큰 오해를 받을 수 있어 정옥희는 조심스러웠다. 강준모와의 관계를 입증할 수있는 어떤 자료도 가지고 있지 않아 사적인 방법을 쓸 수밖에 없었다. 서울시경에 근무하는 사람으로부터 소개받은 사람이 사찰과장 오성훈경감이었다.

오성훈으로부터 종로에 있는 다방에서 만나자는 연락이 와서 정옥희는 그리로 나갔다. 오성훈과 마주 앉은 정옥희는 주선자에게 이미 사례금을 미리 전달했기 때문에 내심 좋은 답을 듣고 싶었다. 서로 인사를 주고받은 후 커피를 시켰다. 오 과장이 정옥희를 빤히 훑어보며 정보통 특유의 사람 냄새를 맡는 것을 보자, 정 원장은 불쾌했지만 부탁하는 처지라 표정을 숨겼다.

오성훈은 이미 중간에 다리를 넣은 사람으로부터 청탁자가 정옥희라는 말을 듣고, 혹시 강준모의 애를 낳은 그 여자, 즉 거물급 친일 목사 정인우의 딸이 아닐까, 짐작이 들어 시청에 조회를 한 결과 역시 짐작한 대로였다. 정인우도 자기처럼 반민족행위자 명부에 들었으나, 지금은 오히려 더 건재한 상태로 활동하고 있었다.

"원장님, 강준모와는 어떤 사이입니까?"

오 과장은 먼저 기본적인 관계를 물었다.

"저하고 관계가 있는 것이 아닙니다, 과장님. 제가 아는 사람이 그분과 잘 아는 사인데……, 건강이 좋지 않아 대신 면회를 한 번 가봐 달라고 부탁해서요."

오 과장이 물으니까, 정옥희는 막상 대답을 어떻게 할지 몰라 더듬거리면서 핑계를 대었다. 하지만 오 과장은 이미 다 알고 있는 내용이라 대답이 그리 중요하지 않았다. 그는 둘 사이에 난 애의 행방이 더 중요했다. 호적에 올라가 있지는 않지만, 청년이 되었을 나이고, 아버지의 성향을 본다면 혹시 위험 인물일지도 모른다는 정보 형사 특유의 직감으로 냄새를 맡고 있는 것이다. 앞에 앉은 정옥희는 모르고 있지만, 그는 강준모를 검거하는 데 세운 공으로 과장으로 승진해 있었다.

"그렇습니까. 혹시 강준모를 본 적이 있는지요? 모르는 사람이면 강준모는 절대 면회를 받아주지 않습니다. 그런 일이 몇 번 있었거든요."

"본 적은 없습니다."

"정 원장님은 고향이 서울입니까? 말씨를 보니 그런 것 같아서요."

"예."

"아마 연세도 강준모와 비슷한 것 같고, 강준모가 휘문고보를 다닐 때 동맹휴학을 주도하여 학생들 사이에서 명성이 자자했는데 기억나시지요."

"어렴풋이 이름 정도 기억하고 있지요, 우리 또래 학교 다닌 애들은."

대답을 하면서도 정옥희는 자기가 수렁에 빠져드는 느낌이 들었다.

"예, 참 어렵습니다. 뭔가 연결고리가 있으면 좀 수월할 텐데요. 아시겠지만 1급 사형수라서 어쩜 이번이 마지막 기회일 수도. 그의 부인이나 애……를 안다든지, 뭔가 있어야 면회를 시켜주는 담당자나 받아들이는 강준모나."

오 과장이 '애……를' 하고 말하는 순간, 정옥희의 눈썹이 약간 위로 올라가며 얼굴이 경직되었다. 오 과장은 정옥희의 안색 변화를 순간에 읽어내며 둘 사이에 뭔가 있다는 확신이 섰다.

"사실 소문이기도 합니다만, 그때 강준모와 어떤 여학생 사이에, 들리는 말로는 유명한 정인우 목사의 딸이라고도 하고, 하여튼 애가 있다는 말이 떠돌았거든요. 그가 워낙 이름난 학생 지도자라서 그런지 호기심 많은 여학생들 입소문으로……, 원장님도 그런 소문을 들었을 텐데요?"

오 과장은 모성을 자극하기 위해 그녀의 아들을 말하며 정옥희를 유인해 보았다.

"워낙 오래되어 기억이 잘 안 납니다."

"휘문고 다닐 때였으면 지금쯤 반듯한 청년이 되었을 건데, 그 애는 무엇을 하는지 궁금하기도 합니다. 그렇지요?"

정옥희는 지금 강준모와의 관계에 대한 심문을 당하는 것처럼 당황스러웠다.

"아 아니, 그 정도는 모릅니다. 그때 태어났으면 청년이 되었겠네요."

"참, 제가 중요한 것을 빠뜨렸네요. 저도 전해 들은 말인데, 재판장이 마지막으로 남길 말이 없느냐 물으니까 '만약 내 아들이 살아있다면 그에게 사랑하고 또 사랑한다는 말을 남깁니다.'하고 했답니다. 재판정에 있던 사람들이 이 말을 듣고 모두 눈시울을 붉혔다는 말을 들었습니다. 그도 어쩔 수 없이 공산주의를 했지만, 역시 가족보다 더 소중한 것은 없는 법이지요.”

오 과장은 자기가 재판정에서 직접 들은 말에서, 앞말은 빼고 아들에 대해 말하면서 정옥희의 아픈 감정을 자극했다. 그는 아직 정옥희 앞에서 보통 형사처럼 행동하고 있었다. 만일 오 형사의 정체를 정옥희가 알게 되면 다시는 나타나지 않을 것이기 때문이었다.

“그렇습니까.”

정옥희는 오 과장의 거침없는 질문에 대답하느라 정신도 없고 힘도 빠져, 얼른 이 자리를 떠나고 싶은 마음이 들어 건성으로 대답했다.

“그러면 좋은 수가 떠올랐습니다. 면회를 부탁한 분께 가서 강준모의 부인이나 애에 관해 물어보고 오시면 좋겠습니다. 아까도 전해주었지만, 강준모도 지금 그 소식이 가장 궁금할 것입니다. 죽음을 앞둔 마당에 공산당이 눈에 들어오겠습니까.”

“예. 그렇게 하겠습니다.”

“아참, 원장님이 아현동에서 고아원을 하고 있다면서요. 제가 시간 나면 거기에 한번 들르겠습니다. 사람들이 많은 데서 만날 필요가 없지 않겠습니까? 고아원 이름을 가르쳐 주시면.”

“귀……, 아닙니다. 공무상 바쁘실 텐데 연락하시면, 제가 오겠습니다. 고아원은 곧 다른 곳으로 이사 갈 겁니다.”

정옥희는 하마터면 ‘귀호고아원’ 이름을 말할 뻔했다. 귀호가 아들 이름인지는 누구에게도 말하고 싶지 않았다. 그녀는 힘없이 자리에서 일어났다. 무언가에 홀린 듯 말을 했지만, 하나도 기억나지 않았다. 오 과장은 강준모와 자기 사이를 다 알고 있는 것 같아 온몸에 식은땀이 났다. 강준모를 만난다는 희망은 보름 후에 북한의 남침으로 물거품이 되었다.

원산으로 돌아온 김민호는 사람들 눈에 띄지 않도록 밤을 기다려 집으로 갔다. 엄마는 휑한 몰골로 돌아온 아들을 보더니 말없이 맞아주었다. 남편을 잃고, 재산을 빼앗기고, 자식까지 소식을 알 수 없어 마음고생을 많이 한 탓인지 초췌한 모습이었지만, 의젓한 품성을 잃지 않고 있었다.

"수고 많았구나. 모두 어떻게 되었나?"

"아빠스님과 칼 교수님은 감옥에서 돌아가시고, 나머지 분들은 행방을 알 수 없습니다."

"여기도 마찬가지다. 사제와 수도자가 한 명도 없다. 신자들 반은 남쪽으로 가고, 교회를 떠난 사람도 많고, 숨어 지내는 사람도 있고…….
그래 선옥이는?"

"잘 있기는 한데요, 거기도 탄압이 너무 심해서 남쪽으로 내려가라 해도 내년에 졸업하고 결정하겠다고 합니다."

엄마는 선옥의 근황을 듣고는, 2년 동안 얼굴을 보지 못한 딸에 대한 애틋함이 사무쳐서 눈시울이 붉어졌다.

"엄마도 남쪽으로 가시지요?"

"괜찮다. 우리 몇 사람이 여기를 지키기로 했다. 내 걱정은 말고 네가 안전한 곳으로 피해야 한다. 새벽에 데려다 줄 테니, 사정을 살펴 남쪽으로 내려가거라. 거기 가서 수남이를 찾아 잘 살펴주고."

민호는 율리아와의 관계를 어머니에게 말씀드려야 할지 잠시 고민하다가 고개를 저었다. 박해자의 칼날을 피하지 않겠다는 결심하고 있는 어머니께, 분심을 일으키는 말을 해서 또 다른 짐을 지우고 싶지 않았다.

제3부

선과 악

08

어떤 전쟁

1950년 6월 25일 북한이 전격적으로 남침을 했다. 단 2일 만에 공산군이 서울 외곽까지 밀고 내려오자, 군과 경찰의 방첩대는 잠깐 고민에 빠졌다. 재판이 끝난 강준모가 서대문 형무소에 수감되어 있는 사이, 북의 박헌영 부수상이 나서서 강준모를 북쪽에 구금되어 있던 민족 지도자 조만식 선생과 교환하자는 물밑 접촉을 해 왔기 때문이다. 박헌영은 김일성 세력과 맞서기 위해 자신의 세력 강화가 절실했고, 이에 걸맞은 인물이 강준모였다. 하지만 시간을 끌다가는 적에게 강준모를 내줄 수 있는 급박한 상황이어서, 방첩대는 그를 처형하기로 결정했다. 6월 27일 새벽 군인들이 강준모를 짚차에 태워 가까운 한강 백사장으로 데리고 갔다. 백사장에 선 준모의 눈앞에서 물오리 가족이 평화롭게 노는 모습이 눈에 들어왔다. 그는 잊고 있었던 가족이 생각났다. 1929년 원산총파업을 앞두고 신고산에 가서 마지막으로 뵌 어머니와 6살

된 아들 귀호, 그리고 정옥희를 떠올렸다. 어머니 최순례와 정옥희의 모습은 어렴풋이 떠오르는데, 28살이 되었을 귀호의 모습은 도저히 그려지지 않았다. 멀지 않은 곳에서 포탄이 터지는 소리가 들려왔다. 그는 마지막으로 자기 내면을 들여다보며 말했다.

불꽃 하나가 세상을 다 태울 수도, 다 밝힐 수도 없다는 것을 나는 알고 있었다. 그럼에도 혁명가는 미완성이나 실패를 탓하지 않고, 혁명의 정신을 죽음과 바꾸는데 의연해야 한다.

정옥희는 전쟁 발발 소식을 듣자마자 강준모를 만나는 것을 포기하고 빨리 남으로 피난을 서둘렀다. 가장 시급한 일은 11명의 애들과 필요한 짐을 싣고 가야 할 화물차를 구하는 것이 시급했다. 고아원의 직원 2명과 봉사자들이 힘을 합쳐, 밤새 작업하여 26일 오전 8시에 짐을 다 꾸렸다. 다행히 지인의 도움으로 부산에서 고아원 인근 공장에 자재를 납품하러 온 화물차를 한 대 구했다. 떠날 때까지 김연희가 수남이를 데리러 오기를 기다렸으나, 끝내 오지 않았다. 조수석과 화물 적재함을 사람과 짐으로 꽉 채운 뒤 오후 3시쯤 출발했다. 수원과 대전을 거쳐 내려가는 길에는 피난민 행렬과 올라오는 군인들로 북새통을 이루고 있었다. 밤을 꼬박 새우고 다음 날 오전 10시쯤에 대구에 도착했다. 오는 도중에 운전기사가 하는 말이, 대구나 부산은 집을 구하기 어렵고, 구해도 비싸기 때문에, 대구에서 부산 가는 중간 거리에 있는 밀양이 교통이 좋고 농산물이 풍부해서 고아원을 운영하기가 좋다고 말했다. 정옥희가 관심을 보이자, 운전기사는 자주 밀양도자기공장이나 유성모직회사의 화물을 나르고 있어 밀양에 대해 잘 알고 있다고 하면서, 일본 사람들이 남기고 간 집을 싸게 살 수 있도록 소개해 주겠다고 했다.

　운전기사가 소개한 곳은 남천강으로 둘러싸인 삼문동의 약간 변두리 지역에 일본인이 가내 공업을 하던 집이었다. 사택과 공장 건물이 비어있고 주인은 다른 데서 거주하기 때문에, 바로 매매 계약을 하고 당분간 사택에 거주하면서 공장을 방으로 개조하기로 했다. 다음날부터 주인이 소개한 목수와 일꾼이 와서 정 원장의 계획대로 개조를 시작해서 한 달 만에 완공했다. 정 원장은 미국에서 고아원을 도와주는 독지가에게 편지를 보내는 일이 시급했다. 전쟁으로 피난을 와서 정착한 사연과 주소를 보내면서, 앞으로 전쟁고아가 생기면 더 많은 아이를 수용해야 할 것 같다며 변함없이 도와 줄 것을 간곡히 부탁했다.

　김연희는 전쟁이 일어났다는 소식을 듣고 야학에 가서 정리를 한 다음 수남이를 데리러 고아원으로 갔다. 하지만 조금 전에 대구나 부산 방면으로 내려갔다는 말을 들었다. 부산까지 내려온 연희가 밀려든 피난민과 군인들로 꽉 찬 곳에서 고아원을 찾는다는 것은 무리였다. 그녀는 운 좋게 미8군 군수사령부에서 통역 겸 비서로 일자리를 잡았다. 어느 날 덕원 성베네딕도수도원 한국인 수사 몇 명이 일하러 왔다. 그녀는 민호의 안부를 물었으나 전쟁 훨씬 전에 헤어져 알 수가 없다고 해서, 전해야 할 내용을 편지에 써서 민호를 만나면 전해달라고 부탁했다.

　미군이 대대적인 반격을 준비하면서 군수품을 조달하고 비축하기 위해 민간 조달사업을 벌이던 중, 연희는 부대를 사업차 찾아온 민철돈과 그 일행을 만났다. 민철돈이 국회의원 신분을 제시하면서 피복 군납과 보관, 수송 사업을 제의했고, 미군 측에서 그 제의를 검토하는 자리였다. 미군의 통역을 맡은 선옥은 40대 중반의 젊은 국회의원이 거래를 제안하는 과정을 살펴보면서 약간의 호기심이 있었다. 그렇게 몇번을 드나들던 민철돈은 선옥에게 자신의 회사에 입사를 제안했다. 그는 국회의원 활동 때문에 전적으로 이 사업에 치중할 수 없어, 미군 군수사령부에 근무하고 있는 선옥이 이 상황에서는 안성맞춤의 역할을 할 수 있기 때문이었다.

민철돈이 회장으로 있는 보광실업에 입사한 연희는 영업부장의 직책을 맡았고, 이름은 제니 김으로 했다. 그녀는 회사를 위해 많은 거래를 성사시켜 자신의 위치를 확실히 닦았다. 유엔군과 국군의 반격 때 서울로 올라 온 뒤에는 한국병참사령부에 납품사업을 벌여 회사는 급속한 발전을 하게 됐고, 선옥은 영업 부분과 대외상무를 겸하면서 사실상 회사의 경영을 맡았다.

1950년 4월 말 북한은 전쟁에 필요한 의료 인력을 확충하기 위해, 의대생에게 의사 시험을 형식적으로 치르게 한 뒤 의사면허를 내주면서 군의관으로 강제 충원했다. 그러고는 전쟁터에서 필요한 진료 기술을 한 달 동안 집중 연마시켜 각 부대 의무대에 배치했다. 소아마비로 정상적인 병영생활을 할 수 없는 선옥도 서울 방면으로 진격하는 4사단 의무대로 배치되었다. 4사단은 서울의 동쪽인 양주군을 거쳐 3일 만에 서울에 진입했고, 인민군이 한강 이남으로 내려갈 때 선옥은 서울을 거점으로 하는 18사단 의무대에 남았다.

남으로 내려가면서 부상병이 많아져 사단 의무대로 후송을 오는 숫자가 늘어나고 학교를 징발해서 쓰고 있는 병실도 만원이 되었다. 납치된 민간인과 국군 포로병 부상자도 가끔 들어 왔다. 신자를 끝까지 돌보다 인민군 총에 맞아 부상당한 신부님과 성당의 회장님이 들어왔는데, 마침 선옥이 응급치료를 맡았다. 체포되면 심문하여 인적사항을 기록하기 때문에, 선옥은 이들의 인적사항을 눈여겨보았다. 의무대장 설영수 소좌는 모든 의료 인력은 인민군 치료에 우선하라며, 다른 환자들은 응급치료만 한 뒤 본관 건물 뒤 창고를 개조한 방에 배치하도록 하고, 치료할 땐 자신의 허락을 받도록 지시했다.

전기가 부족해 의무대는 밤 9시에 소등을 했다. 선옥은 순찰하는 체하며 전등을 들고 사제와 성당 회장이 있는 방으로 갔다. 어둠 속에서 여기저기 신음하는 소리가 들려왔다. 선옥은 창가의 마룻바닥에 누워 있는 조형진 신부에게 다가가 불을 비춰 다친 부위를 보는 척하면서, 가슴에 작은 십자성호를 긋고 자신이 신자임을 알렸다. 응급처치할 때 오른쪽 허벅지 근육에 총알이 스치면서 근육이 찢긴 것을 알고 있었기 때문에 다섯 바늘을 꿰매고 붕대를 감았다. 그러면서 "다음에 올 때 고백성사를 주세요." 하며 낮은 소리로 말씀드리자 "미리 마음으로 주님께 고백하고 오세요." 하며 신부님이 말씀하셨다. 다음 날 밤에 신부님의 상처를 살피면서 미리 적어 온 '김 세실리아, 덕원 성당'을 쓴 종이쪽지를 신부님께 내밀며 불을 비춰드렸다. 혹시 갖고 있다 들켜도 김 세실리아가 누군지 모르게 이름은 적지 않았다. 신부님은 쪽지를 눈으로 훑고는 입술을 움직이면서 사죄경을 외우고 성호를 그었다. 선옥은 가슴에서 무엇이 왈칵 솟아오르는 것을 참고, 마음속으로 '아멘' 하면서 가슴에 십자가를 그었다. 그리고는 발목이 골절되어 퉁퉁 부어 있는 손용원 성당 사목회장을 치료하고 붕대를 감아 주었다.

다음 날 오후 문제가 터졌다. 의무대장이 남한 쪽 부상자를 모아 놓은 방을 순시하다가, 신부복을 입은 사람이 있으니까 다가와 병세를 살피려고 수단을 걷어 올렸다. 그러자 치료를 제대로 해서 붕대가 감겨있는 것을 보고 화를 내며 치료자를 찾았고, 선옥은 순찰 중에 고통이 너무 심하다고 해서 자신이 치료했다고 말했다. 그는 선옥이 명령위반과 공화국이 금하는 종교적 행위를 한 것으로 판단하여 당장 창고에 구금시켰다. 형량은 사단 정치위원이 심문하여 정하게 되어 있었다. 전시에서는 현장에서 총살할 권한까지 가진 정치위원은 그야말로 저승사자와 같았다.

컴컴한 방에 갇혀 있었지만 이미 고백성사를 통하여 한결 마음이 깨끗해진 선옥은 '하느님, 당신의 뜻대로 하소서.' 하며 화살기도를 끊임없이 바쳤다. 다음 날 오전 9시경 사단에서 무장병이 짚차를 타고 와서 선옥을 데리고 갔다. 재판을 받는 사람은 선옥을 포함하여 3명이었다. 사단 참모들이 있는 사무실에서 재판이 열렸다. 심문하는 정치위원은 30대 중반으로 이름은 장형석이었고, 중좌 계급을 달고 있었다. 그는 전쟁 전에 인민군 계급 재분류 때, 항일유격부대 경력을 인정받아 중좌로 두 계단 승급했다.

"김선옥 동무가 맞소."

"예 맞습니다."

"직책과 계급을 말하시오."

"인민군 군의관 의무 소위 김선옥입니다."

"출생지와 부모의 이름을 말하시오."

"출생지는 함경도 덕원이고, 아버지는 김중한, 어머니는 이순남입니다."

"양아버지 말고 친부모 말이요!"

자기도 잘 기억나지 않는 가족을 그가 알고 있어 선옥은 깜짝 놀랐다.

"예. 함경도 경원에서 태어났고, 아버지는 김성용, 어머니는 장두이입니다. 4살 때 덕원으로 와서 자세한 기억은 없습니다."

"누가 덕원으로 데려왔소?"

"작은아버지입니다."

"의열단 독립투사 김성구 선생이 아닙니까?"

"그걸 어떻게……. 사실 작은아버지에 대해서는 희미하게 기억하고 있습니다. 독립운동을 했다는 말은 양어머니께서 말씀해 주셨습니다."

"신상은 됐고, 군의관 동무는 왜 지휘관의 명령을 거역하고 신부를 치료해 준 거요?"

"야간 순찰하는데 신음 소리가 너무 커서 상태를 확인해 보니, 총알이 근육을 파열시켜 피부괴사가 진행되고 있어서 응급치료했습니다."

"그렇더라도 지휘관에게 보고하여 승인받아야 하지 않소?"

"취침 중이라……, 어쨌든 잘못된 점을 깊이 반성하고 있습니다."

"그 신부와 무슨 관계가 있소?"

"없습니다."

"없다……? 군의관 동무에 대한 건은 판결을 유보하겠소. 내가 직접 조사를 해서 다음에 하겠소."

사단 임시구류장에 감금된 선옥은, 오늘 취조당한 것을 곰곰이 생각해 보았다. 문제는 명령 불복종보다 신부님과 종교적인 관계로 의심을 받는 것이 더 큰 문제인 것 같았다. 이들과 접촉한 사람들도 최고의 형으로 내릴 것이 뻔했다. 선옥은 좋은 일을 한 것 때문에 위험에 처했으므로, 처벌이 크게 두렵지 않았다. 어차피 자신의 힘으로는 아무것도 할 수 없으므로, 하느님께 자비를 구하는 묵주의 기도를 손가락을 꼽아가며 바치기 시작했다.

9월 27일 오후 3시경이었다. 밖에서는 전투기 소리와 포격 소리가 들리더니, 점점 가까워지는 것 같았다. 두 시간이 지났을 즈음 바깥이 부산스럽기 시작했다. 그리고 문 앞에서 짚차가 멈춰 서는 소리가 나더니 선옥이 있는 구류장 문을 열어젖히고, 어제 그 정치국장이 무장병을 대동하고 들어섰다. "선옥 동무, 지금 후퇴 명령이 내렸으니, 이 차에 타시오." 하며 선옥을 의무대로 태워 주었다.

미군과 국군이 인천상륙작전에 성공하여 서울로 올라오고 있다는 말은 들었지만, 인민군이 이렇게 밀릴 줄은 몰랐다. 의무대는 대충 장비와 짐을 꾸려 차에 싣고 개성을 거쳐 평양으로 후퇴했다. 패퇴하는 군인들이 속속 시내로 들어와 평양 시가지는 혼란스러웠다. 의무대는 평양방어사령부에서 지정한 별관 교실에 병상을 만들고, 운동장 한편에 천막을 쳤다. 본관과 운동장은 군인들로 가득 차 있었다. 선옥은 실려 온 환자 명단에서 신부님과 성당 회장을 찾아보았으나 거기에는 없었다.

평양에 온 지 사흘째인 10월 2일 저녁에, 선옥은 시간을 내어 하숙하던 공 아녜스 집을 찾아갔다. 5개월 동안 어떤 일이 벌어졌는지 너무 궁금했다. 문을 몇 번 두드려도 인기척이 없었는데, "옥아, 옥아" 하고 자신의 이름을 부르니까 불 꺼진 방에서 아녜스 씨가 나와 문을 열어 주었다. 희미한 달빛에 얼굴을 드러낸 선옥을 보자 부둥켜안고 한참을 있더니 방안으로 데리고 갔다. 촛불을 켜고 빛이 새 나가지 않도록 문을 이불로 가리고서야, 군복을 입고 거기다 소위 계급장까지 달고 있는 선옥을 보고 아녜스 씨는 입을 다물지 못했다. 아녜스 씨의 몸은 많이 쇠약해져 있었다.

"몸이 많이 상했네요?"

"나는 괜찮아. 갑자기 소식이 끊겨 얼마나 애를 태웠는데."

"갑자기 부대 군의관으로 강제 명령이 나서, 서울까지 갔다가 후퇴해서 그저께 평양에 왔습니다."

"그래. 나는 교화소 일이 탄로 나서 보위부에 끌려갔는가 걱정했지. 율리아도 몇 번 와서 걱정을 했고."

"우리 오빠는 어떻게 되었습니까?"

"4월 부활절 밤에 율리아 집에 보위부원들이 들이닥쳤는데, 다행히 지하에 숨어서 무사했고, 다음 날 새벽에 우리 집에 세실리아를 만나러 왔지만 없으니까 일단 덕원으로 가겠다고 하셨다. 거기서도 활동 못 할 것 같으면 남으로 내려갈 수도 있다고 하시면서, 세실리아가 오면 그렇게 전해 달라고."

"예. 율리아 언니는?"

"서평양에 있는 데레사 할머니 댁에 숨어 지내고 있는데, 전쟁이 터지고는 가끔 만나고 있지. 그런데, 율리아가 임신했네."

"예! 그게 무슨?"

"어떤 일이 있었는지 말을 하지 않아. 몸이 무거워 오는데."

선옥은 순간 이상한 예감이 스쳐 갔지만 마음을 진정시켰다.

"제 생각으로는 국군이 곧 올라올 것 같은데, 언니와 같이 남쪽으로 내려가시는 게 좋을 것 같습니다."

"정말 공산정권 하에서는 희망이 없는 걸 두 눈으로 봤으니 생각해 볼게. 세실리아는 어떻게 할 거야?"

"부상병을 치료해야 하는 의사의 임무를 소홀히 할 수도 없습니다만, 상황을 보고 판단하겠습니다."

의무대로 돌아오니 뜻밖에 정치위원 장형석이 기다리고 있었다. 선옥은 잔뜩 긴장되었다. 서울에서 심문 중에 신부님과의 종교적인 관계를 직접 조사하겠다고 한 말이 생각났다. 그는 담배 한 대를 물고서 선옥에게도 한 대를 건너며

"선옥 동무, 담배 한 대 피우겠소?" 하자 선옥은 머리를 흔들며 말했다.

"아 아닙니다. 저는 피울 줄 모릅니다."

"그래요. 긴장할 필요 없습니다. 오늘은 의무대 순찰을 나왔습니다. 혹시 동무께서 필요한 것은 없습니까? 있으면 말씀하시오."

"없습니다. 정치위원 동무."

"그래요. 음, 사실 나도 경원이 고향입니다. 어릴 때 할아버지가 가족을 데리고 증조할아버지가 있는 간도로 이주했지만요."

"예. 저는 4살 때 경원에서 덕원으로 왔습니다."

"압니다, 부모님이 연해주로 간 것도. 우리 고향은 송하리와 이웃한 소을하사지요. 사실 김성구 독립지사와 제 아버지는 어릴 때 고향에서 함께 자란 친구였지요. 나중에는 아버지가 간도에서 독립운동 자금을 그분한테 많이 드렸지요. 그것 때문에 조선 밀정한테 할아버지와 함께 살해당했지만요."

"예. 이런 인연이 있었네요."

"선옥 동무는 병으로 죽은 내 여동생과 많이 닮았습니다."

"그렇습니까. 고향 기억은 잘 나지는 않지만, 꼭 한번 가보고 싶어요. 혹시 부모님과 오빠를 만날 수 있을지."

"저도 마찬가집니다. 언젠가는 가보고 싶습니다."

"그런데, 저에 대해 어떻게 아셨습니까?"

"선옥 동무에 대한 신상 조사 카드에 적혀 있지요. 본적과 가족에 대해서."

"예."

"혹시, 어려움이 있으면 사단사령부 정치보위부로 연락을 해 주세요."

9월 28일 서울을 탈환한 국군과 미군이 평양으로 진격해 오자, 북한의 지도부와 주요 기관은 서둘러 후퇴하기 시작했다. 이때 그들의 골칫거리는 남한에서 납치한 주요 인사들과 종교인, 그리고 수감되어 있는 외국인들이었다. 특히 외국인 불법 감금 사실이 알려지면, 북한 정권에 대한 불신과 비난으로 외교적 고립은 물론 전쟁의 당위성에서 문제가 될 수 있어서, 그들이 한 방식은 즉결 처형으로 흔적을 남기지 않거나 후방으로 끌고 가는 것이었다. 전쟁이 발발할 때 평양교화소에 남아있는 베네딕도회수도자는 외국인 6명과 한국인 4명이 있었다. 59명의 가족이 옥사덕으로 이송되었지만, 남아있는 이들은 중죄인으로 분류되어 특별한 감시를 받고 있었다. 국군이 인천상륙작전으로 순식간에 서울을 탈환하고 북으로 진격하고 있다는 소식으로 교화소는 바쁘게 움직였다.

9월 30일 교화소장이 손위출 상위에게 긴급명령을 내렸다. 손 상위는 이번 기회가 한 번 더 진급할 기회라 여기고 마음을 단단히 먹었다. 10월 1일 밤부터 그의 진두지휘 아래 교화소에는 트럭이 계속 드나들어 사람들을 싣고 나가기 시작했다. 사람들은 이것이 무엇을 의미하는지 알고 있었다. 죄수 아닌 죄수들의 울부짖는 소리와 군인들의 고함소리가 새벽까지 들렸다. 10월 2일, 차 한 대에는 외국인 수도자 6명만 태우고 외곽의 공동묘지로 향했고, 이튿날에는 한국인 신부 4명이 거기로 향했다.

국군이 평양에 들어와서 교화소를 덮쳤을 때는 한 명의 수감자도 남아있지 않았다. 평양의 관후리와 서포, 대신리, 기림리성당 신자들이 신부와 수녀, 신자들 시신을 찾기 위해 집단 학살한 현장을 찾아다니는 가운데, 국군을 따라 올라 온 베네딕도회 권 레오나르도 수사와 원산 투칭포교 성베네딕도회 한국인 수녀 2명도 합세했다. 그들은 공산정권의 잔혹함을 보고 경악을 금치 못했다. 시내에 있는 우물과 방공호는 시체로 가득 찼고, 용산리와 기림리, 사도리와 칠골리의 공동묘지와 처형장에는 수백인지 수천인지 알 수 없는 시신들이 포개져 나뒹굴고 있었다. 이들은 모두 머리와 몸에 총알 자국이 있었다. 함께 엉긴 시신 속에서 목자와 양을 구별하는 것이 무슨 의미가 있을까? 그들은 시신 찾기를 포기했다.

하지만 기림리 학살 현장 시쳇더미 속에서 가늘게 신음하고 있는 부상자를 한 명 발견했는데, 덕원수도원에서 끌려온 윤효준 모세 신부였다. 총알이 심장을 빗나가 옆구리의 갈비뼈를 관통하면서 출혈은 있었으나, 그때까지 생명을 유지하고 있었다.

국군이 계속 북진하자 인민군은 압록강 가까이 후퇴했고, 선옥의 부대도 만포에 잠시 머물다 11월 15일에 중강진 밑의 하창리로 후퇴했다. 여기서 약식으로 야전병원을 차렸지만, 치료제와 약이 바닥나고 의료진 사기도 땅에 떨어져 아무것도 할 수가 없었다. 식량 배급도 되지 않아 마을에 먹을 것을 구하러 간 경계병 이일후가 선옥에게 오더니, "마을에서 외국인 신부님을 만났는데, 제가 고백성사를 받고 싶다고 하자 저녁에 마을 옆으로 오라고 하시면서, 같이 있는 신부님과 수녀님이 위중하셔서 아는 의사가 있으면 모셔 오라 합니다. 같이 가 주실 수 있겠습니까?" 소곤소곤 말했다. 두 사람은 오래 근무하다 보니 천주교 신자인 줄 알게 되어 서로 보호해 주고 협조를 아끼지 않았다. 특히 신체적 건강이 좋지 않은 선옥은, 짐을 나를 때나 행군할 때 이일후의 도움을 많이 받고 있었다. 선옥은 고개를 끄떡였다.

선옥이 밤에 이일후를 따라가 보니, 마을 앞에 있는 집 몇 채와 산 밑에 있는 초가들에서 웅성거리는 소리가 들렸다. 포로들이 수천 명이 되는 것 같았다. 신부님 한 분과 수녀님 두 분이 두 분의 환자를 모시고 나왔다. 신부님과 수녀님 모두 외국인이었다. 자신을 미국 국적인 정

신부라고 소개하면서, 제임스 영 주교님과 마리 모니카 원장수녀님 병을 진찰해 달라고 하셨다. 청진기로 주교님을 진찰해 보니, 심한 기관지염과 폐렴이 악화되어 숨을 쉴 수가 없을 정도였다. 원장 수녀님 역시 폐렴으로 몹시 쇠약해 있었다.

"주교님과 수녀님 병세가 심한 폐렴 증세입니다. 추운 지방에 제대로 몸을 보호하지 못해 일어난 것 같습니다. 죄송하게도 제가 가진 것은 항생제 몇 알 뿐입니다. 큰 도움이 안 되겠지만 이거라도 먹어야 합니다."

선옥은 약을 잘게 부수어 입안에 넣어드리고, 한 알씩 별도로 드렸다. 선옥이 제대로 치료를 해드리지 못해 몹시 죄송스러워하자, 영 주교님은 부축을 받아 겨우 일어서서 선옥과 이일후의 머리에 안수해 주시며, "주님께서 함께해 주시길 빕니다." 하셨다. 선옥은 병의 상태로 보아 두 분께서 오래 사실 수 없음을 느꼈다. 둘은 정 신부님께 고백성사를 했다.

선옥은 안타까운 마음으로 포로들이 어떻게 생활하는지 한 수녀님께 물어보았다.

"만포, 중강진, 하창리까지 2달 동안 4곳의 수용소를 옮겨 다니느라 험한 산길을 250여 킬로미터나 걸었습니다. 앞으로도 얼마나 더 걸어야 할지."

"정말 상상이 안 되네요. 제가 도와드릴 수가 없어 정말 죄송합니다."

"미군 포로와 외국 민간인이 수백 명이 죽었고, 얼마나 많은 사람이 더 죽어야 할지……. 우리는 몸서리치는 이 행군을 '죽음의 행진'이라 이름 붙였습니다. 이 길은 하늘나라로 가기 위해 우리에게 주어진 단 하나의 길임을 매일 매일 묵상하는 '순례의 길'이기도 합니다."

수녀님은 우리말이 약간 서툴렀지만, 또박또박 대답했다.

"수녀님, 혹시 어디 소속인지요?"

"우리는 '서울가르멜여자수녀원' 소속입니다. 여기 끌려온 수녀 다섯 명은 1939년에 프랑스에서 왔습니다. 자매님 그런데 왜 물어보십니까?"

"저는 덕원 베네딕도수도원과 원산 투칭포교 베네딕도수녀원에서 공부하고 신앙생활을 했습니다. 그래서 어떤 연관이 있는지 싶어서."

"우리는 봉쇄수도회입니다만 하느님 백성에게 봉사하는 일은 똑같습니다. 그런데 베네딕도 수도자들도 공산당에 피랍되었다는 말을 들었습니다."

"예. 많이 돌아가시고 살아남은 분은 북한 어디에서 고난을 겪고……."

선옥은 목이 메었다. 그리고 끝내 자신의 꿈이 수녀가 되어 함경도에서 의료봉사를 하는 것이고, 그 꿈이 이제 신기루처럼 사라지고 있다는 말을 하지 못했다.

11월 27일에는 안나 수녀, 베로니카 수녀, 헬레나 수녀님이 엘리사벳 원장수녀님을 모시고 선옥과 만나는 장소에 왔다. 지난 보름 안에 수녀원 지도신부인 장 로이 신부와 동생 장 마르코 신부, 마리 모니카 초대 원장수녀, 제임스 영 주교님이 돌아가셨다는 소식을 전하면서, 오늘은 오랫동안 앓고 계신 엘리사벳 2대 원장수녀님을 모시고 왔다고 했다. 진찰을 한 선옥은 이미 호흡과 맥박이 희미하고 열이 높은 데다 정신까지 혼미한 원장수녀님의 운명이 얼마 남지 않았음을 알았다. 이에 대한 진단이나 처방도 할 수 없는 처지라, 가져간 따뜻한 물을 마시도록 했지만, 이것도 넘어가지 않았다. 선옥은 자신이 할 수 있는 일이 없어, 의대에서 배운 지압술로 수녀님의 팔다리를 만져 드렸다. 선옥은 여기 와서 거의 사나흘에 한 번꼴로 군부대에 환자를 치료하러 다녔고, 밤에는 종종 민간인과 포로를 몰래 치료했다. 그러다 외국 종교인과 민간 포로를 접촉한 사실을 안 수용소장이 부대 정치위원에게 선옥을 고발했다.

　이 사실을 모르는 선옥은 3일 후 인민군 대대에 급히 왕진해달라는 요청을 받고, 산길을 가다가 압록강변 쪽으로 30미터쯤 떨어진 곳에 수녀님 몇 명이 보여 가보았다. 정 신부님과 안나 수녀, 베로니카 수녀, 헬레나 수녀가 방금 만든 무덤 한 개와 옆에 있는 무덤에 둘러서 있었고, 장례를 도와준 외국인 포로 네 사람이 그 뒤에 서 있었다. 가까이 가보니 새벽에 돌아가신 엘리사벳 원장수녀님을, 꽁꽁 언 땅이라 겨우 시신이 안 보일 정도로 흙을 덮었고, 봉분 둘레는 돌을 가지런히 둘렀다. 옆에는 얼마 전에 돌아가신 마리 모니카 원장수녀님의 무덤이었다. 이제 막 나무판자로 만든 십자가를 세우고 고별 예식을 하고 있었다. 마지막으로 안나 수녀님이 종이쪽지에 적어 온 시를 읽었다.

　　길섶에 말 없는 두 무덤
　　아무런 장식도 있지 않구나.
　　메마른 땅이라서
　　장미야 재스민도 필 리 없으리.
　　길섶에 말없는 두 무덤
　　누구도 느껴워 손을 모으러 오지 않고
　　빌어 줄 그 누구도 있지 않아라

　　길섶에 잊힌 두 무덤
　　그리스도의 십자가, 이 하느님의 나무도

그 축복된 그림자를 던지지 않느니.

거기 누워 있는 이 누구이뇨?

침묵만이 염포마저 없이 누운

이 몸들을 감싸 줄 따름.

끝없는 슬픔이여.

길섶에 가엾은 두 무덤

그들은 이교의 땅을 거룩히 하느니.

먼지로 돌아간 이 뼈들에서

그 어느 날 사랑은 용솟음치리니.

그는 허위를 무찌르고

구세주 그리스도께

온 한국을 바치리라.

함께 고난을 겪던 사람들이 연이어 선종하고, 포로들이 매일 처형당하는 것을 본 베로니카 수녀는 음식을 거의 먹지 못했다. 민가의 누추한 방에 함께 있는 안나 수녀와 헬레나 수녀도 마찬가지였다. 이들에겐 이제 육신적 한계와 영적 메마름이 찾아와 매일 고통을 당하고 있었다.

베로니카 수녀는 점심을 거른 채 가끔 동료 수녀와 휴식을 하는 뒤뜰로 갔다. 이미 잎이 모두 떨어져 앙상하게 가지만 남았을 늙은 감나무 밑에 앉아 고단한 여정을 돌아보았다. 서울에서 인민군에게 체포되어 평양감옥소를 거쳐 압록강변의 험한 산길로 700여 명 포로들과 죽음의 행진을 했다. 먹지 못하고 갖가지 병에 걸린 포로들은 매일 몇 명씩 죽어 풀숲에 버려졌다. 인민군 감시병들은 그들 지시에 따르지 않거나 더 이상 걸을 수 없는 포로들은 가차 없이 총으로 사살했다. 하룻

밤에 18명이 목숨을 잃기도 했다. 가장 견디기 힘든 것은 두 분의 원장 어머니를 잃은 것이었다. 그리고 제임스 영 교황대사 주교님도 그리웠다. 서울이 함락되기 전 주교님이 미국 비행기를 마련해 놓고 수녀들에게 동경으로 출국할 것을 종용했지만, 다섯 명의 동료들은 한국 수녀들과 생사를 같이하겠다고 수녀원을 지키다가 체포되었다. 주교님도 양들을 버릴 수 없다며 피신하지 않고 있다 체포되었다. 주교님은 기진맥진한 포로들에게 끊임없이 용기를 북돋워 주셨다. 프랑스에서 온 살트르 성바오로회의 소화데레사 원장수녀님 모습도 머릿속을 떠나지 않았다. 사람의 힘으로는 도저히 인내할 수 없는 역경 속에서도, 여성 수도자 고유의 어머니 같은 자애와 섬세하면서도 강인한 정신으로 고난의 공동체를 함께 이끌어 온 수녀님. 중강진 가까이 왔을 때인 11월 3일, 행진 도중 심장병으로 더 이상 걸음을 옮기지 못하자 감시병의 총에 의해 하느님 곁으로 갔다.

베로니카 수녀는 하루빨리 그분들 곁으로 가고 싶었다. 그렇게 생각에 젖어 있을 때, 젊은 감시 장교가 다가오더니 경멸조로 말을 걸었다.

"수녀 동무, 하느님을 볼 수 없는 사람이, 하느님이 있다고 이런 고생을 하고 있으니, 세상에 이보다 더 어리석은 일이 어딨소?"

장교는 장님을 빗대어 수녀를 조롱하고 있었다. 1947년 서울 수녀원 목욕장 층계에서 넘어질 때 머리를 다쳐 장님이 된 베로니카 수녀는, 한 번도 몸이 불편함에 대한 원망을 해 본 적이 없었다. 그 일 이후로 그녀는 무엇을 보는 것 대신 무엇을 느끼는 눈을 새로 가질 수 있었다. 죽음의 행진 중에도 어쩔 수 없이 동료의 도움을 받았지만, 대신 동료들에게 어린이처럼 단순한 말과 행동으로 어둠에 싸여있는 공동체에 희망을 불어넣었다.

"볼 수 있고 만질 수 있는 존재라면 사람들이 그분을 왜 그리워하겠습니까? 그러지 못하니 더 그리워지지요. 마치 어머니가 없을 때 보고 싶듯이 말입니다."

"그래, 하느님이 어머니처럼 존재한다고 합시다. 그러면, 어머니는 자식들이 배고픔과 병에 시달리고 있으면, 자기 몸을 팔아서라도 자식을 구하는데, 하느님은 왜 그렇게 하지 않는 거요?"

"그렇지 않습니다, 선생님. 그분은 지금 이 자리에서도 저를 따뜻이 안아 주고, 제 아픈 마음을 쓰다듬어 주고 계시지요. 그러니 공화국에서 베푸는 음식이 부족하지만, 그분이 주시는 영적 음식을 먹는 저는 항상 배고프지 않습니다."

"그런 분이 있다면, 왜 내게는 안 오는 거요?"

"선생님은 아직 어둠 속에 살아보지 않으신 것 같네요. 앞으로 살면서 혹시 어둠 속에 갇히게 되면, 가슴을 열고 침묵해 보십시오. 그러면 한 줄기 빛이 그 짙은 어둠을 뚫고 선생님의 가슴에 들어오실 겁니다. 그러면 그 빛을 안으십시오."

"나보고 그것을 믿으라고? 나는 중국 인민대학 공학과를 나온 사람이요. 증명되지 않는 것은 믿지 않소!"

"인간이 지식으로 받아들인 것은 변할 수 있어도, 진리로 받아들인 것은 불변합니다. 존재하는 것은 인간의 지식이나 과학적 증명과는 상관없이 존재 그 자체입니다. 자신이 한없이 나약한 인간임을 느낄 때, 그분은 확실하게 보이지요."

"수녀 동무는 공화국에서 구제할 수 없는 사람이군요. 잘산다는 불란서를 버리고 온다는 자체가 구제 불능이듯이. 부디 당신의 하느님께 잘 부탁해서 살아 돌아가시오."

수녀는 이 젊은 청년이 언젠가 사라질 권력과 명예보다는 영원히 사라지지 않는 영적 보화를 얻을 수 있도록 기도했다.

출산이 임박하자, 허약해진 몸으로 생사를 오가고 있던 율리아는 배 속의 아이를 위해 한 줌 남은 기력으로 버티고 있었다. 율리아가 임신을 알아차린 건 임신한 지 석 달 만인 7월 중순이었다. 석 달 전 갑작스러운 보위부원의 가택 수색으로 벌어진 일 때문에 혼란스러워 거의 잠을 자지 못한 율리아는 새벽 3시 경 자리에서 일어났다. 김민호는 잠에 빠져 있었다. 밤에 일어난 일이 꿈속에서 벌어진 환상처럼 생각되었다. 정신을 추스르고 생각해 보니, 그것이 엄청난 일이자 돌이킬 수 없는 일임을 알았다. 사제의 길을 가야 하는 사람에게, 자신의 감정적인 처신으로 그 길을 가로 막았으므로, 숨이 막힐 것 같은 고통이 왔다. 한 명의 사제가 탄생하기까지 얼마나 많은 유혹과 시련을 겪어야 하는지 그녀는 이미 잘 알고 있었다. 주먹밥을 만들려고 부엌으로 올라갔으나, 마음이 진정되지 않아 바닥에 주저앉아 버렸다. 앞으로 어떻게 해야 할지 혼란한 생각에 머리가 어지러웠다. 바닥에 무릎을 꿇고 눈물을 흘리며, 성모 마리아에게 도움을 청하는 기도를 했다. 그녀는 눈물을 훔치며 주먹밥을 만들기 시작했다. 자기가 직접 수놓아 간직하고 있던 보자기에 정성스레 주먹밥을 싸서 내려가 보니, 김민호는 이미 떠나고 없었다. 그가 남기고 간 흔적을 찾아봤으나, 아무것도 없었다.

율리아는 자신도 이미 종교인을 숨겨준 반동으로 수배되었을 것이므로, 집을 나와 기림리에서 30분 거리에 있는 서평양의 보통강변에서 혼자 사는 윤 데레사 할머니 집을 찾아갔다. 평소 할머니와 손녀처럼 지내는 사이였다. 할머니는 병석에 누워있었고, 양식은 다 떨어지고 없었다. 약간 있던 돈으로 할머니를 간호하면서, 점심 한 끼 이외에는 아무것도 먹지 않았다. 음식을 마련할 돈도 부족했지만, 고통받고 있는 사제들을 위해 기쁘게 단식했다. 그러던 중 전쟁이 터졌고 그녀는 윤 데레사 할머니 집에서 꼼짝하지 않고 숨어 있었다. 날이 가면서 배가 불러오고 몸에 이상이 나타나기 시작했다. 여자라면 직감으로 알 수 있는 일이었다.

10월 19일 확성기 소리가 멀리서 들려 동네에 나가 보니, 유엔군이 평양을 탈환했다는 말을 듣고, 그 길로 시내로 나갔다. 거리에는 어디서 나왔는지 사람들로 꽉 차 있었다. 그녀는 우선 교화소로 달려갔지만, 거기에는 개미 한 마리도 보이지 않았다. 성당에 나온 교우들과 함께 공산당이 사람들을 학살한 장소를 찾아다니며 시신을 수습하여 매장을 했다.

12월 중순에 윤 데레사 할머니가 돌아가시자, 공 아녜스 언니가 찾아와 자기 집으로 데리고 가서 선옥의 방을 쓰도록 했다. 아녜스 씨는 배 속의 아기에 대해서는 어떤 말도 묻지 않았다. 몸이 허약해진 율리아는 결국 드러누웠다. 전쟁 중에 모두 형편이 좋지 않아 손을 벌리기도 어렵고, 일찍 남편과 사별하고 농사를 조금 짓고 있는 아녜스 씨에게 너무 미안했다. 오히려 아녜스 씨가 걱정했다.

"이 상태로 가면 산모와 애 둘 다 위험할 건데."

"언니한테 짐이 돼서 미안해요."

"아니야. 내가 도움이 되지 못해 미안하지. 예정일이 언젠데?"

"2월 초순쯤."

"율리아, 몸이 회복되면, 남쪽으로 가는 게 좋겠다."

"언니, 알았어."

대답은 했지만, 율리아는 점점 야위어 가고 호흡조차 가빠 늘 누워서 지냈다. 그녀는 하루 종일 애를 건강하게 낳을 수 있도록, 그리고 애만 건강하게 태어나면, 자신은 주님께서 데려가도 좋다는 묵주기도를 간절하게 바쳤다. 고통이 심할 때마다 김민호가 간절히 보고 싶었다. 이럴 때 그의 손을 잡고 위로를 받고 싶었지만, 그런 생각이 날 때마다

고개를 저었다. 하느님께 정결의 죄에 대한 책임을 자신이 질 테니, 그에게 짐을 지우지 말라고 애원했다. 출산의 시간이 다가오는 동안 가끔 혼수상태에 빠졌다.

2월 초에 공 아녜스 씨는 선옥의 의무대를 급히 찾아갔다. 율리아가 출산하다가 출혈이 심하고 혼수상태에 빠져, 산모와 아기 모두 생명이 위험해서 달려간 것이다. 만포와 중강진까지 후퇴했다가 평양을 탈환한 인민군을 따라 의무대도 마침 평양에 와 있었다. 군 병원에서 민간인 치료는 당의 지시가 아니면 규정 위반이었지만, 선옥은 긴급한 부상병을 실으러 간다고 말하고 구급차를 타고 공 아녜스 집에 왔다. 율리아는 깊은 잠에 빠져 자신이 의무대로 실려 가는 것조차 모르고 있었다. 꿈속에서 성모님을 닮은 한 여인이 그에게 다가왔다. 그러고는 그녀의 이마에 십자 표시를 하고는 배를 만졌다. 율리아는 그 여인의 손을 잡고 마지막 힘을 썼다. 얼마 후 천사 같은 아기의 울음소리가 희미하게 들리고, 한 여인의 목소리가 들렸다. "언니, 나 선옥이야. 예쁜 딸이야. 힘을 내." 그녀는 마지막 힘을 내어 실눈을 떴다. "세실리아, 오빠의 딸이야. 누구에게도 말하지 말고 잘 키워줘. 부탁해." 하고는 눈을 감았다.

옥사덕에서는 전쟁이 발발한 지 넉 달이 지나서도 전쟁이 난 것을 모르고 있었다. 넉 달 전부터 잦은 비행기 소리와 쾅쾅하는 폭음소리를 들었지만, 군사훈련을 하는 줄 알았다. 10월 23일 밤에 다급히 비상을 건 수용소장은, 당장 다른 곳으로 이동해야 하니까 간단하게 짐을 싸라고 명령을 내렸다. 먹을 곡식은 수수와 강냉이 다섯 자루만 허용했다. 손으로 일군 밭에서 곡식을 거두고 땔감을 하면서 겨울나기를 준비하고 있던 차에, 영문을 모르는 이동명령에 모두 불안해했다. 타고 갈 차가 없어 도보로 면 소재지까지 나와 보니, 철로와 철도역이 모두 폭격으로 파괴되어 뗏목으로 강을 건넜다. 비로소 전쟁이 일어난 것을 알아차렸다.

남자 수도자 34명, 여자 수도자 19명이 북으로 북으로 사흘을 걸어 도착한 곳은 중공과의 국경지대인 압록강변 만포였다. 그곳은 수용소라 말하기도 부끄러운 시설에 포로들이 여기저기 수용되어 있었다. 수도자들도 반지하식으로 땅을 파서 그 위에 판자를 덮고 나뭇가지와 풀로 위장하여 공중에서 보면 거름더미처럼 보이게 했고, 진흙인 바닥에는 판자 위에다 짚을 깔아 마치 돼지우리처럼 만들었다. 며칠 동안 밥은 하루 한 차례 손바닥에 얹어주는 삶은 강냉이 수십 알이 전부였고, 먹을 물은 길어 온 물통에서 손바닥으로 받아먹었다. 두 달 동안 4명의 수도자가 굶주림과 병으로 하늘나라로 갔다.

참혹한 전쟁 중에 성탄절이 다가왔다. 이 초막에는 천사도 목동도 없고, 헤롯 왕 대신 총사령관 김일성의 명을 받은 무장 보초병이 있을 뿐이었다. 항상 밝은 표정으로 맡은 일을 척척 해내는 프란체스카 수녀가 십 대 후반으로 보이는 보초병에게 다가가,

"우리 때문에 고생이 많으십니다. 따끈한 강냉이 좀 먹어 보십시오."

하자, 멈칫거리던 병사가 주위를 살펴보더니

"이 귀한 것을 왜 내게 주십니까. 당신들도 배고플 텐데 말이요."

"오늘은 우리 가운데 나이가 젤 많은 분 생일이라 같이 나누어 먹으려고요."

"고맙습니다. 그럼 맛있게 먹겠습니다."

병사가 손을 내밀자, 수녀는 병사의 손에 삶은 강냉이 한 움큼을 쥐어주며, 병사의 손을 어머니처럼 두 손으로 꼬옥 감쌌다. 그리고

"병사님. 생일 축하 노래 한 곡을 불러도 되겠습니까?"

"그럼요. 나도 집에서 아버지 어머이 생일날 생각이 납니다. 가족들이 모여 절도 올리고 음식도 나누고, 누애들이 춤을 추며……."

어린 병사는 말을 하다 돌아섰다. 그러고는 조금 떨어진 감비나무 밑으로 갔다. 그는 깊은 골짝에 살았기 때문에 크리스마스나 캐럴을 알 턱이 없었다. 무지가 꼭 나쁜 것도 잘못된 것도 아니라는 것을 수녀는 그에게 말해 주고 싶었다. 사람들이 빙 둘러선 가운데 재빨리 판자로 된 제대가 설치되었다. 가장 나이가 많은 빌라허 신부가 옷 안에 영대 (사제가 미사를 집전할 때 어깨에 걸치는 띠)를 걸치고 미사를 집전했다. 미사 중에 미리 준비한 제병으로 성체가 축성되자 모두 나지막이 '고요한 밤, 거룩한 밤' 성가를 부르며 성체를 받아 모셨다. 낯선 하늘에서 숨죽이고 있던 별빛이 반짝거리기 시작했다. 천사들이 저 높은 곳에서 같이 노래를 부르며 응답하고 있었다. 그러자 다른 초막에서 쓸쓸히 하늘을 쳐다보고 있던 사람들의 눈시울이 촉촉하게 젖어 들기 시작했다. 구세주는 하늘 높은 곳에서 어둠에 싸여있는 당신의 양들에게 사랑의 빛을 보내왔다.

1951년 1월 17일, 유엔군의 후퇴로 86일 만에 옥사덕으로 다시 돌아왔다. 수용소 입구에 세워져 있던 간판은 비바람에 시달려 비스듬히 넘어져 있었다. 누군가가 "옥사덕 너도 우리와 같이 많이 지치고 늙었구나." 하고 독백을 했다. 포로들은 그래도 지옥에서 구원되어 옛집으로 돌아온 듯 안도했지만, 포악한 수용소장은 바로 옥사덕을 다시 지옥으로 만들어 버렸다. 그는 경비병들과 함께 쉴 새 없이 빨리 빨리를 외치며 사람들을 시간에 묶어 할당량을 채우라고 윽박질렀고, 완료하고 나면 다시 할당량을 올려서 중노역을 시켰다. 풀죽 한 사발로 끼니를 메우고 때우는 사람들이 언 땅에 골을 파다가 퍽퍽 쓰러지기 시작했다. 거기다가 그는 험한 계곡으로 사람을 내몰아 참나무를 베어오게 해서 숯을 만들게 하고는, 내다 팔아 자기가 착복했다. 마음에 들지 않으면 명령 불복종으로 형을 때려 수용소 내의 차디찬 감방에 가두었다. 수용소 자체가 지옥 같은 감방인데, 감방 안에 또 감방을 만들어 형벌을 가했다. 수감자들은 평양교화소의 악몽을 떠올리며, 암흑 같은 날을 서로 의지하며, 기도로써 버티고 있었다. 그들은 박해 그 자체가 두려웠던 것이 아니라, 자신들의 마음이 하느님에게서 멀어질까 두려워했다.

1950년 5월부터 8월까지 남녀 수도자 59명이 이곳으로 왔는데, 42명이 남았다. 불과 4개월만에 무려 17명이 사망했다. 옥사덕에서 13명, 만포로 가는 죽음의 행진 중 4명이 순교의 월계관을 썼다.

1951년 7월부터 휴전 협상이 진행되자, 전쟁은 소강상태에 접어들었다. 그러자 북한에서는 유엔군 점령하에 있던 시기에 국군과 유엔군에 도움을 주거나 반공 행위를 한 사람을 찾아내어, 내무서가 주관한 군중심판회에서 반동분자로 낙인찍어 신분을 제약하거나 오지로 추방했다. 이어 1952년 2월에는 전쟁 동안에 군대에서 일어난 잘못을 끄집어내어 지역별로 군사재판에 붙였다. 선옥에게는, 서울에서 부상당한 신부와 회장을 몰래 치료해 주고 그들의 탈출을 도와준 일과 중강진에서 외국 종교인과 민간인을 여러 차례 치료해 준 일, 평양에서 임신부를 군 구급차를 동원해 치료해 준 일로 반동 혐의와 명령 불복종의 죄명이 붙어 평양에서 군사재판에 회부되었다.

평양에 주둔한 군단 내 3명의 정치위원 중 장형석 상좌, 최위출 중좌, 함용춘 소좌가 재판관으로 왔다. 최위출 중좌는 평양교화소에서 외국인 선교사와 종교인 검거, 수천 명의 정치범 검거와 처형, 군대 내 반동분자를 적발한 공로로 1년 6개월 만에 세 계단 진급을 했다. 중대 범죄자에게는 대부분 사형을 선고했고, 사정을 약간 봐주면 군복을 벗기고 함경도나 평안도 골짝에 있는 탄광이나 철광에 추방형을 내렸다. 선옥도 적을 이롭게 한 중죄에 해당되어 2명이 사형을 주장했으나, 재판장을 맡은 장형석이 나서서, 자신이 자세히 조사해 본 결과 신부와 성당 회장을 탈출시킨 혐의는 입증할 수 없었으며, 전시 동안 몸이 좋지 않은데도 불구하고 불굴의 의지로 인민군 부상자를 치료한 공을 참작하여 모든 계급을 박탈하고 수용소로 추방함이 타당하다는 의견을 강하게 제시하여 겨우 받아들여졌다.

　재판을 받은 100여 명 중 선옥을 포함한 20여 명이 수용소로 추방이 결정되었고, 선옥에게는 7일 안에 만포로 가서 내무서에 신고하라는 명령이 내려졌다. 만포 행은 재작년에 후퇴하는 부대를 따라 의무대가 중강진으로 갈 때 잠시 거쳐 간 것을 장형석이 알고 있었기 때문에, 선옥에게 배려를 한 것이었다. 선옥은 오빠와 강 율리아의 딸인 민희를 데리고 갔다.

　평양역 대합실에서 만포 가는 열차를 기다리고 있는데, 장형석이 불쑥 나타났다. "선옥 동무, 미안하오. 내가 구해주지 못했어. 잘 견디고 있으면, 좋은 기회가 올 겁니다. 그때 내가 데리러 가겠습니다." 하고 정말 미안한 표정을 지었다. 그러고는 민희를 보더니, "누구…… 애지요?" 하고 물었다. 선옥은 길게 말하고 싶지 않아 "아는 언니가 출산하다가 그만."하고 짧게 말했다. 그는 작은 이불 보따리 하나와 과자 두 봉지를 건네주고는 대합실을 바삐 나갔다. 선옥의 입장에서는 유일하게 자기에게 관심을 가져주는 사람은 장형석뿐이라 진심으로 고마운 마음이 들었지만, 그에게 자칫 부담될 수 있어 조심스러웠다. 평양에서 기차를 타고 꼬박 11일 만에 만포역에 내렸다. 내무서에 신고하러 가기 전에 역전에 있는 허름한 식당에 들어갔다. 선옥은 자신이 며칠 동안 거의 먹지를 못한 것은 참을 수 있었으나, 이제 한 돌이 갓 넘은 민희가 배가 고파 보채다 눈을 희멀겋게 뜨고 축 늘어진 것을 보는 게 참기가 어려웠다. 오는 도중 기차가 연료가 없어 역마다 하루 이틀 정차를 할 때, 역 부근 상점에서 몇 번 죽을 사서 먹였지만, 영양 섭취하기에는 태부족이었다.

붉은 페인트로 '만포밥집'이란 상호를 적은 미닫이문을 열고 들어가니, 식탁 4개에 긴 판자로 된 의자를 배치해 놓았고, 한 식탁에는 왼쪽 무릎 아래가 없는 젊은 병사와 오른쪽 팔에 부목을 댄 중사가 고개를 숙여 죽을 먹고 있었다. 둘 다 부상을 당하여 예편한 모양이었다. 선옥은 강냉이와 콩을 섞어 만든 죽을 한 그릇 시켜 입에 넣어 잘게 부순 뒤 민희의 입에 넣어 주었지만, 민희는 기력이 떨어져 입을 열지도 않았다. 보다 못한 식당 주인아주머니가 민희를 안고 자신의 젖을 먹이기 시작했다. 사십 중반은 돼 보이는 아주머니는 젖동냥을 주면서도 아무런 표정이 없는 것을 보니, 이런 일을 많이 한 것 같았다. 민희는 한참 젖을 빨더니 스르르 잠이 들었다. 선옥은 긴장이 풀려 멍한 눈으로 눈앞에 있는 강을 쳐다보았다. 만포와 중공을 연결하는 압록강 철교는 폭격을 맞은 상판 몇 개가 끊어져 버렸고, 철골 하나는 교각에 비스듬히 걸친 채 강에 널브러져 있었다. 강이 꽁꽁 얼어 나루에는 배가 묶어져 있고, 국경 경비병이 도강을 감시하고 있었다. 길 맞은편 주막에는 강 건너 중공 땅에 장사 다니는 노인들이 등짐을 벗어 놓고, 술을 한 잔씩 걸치며 추위를 녹이고 있었다. 주막의 축음기에서 노래가 나오고 노인들이 따라 흥얼거렸다.

만포진 구불구불 육로길 아득헌데
철쭉꽃 국경선에 황혼이 서리는구나
날이 새면 정처없이 떠나갈 양식진 길손
뱃사공 한 세상을 뗏목 위에 걸었다

낭림산 철쭉꽃이 누렇게 늙어간다
당신의 오실 날짜 강물에 적어 보냈소
명마구리 울어 울어 망망한 봄 물결 위에
임 타신 청포 돛대 기대리네, 그리네

노래를 듣던 선옥은 숟가락을 슬그머니 내려놓았다. 그러자 민희를 탁자 위에 재워 놓고 그녀를 빤히 살펴보고 있던 주인 아주머니가,

"애 엄마, 마저 먹어요. 며칠 굶은 것 같은데."

"배는 고픈데 입맛이 없어서요."

"못 먹으니, 젖이 안 나오지. 애를 봐서라도 먹어야지."

"예. 아주머니, 내무서가 어디 있나요?"

"내무서는 왜요? 지금 거기는 난리가 났는데."

"난리라뇨?"

"외국인 포로들이 서너 달 전에, 중강진에서 다시 만포로 600명이나 왔다는데, 하여튼 감시한다고."

"그분들은 어디 계시는데요?"

"워낙 많으니까, 여기저기 민가에 분산 수용되어 있다고 하네."

"혹시 외국 수녀님들도 있었습니까?"

"그럼. 어디 있는지는 잘 모르겠고, 가끔 장날에 산나물을 갖고 와서 팔아 물건을 사 가기도 하는데. 겨울이라 나올는지 모르겠네. 내일이

장날인데."

"그렇습니까. 아주머니, 혹시 방 한 칸 구할 수 있을까요?"

"왜?"

"제가 당분간 머물 방이 필요해서요."

"아까도 말했지만, 포로 수용한다고 빈집뿐 아니라 사람 사는 집도 빼앗아 쓰고 있는데. 새댁 무슨 일인지는 모르겠지만, 며칠은 우리 집 골방에서 재워 줄 테니 빨리 구해 봐."

"예. 아주머니."

장날에 선옥은 민희를 업고 방을 구할 겸 거리를 다녀 보았다. 관공서가 있는 큰 건물이나 시가지 곳곳이 폭격을 맞아 부서져 있었고, 거리는 총을 멘 중공군이 다니는 것을 보아 그들이 치안을 유지하는 것 같았다. 시장에서는 지안에서 강을 건너온 중공 상인들이 목 좋은 자리를 차지하고 있었고, 나무를 팔러 온 외국인 포로도 여러 번 보았다. 그러다가 중강진에서 만났던 안나 수녀가 다른 수녀의 손을 잡고 가는 것을 보고, "안나 수녀님!"하고 부르자, 뒤를 돌아본 수녀님이 다리를 절며 반갑게 손을 흔드는 선옥을 금방 알아보았다. 안나 수녀는 "아, 의사 군의관 김 세실리아 님을 여기서 만나다니." 하며 포옹을 해 주고, 옆에 있는 베로니카 수녀도 반갑게 손을 내밀었다. 인제 보니 베로니카 수녀는 장님이어서 안나 수녀가 손을 잡고 있었던 것이다. 원장수녀님 치료를 해드릴 때는 밤이어서 장님인 줄 몰랐다. 수녀님이, 업고 있는 아기는 누구냐고 물어서 선옥이 질녀라고 말하자, 뭔가 사연이 있는 것을 눈치챈 수녀님은 사람이 없는 곳에 가서 이야기를 나누자고 했다.

선옥은 그간의 사정을 말하고 보위부에서 별도의 지시가 있을 때까지 여기에서 살아야 하므로, 방을 구하는 중이라는 말을 했다. 수녀님은 중강진에서 주교님과 원장수녀님 치료해 준 것이 발각되어 추방형을 받은 것 때문에 미안해하며, 신부님과 수녀님들에게 전하여 기도를 해 주겠다고 말했다. 수녀님들은 수용소에는 생필품 배급이 되지 않아 가끔 산나물을 채취해 팔아서 생필품을 사는데, 이번엔 어렵게 천을 구해 아기옷 2개를 만들어 나오면서 특별히 베로니카 수녀님에게 시장 구경시켜 주려고 모시고 나왔다고 했다. 선옥은 민희에게 유아세례를 해달라고 베로니카 수녀님께 부탁했다.

다음 장날에 미국 메리놀회 정 신부님과 안나 수녀, 베로니카 수녀, 헬레나 수녀가 말린 산나물을 가지고 장에 나왔다. 선옥이 임시로 살고 있는 밥집의 뒤편 골방에서 세례식을 했다. 헬레나 수녀는 수용소에서 아기 옷을 만들어와 입혀 주었고, 베로니카 수녀는 대모를 해 주면서 세례명도 자신의 이름을 딴 베로니카로 지어 주었다. 그러고는 내가 죽지 않는다면 딸을 꼭 보고 싶다고 하면서, 자기의 십자가 목걸이를 대녀에게 걸어 주었다. 십자가 뒤편에는 불어로 'Véronique 1940 Seoul Carmel' (서울 가르멜수녀원에서 1940년에 서원한 베로니카 수녀)라고 새겨져 있었다. '베로니카'는 사형선고를 받고 십자가를 지고 골고타 언덕을 오르시는 예수님의 피땀으로 얼룩진 얼굴을, 자신의 손수건으로 닦아드린 성녀의 이름이라고 말해 주었다.

수녀님들은 전쟁 발발 후 서울에서 체포되어 지금까지 함께 끌려다닌 외국인 사제, 미군 포로와 민간인, 그리고 가르멜회 수녀들이 수용되어 있는 마을로 선옥을 데리고 갔다. 수녀들이 이웃 마을까지 뒤진 끝에 선옥이 살 방을 하나 구해주었다. 그뿐 아니라, 가끔 경비병의 환심을 사서 외출을 나와 베로니카를 돌보아 주었고, 선옥 역시 수용소에서 환자가 생기면 진찰을 해 주었다. 선옥은 여기로 올 때 청진기와 혈압계, 소독제, 간단한 수술용 칼과 꿰매는 실을 가지고 왔다. 진찰해도

의약품이 없어 큰 소용은 없지만, 의사의 진찰은 환자의 마음을 안정시키는 효과가 있었다. 작은 상처는 치료하고 소독약을 발라 주었다.

선옥은 가끔 환자를 치료해 주고 나면, 잡곡이나 나물을 주는 사람 때문에 추운 겨울은 넘겼다. 하지만 봄부터는 남의 도움을 받지 않고 스스로 생존해야 했다. 봄이 오자, 선옥은 민희를 업고 산에 나물을 캐러 다녔다. 어떤 때는 수녀님들과 같이 다니기도 했다. 어느 날 산에 흩어져 나물을 뜯다가 수녀님 한 분이 길가 풀숲에서 사람의 다리뼈를 보았다고 말했다. 모두 그곳으로 가서 풀을 헤치니까 시체 위에 얇게 흙을 덮은 4개의 무덤이 있었다. 무덤마다 나무로 만든 십자가가 꽂혀 있고 이름이 적혀 있었다. 선옥은 눈에 익은 이름 하나를 발견하고 소스라치게 놀랐다. 덕원 베네딕도수도회 안에 있던 덕원성당 신부로서 선옥에게 세례를 주신 슈이르 게르마 신부님 이름이 새겨져 있고, 선종 날짜가 '1950년 11월 7일'로 되어 있었다. 인민군이 유엔군과 국군에 밀려 후퇴할 때 옥사덕에 수용해 있던 베네딕도회 선교사들을 만포수용소로 끌고 갔다는 소문은 들었다. 하지만 한꺼번에 이렇게 많은 선종자가 제대로 된 묘를 갖추지 못하고 묻혀있는 것을 보니, 그분들도 죽음의 행진에서 많은 고난을 겪으신 것이다. 주변의 풀을 뜯고 묘지를 정리한 후 함께 기도를 드렸다.

만포는 수백 명의 외국인과 미군 포로, 종교인, 전쟁에 참여한 중공군 병사, 국경을 넘나드는 상인, 가난한 농부와 화전민들이 있는, 어쩌면 지구상에서 가장 이질적인 시골 풍경을 가지고 있었다. 토박이들은 갑자기 몰려온 사람들을 위해 집을 징발당하고 자신들의 생활수단인 땔감과 산나물을 채취할 권리까지 빼앗기자, 분노의 눈초리로 그들을 쳐다보았다. 거기다가 수용소장은 주민들 앞에서, 미 제국주의와 연합한 서방 국가가 북한을 점령하기 위해 전쟁을 일으켰지만, 공화국의 분전으로 이들을 포로로 잡았다면서, 이들이 바로 우리의 가족과 친지를 죽이거나 부상을 입힌 반동분자라고 선동했다. 그러자 주민들은 농기구나 몽둥이를 들고 떼 지어 와서, 포로를 죽이겠다고 위협했다. 하지만 천성이 순박한 이곳 사람들은 얼마 안 가서 자신들을 존중해 주는 외국인들의 사려 깊은 행동을 보고, 자신들의 생각이 잘못되었다는 것을 알아차리고, 오히려 협력하고 도와주었다.

09
선과 악

탑동 옹장골에, 이애리 마리아가 전쟁이 났다는 소식을 가져온 건 6월 26일이었다. 원산장에 나물을 팔러 갔던 마리아는, 도로에서 총을 들고 행군하는 군인들과 박수를 치는 주민들을 보고 옆 사람에게 조심스레 물으니까, "어제 새벽 남조선에서 삼팔선을 넘어 북조선을 침략했는데, 인민군이 바로 격퇴하고는 남조선 인민을 해방시키기 위해 남으로 밀고 내려가고 있다."라는 말을 했다. 마리아는 최근에 공산당이 한 행동으로 보아 인민군이 남침했다고 단정했다. 얼른 집으로 온 그녀는 여섯 명의 어른 신자들을 집으로 모아 이 사실을 알리고 대책을 의논하고 있는데, 인기척도 없이 누가 문을 열고 들어왔다. 최근에 마을을 드나들던 인민반장이었다.

"동무들, 내 허락도 없이 뭐 하고 있소?"

반장은 의도적으로 주민의 기를 꺾기 위해 반말 투로 음성을 높였다.

"뭐 하기는, 가을 농사 준비를 하고 있지."

마리아가 미리 준비한 말을 하자, 반장은 사람을 둘러보고는,

"어째서 건너 뜸 사람은 부르지 않고, 이 뜸 사람만 회의하고 있소?"

"드문드문 떨어져 사는 사람을 오라 할 수 없어서 그랬지."

"인민반장으로서 경고하겠소. 공화국에서는 종파분자, 다시 말해 편을 가르는 인민들은 반당 반동분자로 처단한다는 것을 명심하시오. 이번엔 단 한 번 특별히 봐주는 겁니다, 특별히!"

"심심 화촌에 죽지 못해 사는 우리가 뭐를 알겠나. 반장이 말하니, 조심할게. 그래 반장은 어쩐 일이야?"

"동무들, 드디어 공화국이 남조선 괴뢰도당을 쳐부수고, 불쌍한 인민을 해방시키기 위해 삼팔선을 넘어 쳐 내려가고 있소. 남과 북은 곧 진정으로 해방된 민족이 될 것이오. 그래서 전장에서 용맹을 떨치는 인민군을 위해 성금을 거둬 당에 전달할 생각이오. 내 말에 찬동하지 않는 사람 있소?"

20대 중반쯤 되는 나이에 걸맞지 않게 허리춤에 양손을 올린 반장의 말투가 약간 어색했다. 하지만 성금을 거두자는 말이 당에서 내린 명령인지 자기 의견인지 알 수가 없지만, 지금의 분위기로 보아 반대를 할 수 없는 일이었다.

"성금을 내면, 여기 있는 사람들을 반장이 안전하게 지켜줄 수 있나?"

"그게 무슨 말이오? 공화국의 김일성 조선인민군 총사령관께서는, 인민 한 사람도 굶기지 않고 천국에서 먹듯이 배불리 먹인다는 것을 항상 명심하시오."

반장은 '지켜준다'는 것은 피하고 '먹이는' 것으로 대체했다. 성금은 각자 5원으로 정하여 거두었다. 그러자 반장이 의미심장한 말을 꺼냈다.

"동무들은 알고 있는지 모르지만, 우리 동네에 낯선 청년이 한 명 나

타났소. 누군지 아는 사람은 내게 신고를 해 주시오. 인민군 총사령관 포고령을 붙여 놓은 걸 다 봤을 건데, 숨겨주는 사람이나 알고도 고발하지 않으면, 똑같이 반동분자로 처벌된다는 것을 명심하시오."

민호는 다락방에서 인민반장의 말을 들었다. 그 여자는 분명 자기를 먹잇감으로 생각하고 마을 주위를 감시하고 있었던 것이다. 마리아 씨도 반장이 공산당 간부가 될 수 있는 자격을 얻기 위해 수상한 사람을 보면 고발할 것으로 생각하여, 민호를 노출시키지 않으려고 극도로 신경을 쓰고 있었다. 민호는 낮에는 화전촌에서 동북쪽에 높이가 100미터나 될 것 같은 절벽 위에 있는 조그만 석굴에서 시간을 보냈다. 여기에 앉아 밑을 내려다보면 원산역과 원산 시가지, 원산만과 갈마반도, 멀리 북동쪽으로는 덕원역과 수도원은 물론, 민호네 집도 한 눈에 보였다. 며칠 뒤 석굴에 앉아 복잡한 생각에 빠진 민호 앞에 인민반장이 불쑥 나타났다. 그리고는 우연인 척하며 다가왔다.

"동무는 이애리 할머니 집에 있는 사람이 아닙니까?"

"아니, 어제 할아버지 묘소에 왔다가 잠깐 그 집에 들렀는데, 왜 그러시오?"

민호는 마리아 씨와 미리 말을 맞추기로 한 그대로 태연하게 말하며 그녀를 쳐다보았다. 보통 키에 계란 같은 얼굴 형태와 피부가 까무잡잡하고 눈매가 다부져 보이는 그는 분명 윤행자였다. 그녀는 원산 해성보통학교에 다닐 때 민호와 같은 학년이었고, 루씨여자고등보통학교는 선옥이보다 한 해 선배여서 어운리 집에 놀러 온 적도 몇 번 있었다.

"그런데 선생님은 누구십니까?"

민호는 그녀를 모르는 체하며 되물었다.

"나는 거리대골과 옹장골 인민반장입니다. 동무 이름은 뭡니까?"

"모르는 사람끼리 이름을 알 필요가 있습니까?"

"동무, 나는 공화국 김일성 최고사령관께서 임명한 원산시 인민위원회 위원이자 인민반장입니다. 우리 반의 누구라도 신분 검열을 할 권한이 있습니다."

반장은 자신의 권한이 최고지도자 김일성에게서 주어졌다는 것을 강조했다.

"제가 아무런 잘못도 안 했는데 무슨 검열을?"

"동무는 최고사령관의 말이 곧 법임을 모릅니까?"

"저는 다만 반장님이 법을 섬기는 것보다 양심의 바탕 위에 선악을 구별하시면 좋겠다고 말했습니다. 오해가 되었다면 용서 바랍니다."

"공화국에서는 법이 양심 위에 있다는 걸 모릅니까? 동무는 역시나 종교 분자가 맞았네."

그는 석굴 바닥에 놓여 있는 성경과 십자가를 보고, 드디어 불순분자를 적발했다는 단정을 지었다.

"윤행자 씨. 당신도 해성학교와 루씨여학교를 다닐 때 교회를 열심히 다녔다는 걸 나도 알고 있습니다."

민호는 변명하느니 차라리 그녀의 약점을 파고들어 대응하는 태도를 보기로 했다.

"아, 아니, 역시 덕원수도원의 김민호 차부제가 맞았네."

"그럼, 나를 알고 있었단 거네."

"소식은 알고 있었지만, 네가 이 동네에 올 줄 몰랐지. 아침에 여기로 가는 것을 몇 번 보았는데, 낯설지 않다는 생각이 들었지만 긴가민가했지. 그때 모습이 어디 가지는 않았네."

윤행자는 의도적으로 민호에게 왔다는 것을 말했다.

"서로 곤란한 상태가 되어도 입장이 난처하지 않도록 좀 모른 척해주지 그래. 물론 칼은 반장이 가지고 있으니까."

"공화국에서 이제 종교는 퇴물이지. 종교의 탈을 벗고 인민을 위해 일하는 것이 어떨지 생각 좀 해봐. 그래 오늘은 그만하자. 너도 나를 만났다는 것을 누구에게도 말하지 말고."

윤행자가 가고 나자, 민호는 그동안 잊고 있던 율리아 생각이 났다. 민호는 그녀와 지낸 일 년을 찬찬히 더듬어 보았다. 돌이켜 보니, 생사를 알 수 없는 숨 막히는 긴장과 극한의 공포 속에서 자신이 견디어 낼 수 있었던 것은, 어머니처럼 그를 보살피고 힘이 되어준 율리아의 헌신 때문이었다. 혹시 나의 보호가 필요했음에도 말하지 못하고, 두려움을 삼키고 있었던 것일까? 그날 일은 율리아가 그 두려움을 보호받기 위해 그의 가슴에 안긴 것이라는 생각이 들었다. 그렇지만 자기 행동은 최소한 인간적이지도 진실하지도 못했다. 양을 보살피는 목자의 길을 준비하고 있던 자신이 얼떨결에 행한 일 때문에, 그녀를 지옥 같은 곳에 버려두고 무책임하게 도망치듯 떠나온 것이다. 지금 와서 생각해 보니 그때의 행동은, 죄를 지어서 오는 두려움보다 인간적인 부끄러움 때문이었다는 생각이 더 들었다. '나는 왜 그녀에게 한마디 말도 하지 않고 떠나왔을까?' 그는 머리를 두 손으로 감싸 안았다.

며칠 후에 윤행자가 또 찾아와서 밀과 옥수수 볶은 것을 민호 앞에 내놓았다. 핼쑥한 민호의 얼굴을 보더니, 말을 꺼냈다.

"얼굴이 썩 안 좋네, 어디 아파?"

민호는 대답 대신 고개를 저었다. 그러자 그녀는 수건을 꺼내더니, 민호의 얼굴에 맺힌 땀방울을 닦아 주고는 손을 이마에 갖다 댔다.

"열이 많이 올랐네. 진짜 어디 아파? 아님 몸살인가?"

"괜찮아."

"비겁하게 이런 데 숨어 있으니 몸이 상하지. 조금만 기다려. 며칠 내로 통일이 된대. 인민군이 곧 낙동강만 건너면 민족 해방이 완수되거든."

"……."

"뭐 이런 표현이 심하기도 하겠지만, 나는 친구를 살릴 수도, 죽일 수도 있어. 통일된 공화국에서 나와 함께 일하자. 빨리 결단을 내리는 것이 현명할 거야."

"좋은 제안 감사하다. 그런데 행자야 부탁 좀 하자."

"말해 봐."

"우리 엄마 행방을 좀 찾아줘. 혹시, 혹시 말이야, 안 좋은 데 있으면 네가 힘을 좀 써주고."

"어머님! 그래 해성학교 다닐 때 뵙기도 했고, 선옥을 따라 몇 번 네 얼굴 보러 갔을 때 뵈었지. 좋은 분이셨는데."

"그래, 그때 생각이 나네."

"선옥이는 아직 평양에 있어?"

"응. 올해 의사 시험이 있다는데 어떻게 되었는지 모르겠어."

"선옥이 잘 되었으면 좋겠다. 선옥이 평양 가기 전 내가 너희 집에 왜 갔는지 알아?"

"모르겠는데."

"네가 사제의 길을 간다는 말 듣고 확인해 보려고 갔지. 네 결심을 듣고 정말 눈앞이 캄캄했어."

"내가 눈치를 못 챘네. 미안해, 여하튼 부탁 좀 들어줘."

9월 15일 유엔군이 인천 상륙을 하여 서울을 탈환한 뒤 파죽지세로 평양을 향해 진격한다는 소식이 들려온 데 이어, 원산 일대에도 폭격기와 함정에서 폭격이 시작되었다. 곧 군인들이 상륙한다는 소문이 들리자, 민호는 초조해지기 시작했다. 윤행자가 와서 덕원에서 체포된 인민들은 원산 주변의 여러 곳으로 이송되었는데, 엄마를 찾을 수가 없다는 말을 전했기 때문이었다. 인민군이 후퇴한다면 체포해 간 민간인을 처형해 버릴 것이 뻔했다.

전쟁의 상황이 바뀌자, 화전촌에 사는 사람들 얼굴에 희색이 보이기 시작했다. 반대로 인민반장은 초조한 기색을 나타내며, 자주 인민위원회와 보위부를 오가고 있었다. 10월 9일 미군과 한국 해병대가 원산만에 상륙하고 국군 3사단이 육로를 따라 원산에 진입했다. 원산 시가지에서 치열한 전투를 벌여 10월 14일 원산을 완전히 점령했다.

민호는 덕원수도원으로 갔다. 수도원 지붕과 벽이 폭격으로 대부분 날아가고, 목조 건물은 인민군이 퇴각하면서 불을 질러 당장 쓸 만한 건물이 없었다. 민호가 낙담하고 둘러보고 있을 때, 덕원과 원산 부근에 숨어 있던 3명의 한국인 수사와 2명의 청원자가 돌아왔다. 그들은 부둥켜안았다. 그러고는 전쟁 전 체포되어 평양으로 압송된 수도원 가족들의 안부를 물어서, 민호는 평양에서 일어난 일을 전했다. 수사들은 우선 수도회 서류를 찾고 미사를 드릴 수 있는 장소를 만들었다. 숨어 있던 신자가 한둘 찾아오고 공산정권에 앞장서서 신자를 탄압한 사람도 눈치를 보며 성당을 드나들었지만, 수사들은 그런 일에 아랑곳하지 않고 수도원 재건을 서둘렀다.

민호는 시간을 잠시 내어 집으로 갔다. 엄마는 안 계시고 성물들이 방과 마당에 나뒹굴고 있었다. 숨이 막히고 다리가 떨려 마루에 주저앉았다. 보안원이 들이닥쳐 엄마를 체포해 간 것이 틀림없었다. 성물을 조심스럽게 거두어 자루에 넣고 헛간 귀퉁이에 숨겨 놓고 돌아왔다. 수도원에 돌아오니 말끔한 숙녀복을 입은 윤행자가 폭격으로 부서진 성모상 앞 벤치에 앉아 있었다. 사실 지금은 그녀와 말을 나눌 시간도 없고, 대화할 주제도 없었다. 민호를 보고 자리에서 일어난 그녀는 무슨

일인지 그냥 서 있기만 했다. 민호가 목례를 하고 지나치려고 하는데,

"민호야, 네 어머님 말이야."

"엄마?"

민호는 깜짝 놀라 행자를 쳐다보았다.

"신풍리 유왕봉 밑에서 처형……."

"뭐? 유왕봉이 어디지?"

"네가 있던 석굴, 그 산이 유왕봉이고, 그 아래에서."

민호는 다리가 후들거려 서 있을 수가 없었다. 그는 심호흡하고는 신풍리로 향했다. 온통 폐허가 된 원산 시가지를 가로질러 한 시간을 뛰다시피 하여 유왕봉 아래에 도착하니, 산 밑에서 사람들의 울부짖는 소리와 곡소리가 부산했다. 시신을 가마니에 싸서 지게에 지고 내려오는 사람들과 시신을 찾으러 오는 사람들이 좁은 밭두렁에 줄을 잇고 있었다. 몇 개의 밭뙈기에 수백에 달하는 훼손된 시신이 이미 부패가 시작되어 냄새가 나고 있었고, 가족의 시신을 찾는 사람들이 통곡을 하며 이리저리 둘러보고 있었다. 민호도 가슴을 조이며 시신을 둘러보고 있는데, 언제 왔는지 윤행자가 그의 손을 당겨 따라가 보니, 한쪽에 신자들의 시신을 모아 놓고 성당 사람들이 지키고 있었다. 그들은 민호를 보자, 엄마의 시신이 있는 곳을 가리켰다. 시체는 이미 부패가 진행되고 있었고, 가슴에 여러 군데 죽창에 찔린 상처에 선혈이 뭉쳐 굳어 있었다. 엄마의 가슴에는 베네딕도회의 십자가가 걸려 있었고, 민호는 그것을 알아보았다. 조금 있으니까, 미 군종신부와 투칭포교 베네딕도회 수녀들이 와서 장례예절을 거행하고, 옆에 파놓은 구덩이에 합동으로 묻고는 준비한 큰 나무십자가를 세웠다. 이분들은 며칠 전부터 함경도와 강원도 곳곳에서 집단 학살된 시신을 거두어 묘지를 만들고, 장례예절을 거행해서 영혼의 안식을 준비해 주고 있었다.

떠나간 가족들이 돌아오면 다시 활기찬 수도원이 될 꿈을 꾸며, 열심히 수도원을 복구하던 수사들의 꿈은 석 달도 가지 못했다. 중공군의 참전으로 다시 후퇴하기 시작했다. 12월 중순부터 육로와 배로 함흥과 흥남, 원산 일대 사람들의 피난이 시작되었다. 공산정권 하에서 몸서리치는 박해를 겪어본 사람들은 가다가 죽더라도 남쪽으로 피난을 가겠다고 부두로 밀려 나왔다. 수도원 식구들도 중요한 자료를 챙겨 남으로 떠났다. 민호는 옹점골에 숨겨 둔 수도원 성물을 가지러 갔다. 갈 준비를 해서 마리아 씨 집을 나오는 데 윤행자가 서 있었다. 그녀는 약간의 슬픔과 진한 아쉬움이 뒤섞인 표정을 지으면서 민호에게 손을 내밀었다. 두 사람은 서로의 눈을 쳐다보며 말없이 작별을 했다.

이미 해변을 따라 내려오는 국도 7번 길은 적이 점령해서 화전민 두 사람이 옹기를 팔러 다니는 길로 통천까지 안내해 주었다. 여러 산골 마을을 거쳐 양양까지 온 민호는 미 군종신부의 도움으로 보급품을 실으러 가는 군용차를 타고 거의 2개월 만에 부산에 도착했다.

민호는 중앙성당에서 수도원 가족을 만났다. 한국인 수사와 지원자를 포함하여 16명의 가족은, 미군 부대나 적당한 일자리를 구해 하루 종일 노동을 하고 그 대가를 받아 공동체 생활을 하고 있었다. 민호는 평양과 덕원에서 일어났던 일을 수도원 가족들에게 보고하고, 수도원에서 극적으로 발견하여 소중하게 지녀온 힐데리오 아빠스가 쓰시던 성작과 수도원 직인, 교화소에 수감된 수도원 가족에게서 받은 쪽지를 내놓았다.

민호는 장 안토니오 수사에게서 고모의 편지를 넘겨받았다. 자신의 미군 부대 근무처와 수남이가 있던 귀호고아원이 서울에서 대구나 부산 근방으로 피난을 내려왔다는 것이 적혀 있었다. 민호는 미군 부대를 찾아갔으나 고모의 부대는 이미 서울 방면으로 이동하고 없었다.

부대에서 민호는 뜻밖에 군납 협의차 와 있던 구영준을 만났다. 그는 독일 수도회에 유학 가 있는 친구 구한선의 삼촌이자 아버지의 친구인 구영길의 동생이어서 집안끼리 서로 잘 아는 사이였다. 두 사람은 서면의 한 선술집에 들어갔다. 서로 안부를 묻고, 그동안의 생활을 말하던 중, 민호로부터 민호의 아버지 김중한의 소식을 들은 구영준이 깜짝 놀란 표정을 지었다. 그가 남쪽으로 출발한 이후 일어난 일이어서 모르고 있었던 것이다.

"아버지의 죽음이 귀호 아저씨의 죽음과 무슨 연관이 있는 것 같습니다만, 알 수가 없어서."

민호는 혹시나 아버지와 인민위원회 활동을 같이한 구영준이 내막을 알고 있을지 몰라 조심스레 말을 꺼냈다. 그러자 구영준은 흠칫 놀라는 표정을 짓더니, 이내 다른 말을 꺼냈다.

"귀호? 그렇지. 사실 귀호는 공산주의 두목 강준모의 아들이지."

"예? 그게 무슨?"

"나도 서울에 와서 알았다. 일제 때부터 공산주의와 노동자를 내세워 무슨 세상을 만들겠다던 강준모를 계속 추적하던 형사한테 들었지. 결국 전쟁 얼마 전에 그 형사한테 검거되었고, 전쟁 터지자 바로 사형당했지."

구영준은 이미 끝난 일이라, 약간의 술기운을 빌어 남의 이야기하듯 말했다.

"전설적인 항일운동가 강준모 선생님이 귀호 아저씨의 아버지라고요?"

민호가 깜짝 놀라자,

"항일운동가는 무슨, 제 아비 강상국이 명예욕에 사로잡혀 동족을 살해하는 만행을 저지르고, 그 아들도 피를 물려받은 거지."

"그런데, 성이 다른데 어떻게 부자 관계가?"

"그자가 공산주의 혁명을 한답시고 성을 엄 씨로 바꾸고 숨어 다녔지. 너는 잘 모르겠지만, 원산총파업이나 태로사건, 수도원과 공장 방화 등등, 사람들을 선동하고 테러를 저지르고 다니니까, 경찰이 그를 계속 추적했지. 그러니 그럴 수밖에."

구영준이 강준모를 깎아내리는 말을 늘어놓았다. 하지만 민호는 나름대로 들은 적이 있어 그 말에 찬동하지 않았지만, 그렇다고 반박하고 싶지도 않았다.

"사실 귀호는 준모가 휘문고보 다닐 때 정 모라는 여학생과 관계를 맺어 낳은 애라는 말을 형사한테 들었지. 자식을 돌보지 않으니까 고아가 되어, 너희 집에 맡겨진 것도 그런 이유야."

"정말 뜻밖의 말을 듣는데요."

민호는 더 이상 말을 하고 싶지 않았다. 귀호 아저씨의 족보를 알게 된 것이 다행이었다. 구영준이 수남이에 대해서는 알지 못한 것 같아 말을 꺼내지 않았다.

"민호야, 힘든 일이 있으면 연락해. 내가 성심껏 도와줄게."

그는 한미물산 사장 명함을 주었다.

민호는 남하하면서 그동안 자신이 살아 온 길과 앞으로 살아갈 길에 대하여 많은 고민을 했다. 무엇보다도 사제의 길을 끝까지 걸으라고 당부하신 어머니의 말씀을 양심상 지킬 수 없었다. 사제가 되기 위해서는 사람과 약속하는 것이 아니라, 하느님과 약속해야 하므로, 정결의 의무를 저버린 것에 대한 신앙적 책임으로 그는 사제의 길을 포기하기로 마음먹었다. 그 길 대신 율리아를 찾아 인간으로서의 책임을 다하기로 결심했다. 그리고 또 하나, 수남이에 대한 엄마와의 약속을 지키기 위해서도 공동체에 얽매이는 길을 포기하기로 했다. 수도원이 6월에 대구의 주교관으로 옮길 준비를 하고 있는 것을 보고, 민호는 평생 몸담기로 한 수도회에서 나왔다.

보속

10
끝나지 않은 싦

1953년 3월 말, 여러 수용소를 전전하며 죽음의 행진에서 살아남은 3명의 가르멜 수녀들은 33개월 만에 다시 평양으로 돌아왔다. 수용소에는 많은 외국인이 송환되기 위해 모여 있었다. 전쟁 후 외국인 포로들에 대한 국제적인 비난을 면하기 위해, 북한 공산정부는 휴전 전에 포로를 송환시키기 위해 서두르고 있었다.

"수녀 동무들, 수고 많았소. 공화국에서 큰 용단을 내려 본국으로 보내주기로 했소. 여기 조사서에 서명하시오."

그들이 내민 조사서를 꼼꼼이 보던 수녀들은 서명을 거부했다.

"공화국에서 우리를 보내주는 것은 고마운 일이지만, 전쟁 중에 포로들에게 극진한 대우를 해줬다는 것에는 동의할 수가 없습니다."

"서명하지 않으면 본국 송환이 문제가 될 수 있다는 것을 모르시오!"

"우리는 국제법에 의한 외국인 포로의 대우를 제대로 받지 못했습니다. 그렇지만 이것을 가지고 떠들지는 않겠습니다."

그들은 나중에 외국인 포로에 대한 국제법 위반에 대한 비난을 피하기 위해 회유를 했지만, 수녀들은 돌아가신 2명의 원장 수녀님을 생각해서라도 저들의 비위를 맞춰주고 싶지 않아 단호하게 거부했다. 그러면서도 문제 삼지는 않겠다고 구두로 약속을 하는 선에서 타협했다.

전쟁이 끝나기 석 달 전인 1953년 4월 17일, 평양을 떠난 3명의 서울 가르멜 수녀들은 신의주와 만주를 거쳐 시베리아 열차를 타고 모스크바로 갔다. 그러고는 비행기로 베를린을 거쳐 5월 3일 파리에 도착했다. 이들은 3년 만에 생환했다는 기쁨보다, 함께 오지 못한 어머니 때문에 슬픔에 잠긴 채 고국 땅을 밟았다.

살아남은 세 사람은 7개월 후 다시 하느님의 일을 하기 위해 일어섰다. 헬레나 수녀는 본원인 에르 가르멜수녀원에 남았고, 안나 수녀와 장님으로 죽음의 행진을 한 베로니카 수녀는 1954년 1월 29일 다시 한국으로 귀향했다. 이 가난한 수녀들은 14년 전 보금자리를 튼 혜화동의 수녀원에서 소명을 가진 사람들을 받아 들였고, 다음해에는 부산에 가족들을 분가시켰다.

1954년 1월 7일, 옥사덕 수용소의 아델라이드 원장수녀는 고향으로 떠날 준비를 마치고, 수용소장을 만나러 갔다. 4년 5개월 동안 인간이 견딜 수 있는 최악의 고난을 강요했던 악독한 사람이었지만, 마지막으로 도대체 그의 양심과 영혼이 어떤 상태에 있는지 알고 싶었다. 인간이면서 공산주의자 이외에는 그에 대해 아무것도 아는 바가 없었다.

소장실 문을 열고 들어서니 그도 이곳을 떠날 준비를 마쳤는지, 두 개의 보따리가 책상 한쪽에 놓여 있었다. 원장수녀를 보더니 감정을 담지 않는 그의 말투 그대로 말했다.

"원장수녀 동무, 무슨 일이요?"

"소장님, 작별 인사를 하러 왔습니다."

"그냥 가면 되지."

"소장님은 어디로 가십니까?"

"그건 동무가 물을 필요가 없지 않소."

"가족은 안 계세요?"

"내가 하늘에서 떨어진 줄 아시오? 왜 쓸데없이 그런 걸 묻고 지랄이요."

"가족이 있으면서 이렇게 혼자서 살고……. 인간에 대한 감정이 없는 사람 같아서요."

그러자 그는 원장수녀를 똑바로 쳐다보았다.

"원장수녀 동무, 내가 피도 눈물도 없는 사람으로 보이시오?"

"꼭 그렇지는 않습니다만 항상 불만, 아, 아니 고독한 표정을 짓고 있는 것을 보니 그런 생각이 들어서요."

원장수녀는, 항상 불만스럽고 어두운 표정을 했던 것을 말하려다, '고독한'으로 말을 바꾸었다.

"고독한 것은 당신들 아니오. 집 놔두고 여기까지 와서 고생을 사서 하고 있으니."

"우리는 하느님의 일을 하는 사람이니, 가는 곳이 내 집입니다."

"참, 공화국에서 반대하는 일을 왜 한 거요. 그 땜에 나도 이런 고생을 하고 있지 않소."

"오해를 하고 계시는데요. 신앙을 허용하면 공화국도 더 아름다운 나라가 될 것입니다. 옛날 세계를 지배한 로마제국이 그리스도교 신앙을 허용하고 난 후 세상이 더 아름답게 되었듯이."

"내가 그걸 모를 것 같소. 하지만, 내 집이 박살 났는데도 신은 못 본

체했소!"

"소장님, 혹시……."

"뭐가 혹시요. 쓸데없는 수작 말고 짐이나 잘 챙기시오."

"혹시 이름 최말구의…… 말구가 세례명이 아닌지요?"

수녀는 마르코 복음저자가 조선에서는 한자어로 '말구'라고 부르는 것을 알고 조심스레 물어보았다.

"아니오. 말 자는 끝이고, 구 자는 항렬이오. 형제 중 막내라는 뜻이요. 동무는 왜 남의 이름에 관심이 많소?"

"아, 아닙니다."

"북조선을 벗어날 때까지는 조심하시오. 잘못하면 고향에 가지도 못하고, 반동분자로 고발될 수 있소. 외국인이니까, 지금까지 공화국에서 잘 보살펴 준 걸 명심하시오."

"알겠습니다. 마지막으로 묻고 싶은데, 우리 가족들이 17명이나 이곳에서 하늘나라로 갔는데……, 고통받는 사람을 위해 한 번도 약이나 휴식을 주지 않았습니다. 공화국이 너무했다고 생각하지 않습니까?"

"원장동무는 바깥세상을 몰라서 그렇소. 공화국 내에서는 약을 구할 방법이 없었소. 나도 약을 못 구해 내 처와 아이 둘을 잃었소. 문둥병으로 말이오."

"언제 말씀인가요. 모니카 수녀 의사에게 상담하셨으면, 도움이 되었을 텐데요."

"전쟁 전에 기독교에서 운영하는 의원에 가서 도와달라고 매달렸는데, 거들떠보지도…… 않았소."

냉혹하기 이를 데 없는 그답지 않게 말이 떨렸다. 그 말에 놀란 아델라이드 수녀는 다음 말이 어떻게 나올지 숨이 막히는 것 같았다.

"점점 얼굴이 변해 가는 아내와 내가, 아이 하나씩 업고 병원문을 나오면서 통곡을 했소. 내가 기댈 유일한 언덕이었는데 말이오. 그때부터 별별 의사에게 돈을 집어 주었지만, 아무 소용이 없었소. 그러다가 전쟁 중에 공화국에서 처와 아이 둘을 어디로 데려가 버렸소. 지금도 나는 내 가족이 어디에 있는지, 죽었는지 살았는지 모르오. 내가 돈을 모은 것도, 가족을 치료해 주기 위해 그랬소. 어쨌든 나도 양심이 있는 사람인데 미안하게 됐소. 적당한 휴식을 주지 못한 것도 미안하오. 그렇게 하지 않으면 하루하루가 너무…… 괴로워서 말이오. 불쌍한 내 처와 딸들을 위해 기도해 주면 고맙겠소, 나는 빼고 말이오. 처는 김 마리아, 아들은 최 분도, 딸은 아가다요."

그는 우는 모습을 보이지 않으려고 창가로 돌아서서 소매로 눈물을 닦았다. 수녀는 그의 뒷모습을 보며, '고통 중에 있는 가족이 외면당한 것 때문에 사람들을 무척이나 증오했구나.' 하는 생각이 들었다. 한 인간이 공동체에서 외면당할 때 그 아픔이 어떤 것인지, 평생 공동체 생활을 하고 있는 수녀는 잘 알고 있었다. 그녀는 교회가 그를 아프게 한 것에 대해 참으로 미안한 마음이 들었다.

애증이 깃든 산골에는 동료 순교자들의 영혼이 빨간 노을이 되어 하얀 설원을 감싸기 시작했다. 그 위에 아델라이드 수녀는 고단한 삶의 발자국을 찍으며, "주님, 최말구를 용서하소서, 용서하소서."를 되뇌었다.

1925년 11월, 식민지 상태의 조선 땅에 첫발을 내디딘 수녀회가 교육과 선교, 의료사업에 최선을 다해 활동했지만, 이 땅에 무엇을 남기고 무엇을 얻고 가는지 아무 생각이 나지 않았다. 지금은 그 무엇보다 함께 울고 웃던 사람들과 함께 하고 싶었다. 그는 살아있는 가족들과 함께 가장 우울하고 가장 아름다운 옥사덕의 마지막 밤을 보내기로 했다.

공산당에 체포된 베네딕도회 남녀 수도자 71명 중 29명을 북조선에 묻고, 옥사덕에 마지막까지 살아 있던 42명은 1954년 1월 8일 밤에 국경도시 신의주를 넘어 중국 땅으로 넘어갔다. 옥사덕에서의 강제 노동과 죽음의 행진에서 선종한 17명뿐만 아니라, 평양과 원산과 함흥에서 처형당한 수도자도 12명이었다. 그때까지도 옥사덕 수용자들은 원산과 함흥에서 체포된 가족들과 평양교화소에 남겨졌던 아빠스와 동료들에 대한 생사를 알지 못했다.

박해자들은 그들의 악의에 찬 흔적을 남기지 않기 위해, 포로로 있는 동안 융숭한 대접을 받았다는 자술서 쓰기를 강요했지만, 수도자들은 응하지 않았다. 다만 미군기의 무차별 폭격을 목격했다는 그들의 요구는 수용했다. 그렇지 않으면 공산 당국이 보내 주지 않을 것 같았기 때문이다. 그들은 포로가 가지고 있던 짐과 문서를 모두 빼앗았다. 한 수도자는 4년 7개월 동안의 고난과 영혼의 여정을 몰래 기록한 250쪽에 달하는 일기를 불 속에 던져 넣어야 했다.

옥사덕 언덕을 내려가면서 한 수녀가 가슴에 닳고 있던 시 한 편을 나직하게 읊었다. 미사 때 쓸 제병을 만들기 위해, 수용소장 몰래 개간한 비탈밭에 밀 씨앗을 뿌리고 나서 가슴이 벅차 지은 시였다.

밭갈이 하고 저녁 늦게 돌아 온 우리
또한 우리의 밀씨도 뿌리었노라
말없이 불안한 행복감을 안고
좁다란 밭두렁을 오락가락하였노라

오르락내리락 옥수수밭의 열 두렁은
우리 희망의 말 없는 무덤이라

얼마 후에 그 열 두렁은
우리의 희망을 빛으로 옮겨 주리리

해는 서산에 졌건만
강 건어 저 편 산에서는
희미한 저녁놀이 감겨 들어가며
주님의 떡이 될 밀이삭과 더불어
우리의 밭을 향해 인사하노라

저녁의 태양열이 식어 갈 무렵
우리 생명의 담보인 두렁과 씨앗 위에
그리고 밭가에 선 수직군 위에
사제 한 분이 나지막한 소리로
강복을 빌고 있노라

　남자 수도자가 독일 민스트슈바르작에, 여자 수도자가 투칭에 도착한 것은 1954년 1월 24일이었다. 옥사덕에서 독일로 돌아갔던 17명의 수녀는 1955년 11월 대다수가 다시 한국으로 돌아왔다. 1956년 7월 8일에는 5명의 신부와 2명의 수사가 다시 한국 땅을 밟았다. 이들 중에는 연길에서 사목하다 중국 공산당의 박해를 받고 추방당한 수도자도 있었다. 부산항에 환영을 나온 사람들은 함경도와 연길에서 신앙의 자유를 찾아온 신자들이었다. 그들의 재회는 마치 천국의 여정에서 만난 것처럼 아름다운 장면이었지만, 함께 부른 성가는 무참히 세상을 떠난 이들을 그리워하는 슬픈 영가였다.

1954년 5월 20일, 자유당 소속으로 제3대 국회의원에 당선된 민철돈이 자기 집에서 당선 연회를 열었다. 정치인들과 실업인을 대거 초청했고, 회사에서는 상무급 이상이 초청을 받았다. 여기에는 어엿하게 유명 실업인이 되어 정계 진출을 꿈꾸는 한미물산 대표 구영준이 자리를 함께했다. 그는 재력가이자 야심가답게 자유당 재정에 상당히 기여하고 있어, 다음번에는 국회의원 공천을 예약해 놓고 있었다.

　민철돈의 집은 1930년대에 지은, 당시 할아버지와 아버지의 지위에 걸맞게 위엄과 품격을 갖춘 일본식 집이었다. 사랑채에는 넓은 후원과 연회장이 딸려 있었고, 여기서 연회가 열리고 있었다. 한창 분위기가 익어갈 무렵, 김연희는 안채를 구경하고 싶어 연회장을 빠져나왔다. 안마당에서 단아하고 제법 품위가 느껴지는 건물을 바라보다가, 마루의 정면 벽에 걸려있는 사진이 안면이 있는 것 같아 가까이 가서 유심히 보았다. 그녀는 깜짝 놀랐다. 좌측에 있는 사진은 5개의 훈장을 단 예복을 입고 있었고, 사진 아래쪽에는 '민일휘 대한제국 중추원의장 일본국 자작' 글씨가 쓰여 있었다. 오른쪽에는 훈장 3개를 단 사진 아래에 '민규학 흥일은행장'이라고 쓰여 있었다.

　연희는 피가 거꾸로 솟는 것을 느꼈다. 민규학은 연희에게는 인생의 길을 바꾼 사람이었다. 1943년 연희가 소학교 교사를 할 때, 교사와 학생들을 운동장에 모아 놓고, 천황을 위해 전쟁터로 나갈 것을 독려하는 연설을 한 사람이 바로 그였다. 그때 민규학의 연설을 듣고 충격을 받아 교사를 그만두고 야학에서 조선의 젊은이들에게 한글 공부를 가르쳤던 것이다.

　이들은 해방 후에 반민족행위자로 이름을 올렸지만, 이승만 정권의 비호로 살아남았고, 그 아들이자 손자인 철돈은 그 재산을 물려받아 지금 국회의원을 하고 있는 것이다. 그런 자의 사업에 자신이 일조했다고

하니, 연희는 기가 막힐 일이었다. 연희는 다음날 민철돈에게 사표를
던지러 갔다.

"제니 김, 무슨 일이 있습니까?"

"오늘부로 그만두려고요."

"왜 갑자기?"

"회장님의 정체를 알고 나니, 피가 거꾸로 솟아서."

"그게 무슨 말이신지?"

"회장님의 아버지와 할아버니 사진을 보았습니다. 민족의 피를 빤
돈을 사업을 하고, 제가 그 일에 가담했으니……."

"과합니다. 이미 국민 합의로 다 청산된 것 아닙니까. 그리고 저는
번 돈으로 전쟁으로 상처받은 사람들과 불우한 이를 위해 자선사업을
할 계획입니다. 그건 제니 김도 알고 있지 않습니까?"

"되었습니다. 저는 그런 일에 찬성도 감동도 할 수 없습니다. 더구나
국회의원 배지까지 달고 다니며, 무슨 자선을 한다는 말씀인지요. 자선
할 참이면 의원직을 내려놓고, 회장님이 믿는 예수의 말처럼 '오른손이
하는 일을 왼손이 모르게 하라.'를 실천하십시오."

회사를 나온 연희는 아현동에서 야학하던 곳으로 찾아갔다.

전쟁이 끝나자, 수용소로 인해 어수선했던 만포는 한산한 지역으로
변했다. 얼마 동안은 철수하는 중공군으로 부산했지만, 곧 강을 오가는
장사꾼들로 붐비며 예전의 모습으로 돌아왔다. 선옥은 아오지 탄광으
로 배치됐다. 그가 함경북도 경흥군 아오지읍 아오지리에 도착한 날은
1953년 10월 5일이었다. '검은 돌'이란 말 그대로 눈앞에 보이는 땅의
피부는 새카맣게 물이 들어 있었다. 일제 때부터 몇만 명의 사람들이
북적거린 도시 흔적이 그대로 남아있었다. 낯설다는 표현은 선옥에게

는 아무런 의미가 없었다.

인민위원회에 도착 신고를 하고 나오자, 싸락눈이 흩날리더니 금세 밤송이 같은 눈이 되어 신작로에 쌓이기 시작했다. 흩날리는 눈을 얼굴에 맞으며 걷다가, 조금 전 신고 담당자의 말을 떠올렸다.

"동무는 무슨 이유로 여기까지 온 것이요?"

"당에서 가라는 명령을 받았습니다."

"내가 그걸 몰라서 하는 말이 아니오. 하루에도 수십 명이 신고하러 오고 있소. 그런데 몸도 성치 않고 어린애도 딸렸는데, 여기서 일할 수가 있겠소?"

40대의 인민군 복장을 하고 얼굴이 새까만 남자는, 민희를 업고 있는 선옥을 보고 안쓰럽다는 듯 말했다.

"제게는 선택권이 없다는 걸 잘 알고 있지 않습니까?"

"물론이오. 하지만 여기는 일제 때부터 오지 말라고 한 아오지요. 얼마나 많은 사람이 피눈물을 흘린 곳인지."

그는 신고서 양식 한 장을 선옥에게 내밀었다. 본적을 쓸 때 선옥은 덕원으로 할지 경원으로 할지, 짧은 시간이었지만 망설였다. 그때 비로소 아무도 강요하지 못하는 내 의지의 선택도 있다는 것을 알았다. 그 것은 4살 때까지 자란 고향 경원이 이웃한 지역에 있다는 것이 순간적으로 생각났고, 어떤 곳이 내게 '유리할까, 불리할까?' 하는 고민이 생겼던 것이다. 경원으로 했을 때는 부모님에 대해 해명해야 하고, 덕원으로 했을 때는 반동으로 취급하는 종교인 가족으로 분류되어 집중 감시와 불이익이 올 것이기 때문이었다. 그는 오래 망설이지 않고 덕원을 택했다. 이미 그에게 주어진 인생을 숨기고 싶지 않았고, 더구나 그를 키워준 양부모님을 실망하게 하고 싶지 않았기 때문이다. 신고서를 훑어본 직원은 선옥이 평양의대 졸업에다 군의관 출신임을 알고, '이런 인재를 여기에 보내다니.' 중얼거리면서 "부디 몸조심하시오. 어쨌든 살아남아야 가족을 만나고, 재능을 펼칠 게 아니오." 했다.

선옥은 자신을 걱정해 주는 사람이 있다는 것이 고마웠다. 시가지를 서에서 동으로 가로질러 두만강으로 흐르는 태양천 둑길을 따라 걸었다. 두만강 주변은 이때쯤이면 눈이 내린다는 것을 한참을 걸어서야 기억이 났다. 선옥이 살아가야 할 교화소는 산자락에 자리 잡고 있었다. 일본인과 조선인 탄광 인부들이 쓰던 동네를 철조망으로 대충 경계를 지어 놓았다. 교화소 담당자는 초가집의 방 한 칸을 비워 주었다. 집에서 내려다보니, 태양천 물줄기 끝에 고향 경원을 들렀다 온 두만강이 회돌이 쳐 동해로 서둘지 않고 가는 뒷모습이 보였다.

선옥은 갱도에서 캐낸 석탄을 운반하는 차를 남자가 앞에서 끌고 갈 때, 다른 한 명의 여자와 함께 뒤에서 밀어주는 일을 했다. 애를 업고, 다리까지 불편한 선옥도 예외는 없었다. 수백 미터의 갱도 안에 들어가 탄을 캐는 인부는 전쟁 때 포로로 잡힌 남한 군인들이었다. 그들은 포로 송환 협상 때 북한이 전후 재건을 위한 노동력 확보를 위해 빼돌린 국군 포로였다. 서류상으로는 이 세상에 존재하지 않는 사람들이었다. 탄부들은 광업소 식당에서 주는 강냉이나 좁쌀로 지은 밥 한 공기에 멀건 나물국을 먹고, 수백 미터의 직진굴과 지하굴에 하루 종일 탄을 캤다. 밤이 되면 사상학습과 생활총화까지 실시하여, 모두 악으로 버티는 생활을 이어 가고 있었다. 갱내 사고로 한꺼번에 여러 명이 다치거나 죽는 사고가 빈번했고, 그것을 채우느라 정치범 딱지를 붙인 죄수들이 쉴 새 없이 들어왔다.

아오지에 온 지 삼 년이 지났을 무렵 장형석이 군용 짚차를 타고 선옥 앞에 불쑥 나타났다. 그는 선옥과 민희를 데리고 보위부에 갔다.

"도 부부장 동지, 기별도 없이 어떻게 오셨습니까?"

갑작스러운 방문에 지역 보위부장이 차례 자세로 서서 말했다.

"온 이유는 조금 후에 말하겠소. 우선 여기 김선옥 동무가 평양의대를 나와서 군의관을 한 재원인데, 몸도 그렇고 지금까지 인민을 위해 열심히 일했소. 그러니 광산진료소로 재배정을 해 주시면 고맙겠소. 그리고 이 애는 선옥 동무의 질녀인데, 전쟁 중에 오빠와 올케언니가 죽어서 호적이 없소. 선옥 동무 호적에 좀 올려 주시오."

장형석은 말하는 자세나 태도로 보아 권력기관 내에서 입지를 단단히 굳힌 것 같았다. 선옥은 며칠 후에 진료소로 배치되었다. 진료소에는 의사는 없고 간호원만 두 명 있었다. 큰 부상은 군에서 운영하는 병원으로 보내고, 가벼운 부상이나 질병은 여기서 소독과 붕대를 감아 주는 정도였는데, 환자에 대한 이런 분류는 광산기업소 직원이 다 했다.

1966년 교화소를 나온 선옥은 블록으로 지은 연립주택의 방 한 칸을 배정받았다. 선옥은 민희에게 출생의 진실을 지금까지 숨겨왔으나, 이제 알려줄 때가 왔다는 것을 느꼈다. 민희가 인민학교에 다닐 때는 아버지가 전쟁 중에 행방불명되었다는 엄마의 말을 믿고 친구들에게 그렇게 말하고 다녔는데, 고등중학교에 입학하면서 사춘기에 들어선 민희는 부쩍 아버지에 관해 묻기 시작했다. 전쟁 때 인민군으로 참전해서 행방불명되었더라도 공화국에서는 유공자 대우를 받는다는 것을 알았는지, 자기들이 이런 비참한 탄광에서 살고 있는 것이 이상하다는 눈치였다.

그러다 12월 24일 밤에 결정적인 일이 벌어지고 말았다. 4시만 되면 겨울 해가 지고, 눈이 사람의 키만큼 와서 외부 활동을 못하므로 선옥은 방에 있었다. 밤 7시쯤 옆집에 홀로 사는 전영자 어머니가 왔다. 벽 하나를 두고 같은 마당을 쓰며 살기 때문에 두 집은 왕래가 잦았다.

방에 들어온 어머니는 허리춤에서 손가락 한 마디만 한 나무에 작은 물고기를 그린 것을 꺼내 주면서, 속삭이듯 "세실리아, 메리 크리스마스" 하며 말했다. 순간 선옥은 오늘이 크리스마스이브라는 것을 알아차리고 할머니의 손을 잡고 "메리 크리스마스, 로사 어머님." 하고 응대했다. 두 사람은 손을 맞잡고 속삭이듯 노래를 불렀다.

고요한 밤 거룩한 밤 만상이 잠든 때
홀로 양친은 깨어 있고 평화 주시러 오신 아기
평안히 자고 있네 평안히 자고 있네

로사 어머니와 선옥은 성탄절을 지낸 것이 언제인지 모를 정도였기 때문에, 새삼 감격스러워 눈시울이 붉어졌다.

"어머니, 남편과 딸 생각이 많이 나지요?"

"그래. 딸을 기다리다 돌아가신 요한 씨도, 아직 돌아오지 않는 내 딸 글라라도 주님 탄생 때는 특히 보고 싶다네."

올해 72살인 어머니는, 외동딸이 팔도구에서 수녀 생활을 했는데, 1947년 중국 공산당 청년들에게 체포되어 행방불명되자, 남편과 국경을 넘어 고향으로 도망쳐 왔다. 남편은 외동딸을 그리워하다 병으로 생을 마감했지만, 어머니는 언젠가는 딸이 자기가 태어난 동네로 돌아올 것이라는 믿음을 잃지 않고 있었다.

두 사람이 만난 것도 우연이 아니었다. 광산 노동을 하던 어머니는 어느 날 가슴을 쥐어뜯는 증세를 느껴 의무실을 찾았다. 행색이 형편없었지만, 편안한 얼굴을 한 중년 여인을 보자, 선옥은 무엇에 끌린 듯 정이 갔다. 진찰하기 위해 윗옷을 벗자, 천으로 된 허리띠에 손톱 크기만 한 물고기 한 마리가 수놓아져 있는 것을 보았다. 선옥은 배를 진찰하는 척하면서, 청진기를 위에서 아래로, 좌에서 우로 움직이며 십자가를 몇 번 그어 보았다. 그러자 아주머니는 두 손바닥을 마주하고 엄지로 십자가를 만들어 보였다. 그때부터 두 사람은 신앙을 나누며 어머니와 딸 같이 지냈다.

선옥과 로사 어머니가 크리스마스 성가를 조용히 부를 때부터, 마침 밖에서 집에 온 민희가 문구멍을 통해 이 광경을 보고 말았다. 할머니가 돌아가자, 민희는 선옥에게 방금 한 행동에 관해 설명을 요구했다.

"엄마, 옆집 할머니와 노래 부르고 기도하는 것을 보았는데, 공화국에서 가르쳐 준 것과 다른 것이네. 혹시 미제 반동이 하는 거 아닌가요?"

선옥은 피할 수 없는 때가 왔음을 느끼고, 눈을 감고 성모님의 도움을 청했다.

"보았니? 어떻게 설명해야 네가 알아들을 수 있을는지."

"남에게 절대 말 안 할 테니까, 다 말해 줘. 혹시 우리가 아오지에 살고 있는 것과 관련이 있지요?"

"그래 맞다. 엄마 말을 듣고, 네가 놀라지 않으면 좋겠다."

선옥은 이제 함께 짊어질 몫과 각자가 짊어질 몫을 확실히 말해 줘야겠다고 다짐했다. 그것을 받아들이든 못 받아들이든, 그것 또한 각자의 몫이라고 생각했다.

"사실 우리 가족은 윗대로부터 하느님을 열심히 믿었다. 지금 네가 종교가 무엇인지 이해하고 받아들이기 쉽지 않을 것이다. 그렇지만 그것과는 상관없이 그분은 엄연히 존재하시는 분이시니까 판단은 네가 알아서 할 몫이다."

서두를 꺼낸 선옥은 집안 내력과 신앙과 함께 살아 온 과정을 차근 차근 말했다. 민희는 감정의 기복을 최대한 억제하며 조용히 듣고만 있었다.

"사실 나는 이웃 동네 경원에서 태어났다. 4살 때 가족이 연해주로 떠났고, 독립운동을 하던 작은아버지가 일제에 잡혀 감옥에서 고문받은 후유증으로 돌아가셨다. 그럴 때 너의 할아버지와 할머니가 갈 곳 없는 나를 받아주셔서 행복한 삶을 살아왔다. 남이 보기에는 엄마가 불행한 것처럼 보이겠지만, 내 생각은 그렇지 않다. 나는 남에게 베푼 것보다 훨씬 많은 도움과 사랑을 받았다. 다만 부모님과 사람들에게 되돌려 드릴 기회가 없음을 아쉬워할 뿐이다."

선옥은 살아 온 삶을 더듬어 오다 마음이 울컥거렸지만, 자기 말을 들으며 혼란을 겪고 있는 딸 앞에서 감정을 드러내고 싶지 않았다. 그는 마지막 남은 말을 하기 위해 심호흡을 했다.

"실은……, 민희는 내 딸이 아니라, 내 오빠 민호의 딸이다. 어머니는 강은희고 나한테는 올케언니가 된다. 출생 내막을 어려서는 알아듣지 못할 거라서 크면 말하려고 기다리고 있었다."

순간, 민희는 놀란 표정을 짓다가 의외로 빨리 평정을 되찾았다. 선옥은 오빠와 강은희 언니의 삶과 민희의 출생 과정을 말해 주었다. 그러자 민희가 처음으로 입을 열었다.

"그동안 나도 뭔가 있다고 생각하고 있었어. 아버지가 미제의 침략 전쟁 중에 행방불명이 되셨다고 했는데, 우리가 왜 수용소에 살아야 하는지 의심이 계속 들었거든."

"그럴 만도 하지. 일찍 말해 주지 못해 미안하다." 하며 선옥은 민희의 손을 잡고 얼굴을 똑바로 바라보았다. 민희는 오빠의 순한 성격과 올케언니의 단순하면서도 당찬 성격을 고스란히 담았다. 15살에 불과한 나이에 처음 알게 된 부모의 일과 종교의 문제는, 민희가 소화하기에는 쉬운 문제가 아닐 것으로 생각했다. 부모가 겪은 고난과 자신의 출생 과정에서 일어난 불행은 민희를 정서적 불안에 빠지게 할 것이고, 수령을 하늘의 태양과 같은 존재로 학습해 온 그에게 보이지 않는 하느님이란 존재는 자기의 정체성에 큰 혼란을 가져올 수밖에 없을 것이기 때문이다.

선옥의 걱정대로 민희는 말이 없어져 버렸다. 아예 선옥과 대화 자체를 거부하고 깊은 방황의 길에 들어갔다. 민희는 학교에서도 거의 일등을 놓치지 않는 머리를 가졌고, 성실성과 책임감도 함께 있어 모범학생으로 소문이 나 있었다. 그렇게 6개월이 지나고 나서 민희는 선옥에게 하느님과 천주교에 관한 내용을 묻기 시작했다. 성경과 성물, 교리서와 교회가 사라진 곳에서, 신앙생활을 한 번도 경험하거나 보지도 못한 딸에게 종교를 설명하고 이해를 시킨다는 것은 어려운 일이었지만, 선옥은 성모님께 이 일을 봉헌하고 항상 도와주실 것을 기도했다. 민희는 엄마에게 들은 말을 로사 할머니에게 가서 재차 묻기도 하면서, 과학을 탐구하듯이 열중했다. 선옥도 로사 할머니도 고등중학생인 민희도 종교에 관한 것이 얼마나 위험한 일인지 알고 있었지만, 이제는 한 배를 타고 그 위험한 항해를 하고 있는 것이다.

민희는 고등중학교 졸업반에 올라가자, 동유럽에 유학을 가고 싶다며, 선옥에게 조심스럽게 말했다. 당에서는 낙후된 산업을 발전시키기 위해 우수한 학생을 동유럽 공산국가에 보내 전문기술을 습득하게 하는 정책을 펴고 있었다. 민희는 항상 우등생으로 학력은 문제가 되진 않지만, 토대가 걸림돌이 되어 어려울 것이라는 생각이 들었다. 거기다가 1956년 모스크바 유학생 집단 망명과 1962년 불가리아 유학생 망명 사건으로 북한 당국은 유학생 수를 많이 줄여버렸다. 선옥은 장형석에게 손을 내밀었다. 다행히 장형석은, 선옥이 오랫동안 탄광에서 모범

노동자로 헌신한 공적을 내세워 민희를 폴란드 유학생 명단에 밀어 넣어 주었다.

민희가 떠나기 전날, 선옥은 목숨과 같이 지켜온 민희의 목걸이를 숨겨 두었던 장소에서 꺼내왔다.

"이 목걸이를 이제 민희에게 건네줄 때가 되었네."

목걸이를 민희 앞에 내밀자 깜짝 놀란 민희가,

"무슨 목걸이야. 정말 귀하게 만들었네."

"그래. 민희의 대모인 가르멜수녀회의 베로니카 수녀님이, 만포에서 유아세례 때 민희의 세례명을 베로니카로 지어 주고 그 증표로 걸어 준 것이다. 정말 소중하지만, 여기서는 아주 위험한 것이니까, 잘 보관해야 한다."

민희의 목에 목걸이를 걸어주자, 기분이 좋은 민희가,

"어머니 대모와 세례명이 무엇입니까?"

하고 물었다.

"천주교에서는 세례를 받을 때, 영적인 증인이 되어 신앙의 길을 도와주는 어머니와 아버지 역할을 하는 사람을 대모와 대부라 부른다. 그리고 하느님의 자녀로 다시 태어나는 것이므로, 영적인 이름 즉 세례명을 받는데, 이를테면 거룩한 천사나 성인의 이름을 받으면, 그분이 평생 자기를 지켜주시는 힘이 된단다. 그래서 너의 세례명이 베로니카야."

"베로니카는 어떤 성인인데요?"

민희는 신기한 듯 물어보았다.

"예수님이 십자가를 지고, 죽음의 골짜기인 골고타 언덕을 오를 때, 자기의 손수건으로 땀과 상처로 얼룩진 예수님의 얼굴을 닦아주신 성녀지."

"그러면 어머니 세례명은?"

"나는 세실리아야. 그리고 너의 아버지는 방지거, 어머니는 율리아다."

다시 한번 목걸이를 살펴보던 민희는 십자고상 조각 뒤에 새겨진 글을 보고 물었다.

"어머니, 이 글씨는 무슨 뜻입니까?"

"대모님은 프랑스 사람이라 불어로 'Véronique 1940 Seoul Carmel'이라고 새긴 글인데, '서울 가르멜수녀원에서 1940년에 서원한 베로니카 수녀'라는 뜻이다. 대모님이 1940년에 평생을 수녀로 살겠다고 하느님께 서약할 때 만든 목걸이다. 언젠가는 네가 만났으면 좋겠다."

"혹시 서울 가면, 대모님이 계실까요?"

하고 민희가 묻자, 선옥은 깜짝 놀라며,

"그게 무슨 말인데?"

"아, 아닙니다, 어머니."

하고 민희는 얼른 말을 거두어들였다.

선옥은 민희의 속셈이 궁금했지만, 더 이상 못 본 체하기로 했다. 이제 언제 만날지 모르는 상황이라 민희의 가족 상황을 말해 주었다.

"마지막으로 가족에 대해서 좀 더 자세히 말해 줄 때가 되었네. 아버지는 덕원의 베네딕도수도원에서 신부가 되기 위해 공부를 하셨다. 차부제로 계시다가 수도원에 있던 독일과 조선인 수도자들을 전쟁 전에 공산당이 모두 잡아가서 평양에서 감옥살이 시켰는데, 아버지는 그분들을 도와주다가 위험해서 덕원으로 돌아가셨다. 그것까지만 내가 알고 있다. 혹시 박해를 피해 남한에 내려갔을 것이라는 말을 하는 사람도 있었다. 그리고 한 분뿐인 김연희 고모할머니는 남조선에서 교사를 하셨는데, 해방 후에 바로 남한으로 내려가셨다고 들었다. 남아있는 너의 핏줄은 이 두 분이다."

유학을 가려고 할 때부터 민희는 많은 갈등을 느끼고 있었다. 폴란드의 바르샤바 대학을 3년 다니는 동안 그는 유럽의 자유민주주의와 종교에 대해 같이 유학 온 동료들이 모르게 많은 학습을 하면서, 한국 전쟁 중에 살아남은 베네딕도회 수도자들이 다시 한국으로 가서 수도원을 건립하고 선교 생활을 하고 있다는 것을 알았다. 그녀는 자유세계로 탈출한 선배들처럼 망명 결심을 했다. 우선 그의 꿈은 남한에 가서 아버지를 찾아보는 것이었다. 1971년 서독으로 망명한 그녀는 우선 독일 국적을 취득했다. 그러고는 독일 오틸리엔 베네딕도 수도원에 가서 아버지의 행방을 찾았다. 거기에서 전쟁이 끝나고 덕원과 연길에서 살아남은 수도자들이 왜관에 베네딕도수도원을 설립했는데, 아마 아버지가 거기에 계실 것이라는 말을 들었다.

민희는 대사관의 도움을 받아 조용히 한국으로 왔다. 아버지를 찾으러 왜관 베네딕도수도원에 갔지만, 퇴회하고 없었다. 그녀는 서울 가르멜수녀원에 가서 대모인 베로니카 수녀를 찾았다. 2살 때 만포에서 헤어진 후 약 20년 만이었다.

은둔과 세속의 벽인 작은 격자창 너머로 검은 베일에다 검은 안경을 쓴 노년의 수녀가 문을 열고 들어와 의자에 앉아 김민희를 바라보았다. 민희는 고모에게서 대모님이 앞을 볼 수 없다는 것을 들은 적이 있었다.

"대모님, 김선옥 세실리아의 질녀인 김민희 베로니카입니다."

"예? 그러니까 내 어린 딸…… 베로니카!"

베로니카 수녀는 잊어버린 기억을 깨운 듯 깜짝 놀라며 대녀의 손을 잡고 싶어 두 손을 격자 틈새로 넣었다. 수녀는 민희의 손을 잡고 얼마 동안 말없이 대녀의 체온을 느꼈다. 그러고는 딸의 얼굴을 더듬기 시작했다. 스테인드글라스 창으로 들어온 은은한 빛으로 노 수녀의 눈물이 흘러내리는 것을 본 딸 베로니카도 자신의 영적 어머니에게 사랑의 눈물을 바쳤다. 딸은 세례 때 어머니 수녀가 자신에게 걸어 주었던 목걸이를 풀어 영적 어머니의 목에 걸어 주었다. 어머니는 목걸이에 입을 맞춘 뒤 다시 딸의 목에 걸어 주며, "내 딸 베로니카야, 나중에 이 목걸이를 예수님께 걸어 드리렴." 하고 말했다. 민희가 고모의 생활을 전해 주자 수녀님은 민희의 손을 잡고 전쟁 중에 선옥과 민희를 만났을 때를 회상하면서, 혹시 두 사람이 남한에 있으면 만나고 싶어 그때를 회상하는 글을 신문에 쓴 적이 있다고 말해 주었다.

민희는 아버지를 찾으려고 1년 동안 수소문을 하고 다녔지만 결국 찾지를 못했고, 월남한 고모할머니 역시 마찬가지였다. 민희는 하느님께 이 모든 일을 맡기기로 했다. 이제는 고모가 보고 싶어도 동토의 땅으로는 다시 돌아갈 수가 없었다. 민희는 한국을 떠나기 전 마지막으로 어머니 수녀님을 뵙고, 어머니와 고모가 꿈꾸었던 길을 자신이 가겠다고 말씀드렸다. 그녀는 아프리카에 가서 자선과 봉사를 하기 위해 독일에서 간호사 공부를 하기로 했다. 두 분은 자신들이 어찌할 수 없는 역사의 흐름 때문에 가난한 사람을 위해 헌신하겠다는 꿈을 이룰 수 없었지만, 이제 자신이 꿈을 대물림하겠다고 다짐했다.

민희가 떠난 후 선옥에게 변화가 몰려들었다. 1966년부터 김일성이 지시한 주민 재등록사업과 주민 성분 재분류작업이 진행되었다. 이것은 주민들의 친인척까지 출신 성분을 조사하여 핵심, 동요, 적대의 3층 계급과 51개 세부 계급으로 분류하여, 모든 혜택과 배급을 차별하고 신분을 세습하도록 하는 주민통제제도였다. 봉건사회를 능가하는 주민 통제 제도이자, 신이 만든 인간의 존엄과 인격을 사람이 해체하는 엄청난 재앙이었다.

선옥은 반동 행위자로 적대계급 중에서도 최하층으로 분류되었지만, 그는 아무런 의미도 가지지 않았다. 이미 그는 북조선에서 정치적인 것, 사상적인 것은 지배자가 자신을 지키기 위해 인간을 비인간화하는 무기일 뿐, 이 땅에서 일상을 진실하게 살아가는 사람들에게는 한 술의 밥보다도 못한 빈 그릇과 같은 거로 생각하고 있었다. 하지만 이런 와중에 일어난 일은 작은 일이 아니었다. 누군가의 숨겨졌던 신분을 알고 있으면 당에 고발하라는 지시가 떨어졌고, 고발한 이들에게는 신분을 상향시켜 준다는 당근을 내걸었다. 그러자 부모와 일가친척을 고발하고 이웃을 모함하는 일이 전국적으로 횡행했다. 선옥의 주변에서도 누군가의 고발로 국군 포로를 중심으로 여덟 명의 지하 종교모임이 적발되었다. 이 모임을 이끈 사람은 국군에서 군종병을 하다 포로가 된 정 가를로였다. 이에 따라 선옥을 이끌어 주던 로사 어머니와 6명의 신자도 처형되었다. 이들은 끝까지 선옥의 정체는 발설하지 않았다. 선옥은 절규하지 않았다. 이분들이야말로 이 땅에서보다는 천국에서 환영받을 삶을 살아왔기 때문이다.

1969년 초에 선옥은, 갑산파 숙청 때 아오지로 추방되어 온 사람을 통해 장형석의 소식을 들었다. 선옥이 어려울 때마다 도와주었고, 민희의 유학을 위해 힘써 주었던 장형석이, 1967년부터 시작된 갑산파에 대한 대대적인 숙청 때 처벌을 받고 행방불명이 되었다는 것이다. 김일성을 유일 수령 체제로 끌고 가고 있는 김일성 세력이 박금철 부수상을 중심으로 세력을 가지고 있는 갑산파를 반당 반혁명 종파분자로 몰아 숙청했을 때, 장형석은 항일 군사 활동 때부터 박금철의 휘하에서 활동했기 때문에 박금철의 세력으로 분류되어 숙청된 것이었다.

선옥은 문득 자신과 형석의 고향인 경원으로 가보고 싶었다. 통행증을 받아 먼저 장형석의 고향인 소을하사로 가보았다. 혹시나 그의 흔적을 찾아보려고 했지만, 아주 어린 나이에 조부를 따라 만주로 떠난 그의 가족을 아는 사람이 한 사람도 없었다. 선옥은 로사 어머니에 이어 자기 가슴 깊숙이 담아 두었던 사람마저 떠나가 버리자, 평생 처음으로 외로움이 너울처럼 밀려오는 것을 느꼈다.

고향 집이 있는 송하면 송하리를 찾았으나, 동네 이름이 바뀌어 찾기가 어려웠다. 그는 의열단원이었던 작은아버지 김성구를 아는 노인을 만나 집을 찾을 수 있었다. 부모님과 같이 연해주로 갔던 동네 사람들은 한 명도 돌아오지 않았다고 노인이 말했다. 가난 때문에 혹은 일제의 박해를 피해, 두만강을 넘어 연해주에 갔던 18만여 명의 고려인들을, 소련의 지도자 스탈린이 일본의 첩자를 막는다는 구실로 6,000킬로미터나 떨어져 있는 나라로 강제로 보내 버렸던 것이다. 선옥은 가물가물한 기억을 더듬어 두만강을 가보았다. 그때 4살이던 딸을 할머니에게 맡기고 부모님은 오빠 둘을 데리고 강을 건너갈 때, 할머니가 자신을 업고 가족들이 보이지 않을 때까지 이 자리에 서 있었던 기억이 희미하게 떠올랐다. 어린 나이였지만, 부모님이 자신을 버리고 가는 것이 큰 충격으로 머리에 박혀 있어서 그런 것이었다.

그의 곁에는 이제 아무도 없었다. 몇 년 전에 장형석의 배려로 통행증을 받아 가본 덕원수도원은 원산농업대학으로 변했고, 어머니와 아버지와 오빠 민호가 단란하게 살았던 어운리 집은 집단 마을을 만들 때 철거되어 흔적이 없었다. 그녀가 생활하기를 원했던 원산의 투칭포교 베네딕도수녀원도 다른 용도로 사용하고 있었다. 평양에서 공부할 때 어머니의 고향인 평산을 가보았으나 거기에도 후손이 없어 흔적을 찾을 수가 없었다. 얼마 전에는 유학 간 민희가 행방불명되었다는 소식을 보위부로부터 전해 들었지만, 놀라지도 섭섭하지도 않았다. 오히려 민희가 남조선에 가서 민호 오빠와 만나기를 간절히 바랐다. 선옥은 이제 자신이 기다려야 하거나 자신을 기다리고 있을 사람이 말끔히 사라졌지만, 쉼 없이 흐르는 저 강물이 끝내 바다에 닿는 것처럼 자신도 다음 세상 어느 곳에서 이들을 만날 것이라는 희망을 안고 살아가리라 다짐했다.

11

보속

    밀양에서 고아원을 운영하는 정옥희는 전쟁이 끝나고 나서 강준모가 죽었다는 소식을 듣고는 며칠 동안 자리에 누웠다. 인제 와서 그의 죽음 자체가 옥희의 삶에 큰 영향을 줄 정도는 아니었다. 하지만 민족해방의 큰 꿈을 이루기 위해 모든 삶을 바쳤던 한 청년과 일제의 앞잡이로서 저지른 잘못을 참회하기는커녕 지금도 종교계와 정치권의 거물로 행세하고 있는 아버지의 삶이, 자신을 사이에 두고 이토록 대치와 모순의 양극에 자리를 잡고 있어, 아무것도 할 수 없는 자신의 무기력과 분노에 시달리면서 우울증에 걸려 오랫동안 고생하고 있었다. 그럴 때마다 귀호를 찾아야 한다는 희망으로 자신을 지탱하고 있었는데, 아들을 찾을 수 있는 유일한 연결고리가 떨어져 나감으로써 더 이상 버틸 힘이 없었다.

    그녀는 자신의 삶을 바꾸기로 했다. 전쟁 중에서도 아들을 생각하며 고아들을 최대한 받아들여, 전쟁이 끝났을 때 그 수가 60여 명으로 늘어나 있었다. 옥희는 고아원을 그만두기로 했다. 원아들에게 작별 인사를 할 때 그녀는 한 아이 앞에서는 걸음을 쉽사리 떼지 못했다. 비록 아버지의 성이 엄 씨라고 했지만, 강준모와 자신의 이목구비를 많이 닮은 데다, 고향도 원산 부근인 수남이가 항상 마음에 끌렸었다. 그녀는 수남이의 머리를 쓰다듬어 주며

"수남아, 건강하게 살아라. 언젠가는 부모님을 꼭 만날 수 있을 거야." 하자

"예. 원장님도 몸 조심하십시오." 하며, 수남이가 눈물을 훔치며 머리숙여 인사했다. 옥희도 말없이 눈물을 흘렸다.

그녀는 비록 아들을 찾지는 못했지만, 아들의 다음다음 세대를 위해 자신의 모든 삶을 바치기로 결심했다. 그녀는 청소년 교육정책을 공부하기 위해 미국으로 갔다.

평양의 공동묘지에서 극적으로 살아난 윤효준 모세 신부는, 1967년 7월 우연히 일간지 신문에 난 사진을 보고 고개를 갸웃거렸다. 그 전날 군사정부의 중앙정보부에서, 북한에서 남파되어 활동하고 있는 예성춘이라는 간첩을 검거했다는 발표문과 사진이 실려 있었다. 그는 2년 동안 청와대 주변의 사진을 찍고, 도면을 그려 북으로 보내다 검거된 것이었다. 윤 신부는 사진을 보고 그가 평양교화소의 손위출임을 알았다.

윤 신부는 시체 더미에서 살아나온 후, 지금까지 17년 동안 평양교화소에서 일어난 일이 떠오를 때마다 악몽을 꿨다. 유엔군이 서울을 탈환하고 평양으로 진격해 오자, 손위출은 교화소에 수감되어 있던 정치인과 종교인을 며칠 동안 밤낮없이 군용차량에 가득 태우고, 마치 저승사자에 쫓기는 망나니처럼 장소를 옮겨 다니며 처형했다. 포로를 열 명

씩 줄 세워 놓고 소총을 장전한 부하들을 향해 사격 지시를 내리고, 그도 권총으로 죽지 않은 사람의 심장을 겨누어 방아쇠를 당기며 확인 사살을 했다. 복부에 총을 맞아 피를 흘리고 있을 때, 원수에 대한 보복이라도 하는 듯 권총을 눈에 겨누며 자기를 쳐다보는 표독스럽고 음흉한 도살자의 눈길이 떠오를 때마다 윤 신부는 끓어오르는 분노를 느꼈다. 무엇보다도 여기에서 벗어나지 못하는 무기력한 자신의 신앙 때문에 괴로워하다 보니, 심신이 병들어 사제 생활 중간에 자주 휴양을 하며 버티고 있었다. 아무리 사제일지라도 용서를 구하지 않는 자에 대한 자비와 불의한 것을 단죄하지 않는 정의를 그는 받아들일 수 없었다. 이 일은 자기 개인의 문제가 아니라 수많은 영혼과 그 가족의 문제이고, 신앙 공동체와 국가 공동체의 문제이며, 전쟁과 관련 없는 범죄의 문제이기 때문이었다.

그는 서울교도소에 있는, 예성춘도 아니고 손위출도 아닌, 본명이 손정만인 그를 찾아갔다. 그에게 진심 어린 참회의 말을 듣고 싶었다. 천주교에서 왔다고 하니까, 영치금을 가져왔거나 자주 찾아와 말동무가 되어주는 봉사자라고 생각했는지 그가 환한 얼굴로 면회실에 들어왔다. 그러나 사제복을 입은 신부가 의자에 앉아 자기를 빤히 쳐다보자, 순간 당황하는 모습을 보이다가 이내 당당한 폼을 잡고 걸어왔다. 그가 탁자 맞은편 의자에 앉자, 서로가 얼굴을 빤히 쳐다보았다. 그는 무언가 기억을 더듬더니 약간 움칠하는 표정을 지었다가, 특유의 학습된 체질대로 수갑을 찬 손을 탁자 위에 올려놓고 무표정하게 윤 신부를 노려보았다.

"손위출 씨, 저를 알아보시겠습니까?"

"누구신지……? 나는 남조선에 아는 사람이 전혀 없습니다. 사람 잘못 본 것 같습니다."

"예, 그렇겠지요. 저도 원래는 남조선 사람이 아니라, 북조선 사람입니다. 나는 선생 본명이 손정만인 것도 알고 있고, 누이가 손 아가다인 것도 알고 있지요. 이래도 윤효준 신부를 모른다고 하지는 않겠지요?"

"글쎄요. 내가 모른다고 해도 여기서는 아무도 잘못을 증명해 줄 사람이 없으니까. 그건 그렇고 신부님은 뭣 땜에 저를 찾으러 오셨는지요?"

"손위출, 당신께서 처형한 수천 명의 영혼들이, 당신의 그 악행을 증언하고 고발하라고 저를 살려주어서 이렇게 왔지요. 그 영혼들이 왜 그랬는지 당신께 이유를 듣고 오라고 하셔서."

"물론 그 말씀도 여기서는 아무런 증명이 되지 않지요. 저는 어느 누구가 아니라 예성춘입니다. 남조선에서 무슨 큰 죄도 지은 것이 아니고 단지 국경을 넘어와서 2년 남짓 살은 죄 밖에 없는데, 뭐랄까……, 공산당을 따른다는 죄로 이런 처벌은 심한 것이지요. 아, 북조선에 사는 남조선 사람이 얼마나 많은데, 공화국에서는 그런 남조선 출신 인민을 딱히 처벌하지 않습니다. 그리고 말입니다. 당신이 믿고 있는 예수님이 양심범이자 정치범이 아닙니까? 천주교와 시민단체에서 나를 예수님과 같이 양심범이자 정치범으로 판정하고 조선민주주의인민공화국으로 돌려보내라는 성명을 낸 것을 모르는 것이요! 왜인 줄 아시오. 예수님이 억울하게 처형당한 것을 이천 년이 된 지금 다시 되풀이하면 안 된다는 것을 이 정권에 엄중히 경고하고 있는 것이지요."

윤 신부는 그도 사람이기 때문에 약간의 반성하는 말이라도 나올까 기대했던 것이 무리임을 깨달았다. 윤 신부는 사제복을 위로 끌어올리고 가슴 옆구리의 상처를 보이며 "이 상처가 그 증거이지요." 하자 "그게, 누군가 신부님께 자비를 베푸신 흔적이 아닐까요." 하며 은근슬쩍 자신이 자비를 베풀었음을 내비쳤다.

"선생, 살아서는 무슨 일인들 못하겠습니까만 심판의 날에는 아름다운 변명보다 정의의 칼이 앞설 것입니다."

"동감입니다. 나도 끝까지 바른 것을 바르다고 주장할 것입니다."

"사람들 앞에서 그런 말을 하더라도 양심을 속이지는 마십시오."

"나는 양심대로 살고 있고, 앞으로도 그렇게 살 것입니다. 깨끗한 양심 앞에서는 법도 무디어진다는 말이 있지 않습니까."

"제가 말하는 양심은 남을 해치고도 죄책감을 느끼지 않는, 확신범의 탈을 쓴 양심을 말하는 것이 아닙니다. 육신이 고통받아도 진리를 만나면 샛별처럼 빛나는 맑은 양심을 말하는 것이지요."

"신부 동무, 공산주의는 눈에 보이지 않는 것을 가지고 허풍을 떨지 않습니다. 인민에게는 오직 배부른 음식과 따뜻한 집이 필요하지요. 그것을 수령 동지나 노동자나 평등하게 나누어 가집니다. 이것이야말로 누구나 볼 수 있고 누구나 만족하는 공산주의식 사랑이지요. 또, 공화국에서는 누구도 신념 때문에 미움을 받거나 차별받지 않습니다. 그러니 자유 민주의 탈을 쓰고, 뒤로는 약한 자의 것을 빼앗는 남쪽의 반인민적인 공화국 체제는 얼마 못 갈 것이라고 나는 확신하고 있소!"

"손 선생, 오직 하나밖에 없는 신념을 강요하고, 오직 한 사람만 사랑해야 한다는 당신들의 교조주의식 가르침을 나는 충분히 알고 있소. 내가 선생을 위해 한 가지 소식을 알려 드리겠소. 당신이 내게 총을 겨누던 그때, 동생 손 아가다 수녀는 공산당이 성당을 폐쇄하자 마지막으로 성당의 종을 치다가, 그토록 당신이 자부하는 보위부원에게 총을 맞고 함흥성당의 우물 안에 내던져졌었소. 어린이들과 병자들을 어머니처럼 돌봐서 천사 같은 수녀라고 불린 동생이, 오빠의 죄를 대신하여 십자가를 진 것이오."

윤 신부는 그의 정체를 교회 상부에 알렸으나, 군사정권에 대한 반감 때문에 오히려 그를 양심범으로 옹호해 주었다. 더 이상 그와의 대화는 무의미함을 느꼈다. 그는 자리에서 일어났다. 그러고는 "마지막으로 한마디만 하겠습니다. 날 선 정의의 칼이라도 회개의 눈물을 벨 수 없다는 것을 말씀드리고 싶습니다."

윤 신부는 교도소를 나오면서, 이 고통의 질곡에서 벗어나 자유로운 영혼이 되기 위해서는 얼마나 더 많은 인내의 시간과 방황의 길을 걸어야 할지, 우울하고 답답한 자기 가슴을 주먹으로 쳤다. 인근 성당으로 가서 십자가 앞에 꿇어앉아 눈을 감았다. 연길대목구와 함흥대목구에서, 평양교화소에서, 전쟁 중에서 끌려다니면서 죽거나 고난을 겪은 사제와 수도자와 신자들 한 사람 한 사람이 떠올랐다. 감정이 북받쳐 쉴 새 없이 흐느꼈다. 차라리 그때 죽었으면 이런 고통을 받지 않을 것이라는 생각이 들었다. 아수라장에서 살아남은 자신이 무엇을 어떻게 해야 할지, 십자가에 매달린 예수님을 향해 질문을 던졌지만, 아무런 응답이 없었다. 얼마나 지났을까? 연길성당에서 사제품을 받을 때의 일이 떠올랐다. 제단 앞바닥에 엎드려 가장 낮은 자의 자세로서 모든 이를 위해 희생하겠다며, 하느님 앞에서 서약한 일이 되새겨졌다. "사제는 선한 사람 악한 사람, 가진 사람 못 가진 사람을 구별해서는 안 됩니다. 그것은 오직 하느님만이 하실 수 있습니다. 사제는 모든 사람에게 모든 것이 되어야 합니다." 하시던 베르테 샤를 주교님의 당부 말씀이 또렷이 기억났다. 그러자 갑자기 마음이 평온해졌다. 그는 기도했다. '한 마리 길 잃은 양을 찾기 위해 애쓰시는 주님, 자신이 무슨 짓을 했는지 모르는 불쌍한 손정만 토마스를 당신의 품에서 내치지 마소서.'

대구에서 작은 목공소에 다니면서 틈틈이 수남이와 강 율리아를 찾기 위해 도시를 찾아다니며 수소문하던 민호는, 성당에 미사를 가서 우연히 교회 신문철을 넘기다가 2년 전에 난 기사가 눈에 띄었다. 서울 가르멜수녀원에 있는 한 외국인 수녀님이 쓴 글을, 정신을 가다듬으며 몇 번을 읽어보았다.

20년 전 죽음의 행진에서 핀 아름다운 꽃 김 세실리아를 생각하며

우리는 1950년 7월 15일, 서울 가르멜수녀원에서 다섯 명의 프랑스 가르멜리트 즉 애덕의 마리 모니카(초대 원장), 성심의 엘리사벳(2대 원장), 성체의 안나, 십자가 예수의 베로니카, 자비의 마리 헬레나 수녀는 공산군에 체포되어 평양에서 감옥생활을 했습니다. 국군과 유엔군이 서울을 탈환하고 북진하자, 우리는 수백 명의 미군 포로와 여러 국적의 외국인들, 외국인 사제와 수녀들과 함께 1950년 9월 5일 만포로 죽음의 행진을 시작했습니다. 그러나 만포수용소에서 한 달도 안 돼 고산진, 조양리, 중강진, 하창리, 안동, 만포, 후창을 옮겨 다녔습니다.

우리는 여름옷과 샌들을 신은 채 영하 40~50도를 오르내리는 북한의 최북단인 압록강변의 험한 산길을, 2년 6개월 동안 어떤 이유도 모른 채 400~500킬로미터를 공산군에 끌려 걸어 다녔습니다. 추위와 굶주림과 병 때문에 죽어간 포로를 내가 본 것만도 수백 명이었습니다. 때로는 행진에 걸림돌이 된다며 병자를 총으로 죽이고, 먹이지도 않으면서 종일 노동을 강요하고, 심지어 우리가 살 집을 우리가 수리하고 나면 또 다른 데로 끌고 갔습니다.

함께 지냈던 초대 원장이신 마리 모니카 수녀님과 2대 원장 엘리사벳 수녀님, 교황 사절인 제임스 영 주교님, 장 로이 지도신부님과 여러 사제, 샬트르 성바오로회의 소화 데레사 원장님을 비롯한 수녀님들을 땅을 팔 수 없는 언 땅 위에 허술하게 묻었습니다. 만포에서는 옥사덕 수용소에 갇혀있다 끌려온 덕원 베네딕도수도회의 수도자 4명의 무덤을 보았습니다. 우리는 극한의 박해와 굶주림 속에서도 서로 위로하고 사랑하며 죽음의 행진대를 사랑의 공동체로 만들었고, 눈앞의 박해자를 원망하지 않고 오히려 불쌍하게 여겼으며, 죽음을 맞이한 사람들은 의연하게 하느님 품으로 돌아갔습니다. 우리는 거기에서 그리스도의 죽음과 부활을 보았습니다.

　살아남은 3명의 가르멜 수녀는, 1953년 4월 17일 추방 결정을 받아, 신의주와 만주를 거쳐 시베리아 열차를 타고 모스크바에 도착하여 프랑스로 갔습니다. 이듬해에 나와 안나 수녀는 다시 우리가 살아야 할 사랑하는 한국으로 귀향했습니다.

　전쟁이 끝난 지 20년이 되었습니다. 죽음의 행진 속에서도 꼭 하나 기억해야 할 이야기를 전하고 싶습니다. 북한군 군의관 소위로서 사단 의무대에 근무하다 반동분자로 찍혀 1952년 만포로 추방당한 김 세실리아 이야기입니다.

　1950년 11월, 우리가 중강진 수용소에 있을 때, 제임스 영 주교님과 초대 원장 마리 모니카 수녀님이 병으로 돌아가시기 직전의 일입니다. 우리는 인근에 있는 북한군 사단 의무대의 신자인 남자 군인을 알게 되어 조심스럽게 의사를 보내 줄 것을 요청했습니다. 수용소 근처 약속 장소에 남자 군인이 소위 계급장을 단 여자 군의관을 모시고 왔습니다. 가지고 온 청진기로 그분은 제임스 영 주교님과 마리 모니카 어머니(우리는 원장님을 어머니라 불렀습니다.)를 진찰했습니다. 상태가 심각한 것을 알았지만 그녀는 가지고 있는 항생제 몇 알만 처방해 줄 수밖에 없어 굉장히 미안해했고, 준비해 온 따스한 물을 주교님과 수녀님께 먹이고, 자기가 걸치고 있는 군용

외투를 수녀님께 입혀 주었습니다. 군의관은 신자인 김 세실리아였고, 그 자리에서 동행한 미국 국적의 정 신부님께 고백성사를 받았습니다. 그리고 열흘 후 2대 원장이신 엘리사벳 어머니가 위중했을 때도 김 세실리아는 정성껏 치료해 주었습니다.

그러나 이것을 안 수용소장이 사단 보위부에 보고하여 세실리아는 반동분자로 몰렸습니다. 다음 해 우리가 만포수용소로 다시 갔을 때 세실리아를 만났습니다. 그는 인민군이 서울을 점령했을 때, 포로로 잡힌 신부님과 성당 회장님을 몰래 치료해 주고 탈출시킨 죄와 중강진에서 주교님과 우리의 어머니와 민간인들을 치료해 준 죄로, 1952년 봄에 인민재판에서 반동분자로 확정되었지만 겨우 총살을 면하고 만포로 추방되었던 것입니다. 그런데 그녀는 어릴 때부터 소아마비를 앓아 행동이 불편한데도 의사로서 신분과 사람을 가리지 않고 환자 치료를 위해 최선을 다했고, 만포에서는 민희라는 2살된 질녀를 키우고 있었습니다. 민희는 내가 대모를 서면서 내 세례명인 베로니카를 세례명으로 해 주었고, 정 신부님께서 유아세례를 주었습니다. 우리와 같이 산나물을 채취하던 세실리아 씨는 길가에 허름하게 만들어져 있는 덕원의 베네딕도회 수도자 네 분의 묘를 발견하고는 한참을 울었습니다. 그분들은 다 아는 분이었고, 자기에게 세례를 준 본당신부님도 있었던 것입니다. 그래서 우리는 세실리아 님의 고향이 덕원 베네딕도수도원이 있는 어운리라는 것을 기억하고 있습니다. 사랑과 희생의 삶을 산 김 세실리아 님이 지금 어떻게 살아가고 있는지 정말 궁금하고, 저와 우리 수녀님은 그분을 위하여 매일 기도 중에 기억하고 있습니다. 부디 세실리아 님께 하느님의 보살핌이 있으시기를 기원합니다.

편집자 주: 이 이야기는 맹인으로서 죽음의 행진에서 살아남아 1954년 다시 한국에 온 베로니카(73세) 수녀가, 전쟁 종식과 귀향 20주년을 생각하며 구술한 내용을 십자가 성 요한의 아녜스 수녀가 적었습니다. 김 세실리아 님의 이름은 혹시 있을지도 모르는 불이익 때문에 생략했습니다.

민호는 선옥의 소식을 듣고 충격을 받았다. 그동안 율리아와 수남이를 찾기 위해 동분서주하면서 동생에 관한 생각도 자주 떠올렸다. 선옥은 가난한 사람을 위해 일생을 바치겠다는 자신의 결심대로, 북한이 종교를 정권에 대한 반동으로 박해하는 중에도 환자를 두고 외면하지 않았음을 알 수 있었다. 질녀 민희는 혹시 율리아가 낳은 아이일까? 그는 전쟁이 끝난 지 20년이 된 지금, 수남이도 율리아도 선옥이도 행방을 알 수 없어 실의에 찬 생활을 하고 있었다. 그는 대구, 부산, 마산, 울산 등 남쪽의 도시뿐 아니라 이북5도청과 함경도민회를 찾아다녔다. 가는 곳마다 하루 품을 팔며, 몇 개월씩 이들을 찾아봤지만 허사였다. 그렇게 떠도는 사이 건강이 나빠져 결핵에 걸려 고생하고 있었다.

민호는 서울 가르멜수녀원에 가서, 문지기 수녀에게 베로니카 수녀님을 만나고 싶다고 했다. 문지기 수녀님이 찾아온 사유를 물어, 신문에 난 기사를 보고 김 세실리아의 오빠로서 찾아왔다고 말씀드리자, 1시간이 지난 후 수녀님께서 좌석에 앉는 모습이 격자로 된 창살을 통해 실루엣처럼 보였다. 봉쇄 수도원이라 면회실에서 창살이 있는 조그만 창을 통해 수녀원 안에 있는 수녀님과 마주 보며 말을 할 수 있었다. 검은 베일을 쓴 수녀님은 얼굴 윤곽만 보였다. 수녀님 역시 장님으로 생활하고 있어, 민호의 얼굴을 볼 수 없었다. 가로세로 50센티미터에 쇠창살로 엮어진 창 하나가, 각기 다른 세상을 같은 세상으로 연결해 주는 호흡과 소통의 통로였다.

민호는 자기소개와 함께 신문에 난 김 세실리아에 대한 글을 보고 왔다면서 감사 인사를 하고, 동생에 대해 더 알 수 있는 내용이 있으면 들려달라고 하자, 수녀님은 깜짝 놀라며

"형제님, 며칠 전에 베로니카가 면회하고 갔습니다. 지금 형제님이 앉은 그 의자에 앉아 저와 상봉했습니다. 며칠만 일찍 오셨으면 좋았을 것인데요."

"예? 수녀님, 베로니카라니요?"

"세실리아 오빠의 딸 민희 말입니다. 우리가 만포에서 만났을 때 2살이었는데, 거기서 제가 대모를 쓰고 유아세례를 받았지요. 그때 세실리아와 헤어지고 나서 살아남은 수녀 세 사람은, 하느님이 불러갈 때까지 세실리아와 베로니카를 위해 매일 기도를 하기로 약속했습니다. 그 때문인지 베로니카가 북한에서 폴란드로 유학을 갔다가 서독으로 탈출하여 우리를 찾아왔습니다. 형제님은 지금까지 세실리아 님 소식을 전혀 듣지 못했습니까?"

"예. 전쟁 일어나기 한 달 전에 평양에서 헤어졌습니다."

"베로니카는 작년에도 여기에 왔지요. 북한에서 유럽 유학을 떠날 때 고모가 써 준 쪽지를 들고 왔다고 했습니다. 해방 후 남쪽으로 내려간 고모할머니와 혹시 남한에 있을지 모를 아버지, 그러니까 고모 세실리아의 오빠를 꼭 찾고 싶다고 했지요. 혹시 형제님이 세실리아의 오빠, 그러니까 베로니카의 아버지신지?"

"예, 맞습니다."

"그렇습니까. 어머니는 베로니카를 낳다가 죽었다고 했어요. 그래서 고모가 엄마 역할을 했고요."

"예!"

민호는 그 말을 듣자, 숨이 막힐 것 같은 통증을 느꼈다. 지금까지 율리아를 찾기 위해 많은 시간 동안 노력했는데, 이 세상에서 그녀와 함께 살아가겠다는 희망은 사라져 버렸고, 이 세상을 떠나는 마지막 순간에 함께 있어 주지 못한 죄책감이 전율이 되어 온몸을 흘러 다녔다.

"사실 제가 신문에 글을 쓴 것도 김 세실리아와 베로니카의 아버지를 찾고 싶은 생각이 들어있었지요. 베로니카는 아기 때부터 고모를 어머니라 불렀지요. 그리고 형제님의 동생 세실리아는 북한의 아오지에 있다고 했습니다. 혹독한 수용소 생활을 그래도 잘 견디어 낸 것 같아 정말 다행으로 생각합니다. 저희의 작은 기도가 도움이 된 것 같아 기분이 좋습니다."

"예. 정말 다행입니다. 저도 동생이 몹시 보고 싶거든요. 수녀님, 혹시 베로니카는 어디에 있는지?"

"1년 동안 아버지도 고모할머니도 찾지 못했다고 하면서 한참 동안 눈시울을 붉혔지요. 이제는 하느님의 뜻에 맡긴다고 했습니다. 그리고는 두 분 엄마가 못다 한 꿈을 자기가 펼치겠다고, 그것도 세상에서 가장 낙후된 아프리카로 가겠다고 했습니다. 그래서 간호사 공부를 한다고 바로 독일로 출국했습니다."

민호는 더 이상 수녀님과 대화를 이어 갈 수 없어 수녀원 건물을 나왔다. 율리아가 자신의 분신을 남기고 세상을 떠나갈 때를 생각하다가, 다리가 휘청거려 수녀원 앞뜰의 벤치에 털썩 주저앉아 버렸다. 그리고는 두 손으로 얼굴을 감싸고 "율리아, 율리아." 하고 나지막이 부르며 하염없이 눈물을 흘렸다. 자신의 영혼에 더 이상 어떤 감정도 다 말라 버린 것 같았다. 머리를 들어 하늘을 올려다보았다. 파란 가을 하늘에 구름 한 점이, 어떤 단절과 막힘도 없이 자신의 절대적인 의지대로 흘러가고 있었다. 구름을 한참 쳐다보다가, 그는 알 수 없는 무엇으로 꽉 찬 가슴에서 터져 나오는 울먹임으로 '베로니카, 내 딸 베로니카야!' 딸의 이름을 부르며 일어섰다. 그러고는 율리아가 자신을 잊지 말라고 남겨 준 구름 하나, 그것이 흘러가는 방향으로 걷기 시작했다.

민호는 율리아와 딸의 소식을 들은 후 급격히 건강이 나빠졌다. 기침과 각혈을 하며 약으로 버티던 민호는, 마지막으로 밀양에 가보기로 했다. 어머니가 남쪽으로 가면 어릴 때 고아가 된 어머니를 키워준 장철암 독립투사 묘소를 찾아 성묘해달라고 부탁한 약속을 지키는 한편, 가는 김에 밀양에 있는 고아원을 찾아가 보기 위해서였다. 그는 어느 도시를 갈 때마다 그 지역의 고아원을 들러 수남이의 행방을 알아보곤 했다. 대구에서 시외버스로 밀양 시외정류장에 온 민호는, 다시 마산 가는 시외버스를 타고 상남면 마산리로 갔다. 장철암 독립투사는 1920년 밀양경찰서에 폭탄을 던지고 검거되어 사형당한 후, 동네 공동묘지에 묻혀있었다. 장철암 투사는 어머니에게 양아버지이므로, 민호에게도 양할아버지가 되는 것이다. 동네 어른이 가르쳐준 묘는, 붓글로 이름이 적힌 자그마한 목재판이 꽂혀 있지 않으면 찾을 수 없을 정도로 초라했다. 민호는 사방에 지천으로 피어 있는 들국화를 꺾어 다발을 만든 후, 묘 앞에 놓고 절을 올렸다. 어머니가 그토록 뵙고 싶어 했던 분, 그토록 오고 싶어 하던 곳에 어머니는 영영 오지 못하게 되었지만, 대신 어머니의 애틋한 마음을 전했다.

다시 버스를 타고 시내로 들어오던 민호는, 영남루 다리 위에 고물을 실은 리어카를 끄는 한 청년과 그 뒤를 어린 동생 둘이 밀고 가는 것을 보았다. 그 청년은 어딘가 본 듯한 얼굴이었다. 그는 옆 좌석에 탄 어른에게, 밀양에 고아원이 있는지 물어보았다. 어른은 창밖을 손으로 가리키며 고아원 위치를 가르쳐 주었다. 민호는 섬으로 되어 있는 삼문동 강변을 따라 변두리에 있는 고아원을 찾아가 보니 '희망고아원'이란 간판이 걸려있었다. 사무실에 들어가니 나이가 든 남자 사무장이 있었다.

"말씀 좀 여쭙겠습니다. 혹시 귀호고아원이라고 아시는지요?"

"아, 귀호고아원? 여기가 원래 귀호고아원이었는데, 17, 8년 전에 지금 원장님이 새로 인수했지요."

"정옥희 원장님은?"

"원을 팔고 간 후의 소식은 모릅니다."

"그럼 혹시, 귀호고아원에 있던 엄수남이란 사람이 기억나는지요?"

"예. 그 애는 원장이 바뀐 후 얼마 후에 나갔습니다. 언어 장애가 있는지 통 말이 없었고, 원장이 바뀌고 나서 적응을 못해서 그런지 어느 날 귀가하지 않았습니다. 그 후에 들은 말인데, 이곳 밀양에서 고물을 주워 생활하면서 갈 곳 없는 애를 돌보고 있다는 말을 들은 적이 있습니다만."

민호는 고아원을 나오면서, 수남이가 왜 말이 없는지 나름대로 짐작이 갔다. 7살 때 부모님이 자기가 보는 앞에서 좌익 청년들에게 끌려가는 것을 본 후유증일 것으로 생각하였다. 그는 시외버스주차장 주변의 허름한 여인숙에서 잠을 잤지만, 새벽에 기침과 각혈이 나와 밖으로 나왔다. 늦가을의 제법 쌀쌀한 날씨였지만 연푸른 하늘에서 내려 오는 공기가 만신창이가 된 폐부를 맑게 씻는 것을 느꼈다. 오랜 세월 잃어버렸던 맑은 공기의 달콤한 맛이 혀끝으로 전해졌다. 혹시나 수남이를 만날 수 있지 않을까, 하는 한 가닥 희망도 안고 천천히 읍내를 다녔다. 영남루에 올라 해뜰참에 보이는 잠잠한 시가지와 까마득히 펼쳐 보이는 연노란 벌판은 오랜만에 느껴보는 평화로움이었다. 강 건너 보이는 해찬솔 옆에는 활을 쏘는 사람들이 과녁을 향해 시위를 팽팽이 당기고 있었다.

변두리를 걷다 고물상을 보고 들어 가 주인인 듯한 노인을 만났다. 그분에게서, 동문고개를 넘어가면 청년 한 사람이 애들을 데리고 산 밑에 움막을 짓고 사는데, 고물을 주어 생활한다는 말을 들었다. 민호는 어제 보았던 청년이 수남이가 맞을 거란 예감이 들었다. 해질녘 영남루 앞 다리에 나가 어제의 청년이 오기를 기다렸다. 해가 서쪽의 높은 산 봉우리를 넘어가자, 가을 강도 점점 붉게 물들고 있었다. 문득 원산 앞 바다의 붉게 물든 노을이 생각났다. 그리고 부모님과 선옥, 수도원 가족, 친구, 귀호 아저씨, 이웃……. 그의 삶이 실경처럼 강물에 투영되기 시작했다.

그는 빨리 수남이를 만나 용서를 구하고, 얼마 남지 않은 자신의 삶을 마감하고 싶었다. 용서를 받아야 할 사람이 용서해 줄 사람을 만나지 못하는, 안타깝고 아쉬운 삶으로 인생을 마감하고 싶지 않았다. 물론 아버지가 저지른 잘못이고, 이젠 용서해 줄 사람은 이 세상에 없지만, 그분들의 몸과 영혼을 이은 사람들이 그 매듭을 풀고 화해하는 것이 마땅한 도리라고 생각했다.

어둠이 몰려올 때쯤 삼문동 쪽에서 다리로 오는 오르막으로 한 중년 남성이 앞에서 리어카를 끌고 오고, 뒤에서는 애 두 명이 밀고 있었다. 점점 다리 중간으로 오자, 그 남성은 더벅머리에 때가 꾀죄죄한 흰 수건을 목에 동여매고 있었다.

민호가 남성 앞에 서서 "혹시 수남……씨가 아니신가요?" 하고 말하자 그분은 뻘뻘 흘리던 땀을 수건으로 훔치며 얼굴을 들었다. 그러고는 허름한 작업복에다 병색이 짙어 홀쭉한 몸을 가진 늙은 남자를 쳐다보더니, 경계하는 눈빛으로 "왜, 왜, 그러십니까?" 하고 말했다. "저는 덕원의 김민호라고 합니다. 엄수남 씨가 맞는지?" 하자 "민호? 아,

아저씹니까?" 했다. 약간 어눌하면서도 말을 더듬고 있었다. 수남은 비로소 얼굴을 확 펴고 민호에게 꾸벅 인사를 했다. 민호는 수남의 얼굴을 보면서 천천히 그리고 한참을 끌어안았다. "아, 아저씨 저의 집으로 가, 가십시다." 하고 수남은 민호를 집으로 초대했다. 수남이 리어카를 끌자, 한 손이 없는 예닐곱 살짜리 애와 머리에 부스럼이 더덕더덕 붙어 있는 다섯 살 정도 애 둘이 리어카를 밀었다. 녹슨 바큇살이 삐거덕거리며 굴러가는 고물 리어카에는 종이와 천 조각, 양철과 철사가 반쯤 실려 있었다. 민호가 리어카를 밀기 위해 애들을 물리치려고 하자, 그들은 한사코 물러서지 않았다. 동문을 올라가는 긴 오르막길에서 민호가 쌕쌕거리며 리어카를 같이 밀어주자, 수남은 얼굴을 뒤로 돌려 밀지 말라는 신호를 보냈다. 고개에서 다시 좌측으로 샛길 오르막을 한참 가서야, 방 하나와 부엌이 딸린 초가집이 있었다. 수남이는 먼저 나무로 불을 피워 냄비에 시래깃국을 데우고, 아침에 한 보리밥을 양푼이 채로 들고 왔다. 그들이 저녁을 먹는 동안 민호는 입맛이 없어 국만 몇 숟갈 먹었다. 수남이 애들을 재우는 동안, 민호가 밖으로 나와 기침을 계속해 대자 수남이는 걱정이 되는지 민호를 방으로 끌어들였다.

막상 둘이 마주 보고 있으니, 민호는 어떻게 말을 꺼낼지가 생각나지 않았다. 그러자 "아, 아저씨. 오늘은 몸이 좋지 않은 것 같네요. 일찍 주무십시오." 하며 민호를 눕도록 재촉했다. 더 이상 버틸 힘도 없는 민호는 자리에 누웠다. 밤새 기침이 멈추지 않자, 수남은 잠을 자지 않고 수건으로 계속 땀을 닦아 주었다. 민호가 잠에서 깨어났을 때는 해가 중천에 와 있었다. 수남은 애들을 데리고 일하러 가고 없었고, 윗목에는 수남이가 시래깃국과 보리밥이 놓여 있었다. 그는 이미 식욕을 회복할 수 없는 상태라 국물만 한 모금 마시고 밖으로 나왔다. 눈앞에 보이는 철교에는 서울로 가는 기차가 검은 연기를 내뿜으며 요란스럽게 건너고 있었다. 엄마가 이 기차를 타고 장철암 양아버지 집에서 함흥으로 왔다는 말이 생각났다. 수남이는 저녁에 끌고 온 폐품을 아침에 고물상에 갖다주고, 다시 시내와 공장을 돌아다니며 폐품을 수집하여 고물상에 넘기고 오후 3시쯤 집으로 돌아왔다. 아픈 아저씨가 걱정되어 기침약을 지어 왔다.

"아저씨, 약 좀 잡수십시오."

"괜찮다." 하면서도, 민호는 정성이 고마워 약 한 첩을 어렵게 삼켰다. 그는 이미 자기 몸의 상태를 알고 있어 자신의 시간이 얼마 남지 않았다는 것을 알고 있었다. 기침이 가라앉자, 민호는 자신이 해야 하는 과업을 수남에게 빨리 말해 끝을 내고 싶었다.

"수남아, 가족 소식 들은 적이 있니?"

"없습니다. 아저씨가 알고 계시면 말 좀 해 주십시오."

수남은 정색을 하고 민호를 바라보았다. 눈을 껌뻑거리며 말을 더듬는 모습을 보니 수남이가 왜 이런 장애를 가지고 살고있는지 그 이유를 알고 있는 민호는, 그것이 자신의 아픔보다 더 가슴이 아팠다.

"짐작은 하고 있겠지만, 부모님은 그때 돌아가셨는데, 사실은 일본의 앞잡이라고 고발하여 억울한 누명을 쓰고 인민재판에서 그만⋯⋯. 그런데 그게 말이 안 되는 것은 수남이 증조할아버지가 조선 독립을 위해 의병 활동을 했고, 할아버지도 일제 때 한평생 독립운동을 하다 몇 번 감옥에 가시기도 했는데."

"예. 그럼, 할아버지는요?"

"할아버지는 북한이 쳐내려올 때 서울교도소에서 돌아가셨다는 것을⋯⋯, 나도 얼마 후에 알았다. 너에게 좋은 소식을 들려주지 못해 미안하다. 하지만 너는 훌륭한 할아버지가 계셨다는 것을 잊지 말아야 한다."

"아저씨, 할, 할아버지 이름은요?"

"강준모 선생님이시지. 독립운동으로 덕원 원산 함흥뿐만 아니라 전국에서도 이름을 떨쳤지. 참, 이 말을 해야겠구나. 아버지는 성이 강 씨란다. 할아버지가 독립운동하실 때, 일본 형사의 추적을 피하려고 성을 엄 씨로 바꿔 활동하셨거든. 그러니까 너는 강수남이고 아버지는 강귀호 씨란다."

"예에!"

"왜 놀라니?"

"그럼, 귀호, 귀호고아원 정옥희 원장님은?"

"그래. 어제 너를 찾는다고 가본 고아원이 원래 귀호고아원이었다고 말하던데."

"예, 아저씨. 원장님이 강귀호라는 아들을 찾는다고, 그 그때 저를 고아원에 데려준 고모님에게 강귀호를 아느냐고 물어보셨는데."

"고모가 서울에서 살아 내막을 몰랐구나. 고모가 적어준 고아원 원장님 이름이 정옥희였는데, 그분이 수남이의 할머니가 되시는구나."

"예."

수남이는 눈물을 흘리고 있었다. 눈앞에서 놓친 할머니의 모습이 떠올라 겨울바람에 흔들리는 잔가지처럼 몸을 떨고 있었다.

"할머니는 꼭 만날 수 있을 거다. 내가 너를 만난 것처럼."

"예, 아저씨, 고맙습니다. 아 아저씨 집은 우리 가족의 수호천사들입니다. 아저씨 부모님은요?"

"해방되고부터 전쟁 전후에 공산당이 우리 부모님을 포함하여 함경도에서만 수천 명을 죽였단다. 덕원수도원 신부님 수사님들도 많이 돌아가시고, 수도원은 없어졌고……, 참으로 슬픈 일의 연속이었지."

"아저씨, 미안합니다. 저만 눈물을 흘려서."

"아니다. 이제는 눈물이 말라서 더 울 수도 없단다. 수남아, 너를 찾기 위해 경상도를 다 돌아다녔다. 용서를 빌기 위해……."

"아저씨가 무 무슨 용서를 빈다고요?"

민호는 가물가물한 정신을 집중하고 꺼져가는 호흡을 가다듬었다.

"사실은 귀호 아저씨가 잡혀가셨을 때, 우리 아버지가 귀호 아저씨를 일본 앞잡이로 고발했다는 소문이 나돌았고……, 아버지는 귀호 아저씨, 아주머니가 돌아가신 후 며칠 뒤에 문천에서 갑자기 살해되셨다. 그래서 사실을 물어볼 수도 없었지. 사실인지 아닌지 아무도 알 수 없지만, 우리 엄마가 수남이를 찾아 꼭 용서를 구하라고 하셨단다. 정말 미안하다 수남아……, 우리 아버지를 용서해 주면 좋겠구나. 물론 강요하지는 않으마."

"아, 아저씨. 그때는 말 못할 사정이 있었겠지요. 그리고 아저씨가 그럴 리 없을 겁니다. 어릴 때 그 기억이 어렴풋이 남아 있습니다. 그때는 아무도 바른말을 할 수가 없다는 것을 저도 알고 있습니다. 요, 용서라는 말 자체가 해당되지 않습니다. 아저씨의 부모님이 우리 가족한테 해 준 것을 생각하면요."

"고맙……다."

민호는 힘을 다했는지, 각혈을 하며 수남이의 무릎에 쓰러졌다. 그곳이 이 땅에서 가장 편안하고 따뜻했다.

작가의 말

몇 년 전 우연히 일제강점기인 1929년 원산총파업사건을 접하게 되었다. 당시 전국 최대의 노동운동이었다. 비록 성공하지는 못했지만, 민족의 자존심과 노동자의 권리를 만방에 알리는 쾌거였다. 비슷한 시기에 가톨릭 신문에서, 지금은 북녘에 있는 원산대목구에 관한 기사를 보게 되었다. 천주교에서는 1920년 조선에서 가장 낙후된 함경도와 북방의 간도 일대를 원산대목구로 설정하고, 독일에서 진출하여 경성에서 선교사업을 하고 있던 성베네딕도수도회에 사목을 맡겼다. 수도회는 덕원에, 교구는 원산에 자리를 잡아 1949년까지 선교와 교육, 사회사업을 펼쳤다.

나는 원산이란 도시에 호감을 느끼고, 자료를 찾아 보았다. 1880년 일본에 의해 강제 개항 당시 덕원부의 조그만 어촌에 불과했지만, 일본이 이곳에 전략적으로 공장과 물류시설을 짓고, 일본인들을 이주시키기 시작했다. 이후 일제는 원산을 러일전쟁, 만주사변, 중일전쟁 시

대륙을 침략하는 전략적인 요충지로 사용했다. 이에 원산에서는 1883년 우리나라 최초의 근대적 사립학교인 원산학사 설립, 1889년 방곡령 선포, 1919년 3.1만세운동, 1929년 원산노련총파업, 1930년부터 4차례의 태평양노동조합사건 등을 일으켜 일제에 대항했다. 원산은 한마디로 소리 없는 역동의 도시였던 것이다.

해방이 되자마자 소련 군복을 입은 김일성이 원산을 통해 입국하여 북조선의 정권을 잡았던 일이 우연일까? 이처럼 원산 일대는 일제강점기에 역사의 큰 축에 있었으나, 해방과 한국전쟁, 분단으로 말미암아 그 치열했던 역사는 우리의 기억에서 멀어져 버렸다. 일제의 탄압에 맞서 싸운 노동자들은 이후의 행적을 알 수 없고, 수도자들은 북한 공산당에게 강제로 끌려가 수십 명이 순교했으며, 전쟁 시에는 수천 수만의 납북자들과 선량한 종교인들이 학살당하거나 죽음의 행진에 끌려다녔다. 하지만 남쪽에서는 올바른 과거사 정리를 위해 많은 노력을 기울이고 있음에 반해, 북쪽에서는 생각조차 할 수 없는 일이 되어 버렸다.

필자는 원산에서 시작된 이 파노라마 같은 역사의 필름을 소설에 담고 싶어 자료를 더 깊이 수집했다. 베네딕도수도회 한국진출 100년을 기념하여 발간한 『분도통사(芬道通史)』(2009. 11, 왜관수도원 엮음)와 해방기 및 한국전쟁 때 순교한 38명의 기록인 『덕원의 순교자들』(2012, 분도출판사), 서울가르멜수도회에서 한국전쟁 시 납북되어 죽음의 행진과 순교를 전한 『귀양의 애가』(2012 개정, 서울가르멜여자수도원)를 입수하여 많은 정보를 알 수 있었고, 각종 문헌과 각종 매체에 기록된 내용 또한 큰 도움이 되었다.

이 글은 1900년 초 원산에서 시작하여 한반도 남쪽까지 약 70년의 역사에서 일어난 시대적, 물리적 사건을 다루기 보다는, 역사의 소용돌이 속에서 사건에 개입된 개인이나 단체가 걸어온 길을 재조명해 보면서, 각자가 가지고 있는 소명대로 인류와 사회에 대한 헌신을 이야기하고자 했다.

졸작을 기꺼이 출간해 주신 두엄출판사(라문석 대표)와 추천사를 써 주신 김춘복 선생님, 그리고 도움을 주신 모든 분께 감사를 드린다.

광복 80주년, 한국전쟁 75주년을 맞이하여

2025년 10월
이 병 곡

소명召命과 보속補贖

2025년 10월 30일 초판 1쇄 펴냄

지은이 이병곡
펴낸이 라문석
편집장 김옥경
디자인 안소라, 장영도

펴낸곳 도서출판 두엄
등 록 제03-01-503호
주 소 대구광역시 중구 명륜로 12길 21
전 화 053-423-2214
메 일 dueum1@naver.com

ⓒ 이병곡, 2025
ISBN 979-11-93360-28-6 03810

※ 이 책은 경상남도문화예술진흥원의 문화예술지원금을 보조받아 발간되었습니다.